地底世界

神农天匦

天下霸唱

著

图书在版编目（CIP）数据

地底世界．神农天匦 / 天下霸唱著．－－北京：北京联合出版公司，2022.1（2025.1重印）
　ISBN 978-7-5596-5590-5

Ⅰ．①地… Ⅱ．①天… Ⅲ．①长篇小说－中国－当代 Ⅳ．① I247.5

中国版本图书馆CIP数据核字（2021）第190664号

地底世界．神农天匦

作　　者：天下霸唱
出 品 人：赵红仕
责任编辑：管　文
封面设计：吴黛君

北京联合出版公司出版
（北京市西城区德外大街83号楼9层 100088）
北京新华先锋出版科技有限公司发行
三河市中晟雅豪印务有限公司印刷　新华书店经销
字数264千字　620毫米×889毫米　1/16　19印张
2022年1月第1版　2025年1月3次印刷
ISBN 978-7-5596-5590-5
定价：59.50元

版权所有，侵权必究
未经许可，不得以任何方式复制或抄袭本书部分或全部内容
本书若有质量问题，请与本社图书销售中心联系调换。电话：（010）88876681-8026

目录 Contents

/ 第一卷 /
无中生有

第一章	吞蛇碑	002
第二章	根　源	007
第三章	照　片	012
第四章	魔　窟	017
第五章	虫　洞	023
第六章	墙壁里的躯壳	029
第七章	恐怖生物	035
第八章	费城实验	040
第九章	承压层	045

/ 第二卷 /
大神农架

| 第一章 | 长途列车 | 054 |
| 第二章 | 秘　境 | 059 |

第三章　林场怪谈　　065

第四章　交　换　　071

第五章　瞭望塔　　077

第六章　深山鬼屋　　083

第七章　采药的人　　090

第八章　地　窖　　095

第九章　探　洞　　100

/ 第三卷 /
潘多拉的盒子

第一章　双胆式军炮库　　106

第二章　塔宁夫探险队　　112

第三章　潘多拉的盒子　　117

第四章　史前子遗　　123

第五章　微观世界　　129

第六章　围　捕　　134

第七章　眩　晕　　139

第八章　北纬 30 度地带　　144

第九章　地心掠食者　　149

2

/ 第四卷 /

阴峪海

第一章	魔　盒	156
第二章	骷　髅	161
第三章	照　幽	166
第四章	楚　载	172
第五章	天在地中	177
第六章	遗　骸	183
第七章	狐　疑	188
第八章	暗　号	193
第九章	箱中女仙	198

/ 第五卷 /

失落的北纬 30 度

第一章	怪　圈	204
第二章	携　灵	209
第三章	海森堡不确定原理	214
第四章	阴　源	220

第五章	水 体	225
第六章	Z-615	230
第七章	比深海更深的绝望	235
第八章	打火机	241
第九章	退 化	247

/第六卷/

黄金山脉与水晶丛林

第一章	不死之泉	254
第二章	洞比山大	259
第三章	乘虚不坠	264
第四章	大海波痕	269
第五章	重复经过	274
第六章	化石走廊	279
第七章	深渊通道	284
第八章	禹王古碑	289
第九章	地下肉芝	294

无中生有

/第一卷/

第一章 吞蛇碑

司马灰认为考古队在地底发现的巨大青铜器，藏于地下数千年却并未因氧化而生出铜蚀，可能是在铜中混入了陨石里的金属成分。观其形制正是古人造于涂山的"禹王鼎"。鼎身上铸有山海之图，那些神秘的图形与符号，涉及远古时代的地理地貌，湖泊、沼泽、沙漠、湿地，以及海外山川巨变，矿物分布，植物分布，飞禽走兽的迁徙与灭绝、变异与演化等诸多信息。

其中一尊巨鼎遍铸地下魑魅魍魉之形，以时间和地层深度为序，依次记载着四极以下的地形地貌，乃至各种矿藏和古怪生物。底层则是一个无底深渊般的黑洞，里面还有些奇形怪状的东西半隐半现，不知究竟为何物。这个黑洞的位置与特征都和考古队想要寻找的"神庙"十分相似。

每一处图形旁边都有虫鱼古篆进行注释，司马灰仔细辨认，觉得应该是"夏朝龙印"。他对此无能为力，半个古篆也认不出来。只是禹王鼎是相物古术的根源，司马灰听闻已久，所以不难推测出这几尊巨鼎的来历。据说秦代的地理古籍《山海经》就是根据古鼎上的"山海图"所做，但内容已失其真。

胜香邻听司马灰说的完全合乎逻辑，想来不会有太大偏差，也不免暗自惊叹。以往帝王诸侯的陵寝中最重要的殉葬器物就是铜鼎，鼎为国之重器，只有帝王才有资格殉以九鼎，以此代表九州。如果寻根溯源，还属"禹王涂山铸鼎"为祖，因此禹王鼎又称"鼎母"。鼎上契刻的山海图更是涵盖天地之秘，历史上对禹王鼎下落的记载十分模糊，想不到竟会出现在这座地下古城之中。

罗大舌头焦躁地说："我看这几尊大铜鼎里又没地图，对咱考古队没有任何实际意义，趁早别在它身上浪费时间了。"

司马灰说："罗大舌头，你真是一肚子草包。以前总听宋地球说什么四羊方尊、虢季子白盘、越王剑、秦王镜之类的国宝，可要放在这九尊青铜巨鼎面前，却都是重子重孙不值一提了。如今实属旷世难逢的机缘，这也是咱们从大沙坂进入地下以来最为重要的发现。"

他又问胜香邻能不能把鼎身上的图案临摹下来，可这些记载着地底秘密的古老图形神秘而又复杂，就算是找来一队人分头描样，怕也不是一两天就能完工。但现在的四个人里，只有胜香邻掌握这门技术，其余三个人即使照着葫芦也画不成瓢，帮不上什么忙。

胜香邻说："壁画才需要描样临摹，大鼎上铸刻的图案可以直接拓下来，用不了多少时间。"她说着话就从背包里取出拓本，将古鼎上的图形逐片拓下，又编上记号注明位置。

司马灰等人全是外行，根本插不上手，只能在旁抽烟等候，合计着接下来要到山腹中的地宫里进行侦察。

通信班长刘江河在旁负责戒备，他有些好奇地问司马灰："首长，你刚才说这几尊铜鼎对考古队意义重大，它对咱们究竟能有什么用处？"

罗大舌头说："几千年前的东西能有什么意义？典型的封建迷信思想黑线回潮，难道修正主义的错误工作路线，还要在考古队里旧调重弹？"

司马灰脑中也没什么头绪，无心再与罗大舌头胡扯，只能说："其实考古队和'绿色坟墓'这个地下组织想要寻找的目标，现在已是完全相同，也就是一个接近地心的未知区域，赵老憨称其为'神庙'。它可能是因地幔能量高度集中，塌陷而成的一个'黑洞'，这个黑洞的具体位置和里面存在的秘密，已经超出了咱们所能理解的极限。

"考古队现在唯一找到的确切线索，就是这座地下古城和禹王鼎上的山海之图。但咱们解读不出夏朝龙印，单凭那些神秘诡异的图形很难洞悉其中的真相。'绿色坟墓'组织中的物探工程师田森，也就是那个代号为'86号房间'的特务，常年潜伏在新疆戈壁，窥视着罗布泊望远镜，这说明地底一定有某种东西存在，直接威胁到了该组织的目标。我估计这些秘密就在禹王鼎里，考古队要想前往接近地心的黑洞，就必须想办法破解这个谜团。"

这地底沙海的尽头，是一座环绕火山窟而建的古城，山腹里藏有地宫。夏朝龙印和青铜大鼎都直接印证了它是从黄河流域远迁而来。那时候人烟少野兽多，山崩海啸，自然环境非常残酷，四方都有穴地而居之人，而铜鼎的存在则说明洪荒时代已经结束。这座城墟应该是夏商王朝的后裔所留，所以考古队要继续搜寻地宫，希望能有一些新的发现。

这时，胜香邻已拓下图片，整理好了装进背包，只留下一张递给司马灰，禹王鼎的山海图中也记载了"极渊"。

司马灰接过来看了看，见那些图形都是地下波涛汹涌的深海，其中不乏"连城之鲸、万丈之蛟"。相传禹干涉九州、探四极，详细度量大地山川的形势，才凿开"龙门"导河入海，具体是东海还是南海则已无从考证，仅知道洪水灌注之海被称为"禹墟"。也许这个地壳与地幔之间的空洞就是禹墟，不过这些事没有证据，只是凭空揣测。

司马灰知道这些拓片不同寻常，就让胜香邻将其妥善收好，然后与众人起身离开，返回那座地宫的边缘。在与古城石门对应的方位有一个墓道般的洞口，既高且阔，往里面看甚是沉寂阴冷，与戈壁火洲中的枯热截然不同。

考古队打开头上的矿灯，缓步走向深处。隧道里空无一物，两侧的洞室里也同样没有任何多余的东西。司马灰感到这里气氛不太对劲儿，提醒众人多加小心，谁也不要冒进。

通信班长刘江河心中又开始发怵："这地方实在太静了，好像连半个活人也没有。"

罗大舌头冷笑道："这里要突然冒出个活人来，那才真是见着鬼了，奇怪的是连具死尸也没有……"

这时，司马灰的矿灯光束照到墙边躺着的一具死尸，那尸体头颅奇大，仿佛水肿了一般，竟大过常人一倍有余，显得枯僵的脸部和脖颈很是细小，说不出的怪异恐怖。

通信班长刘江河心理准备不足，看到那具尸体死状奇怪，不由自主地向后退了半步，惊道："死人！"

司马灰借着矿灯看到深处还有不少尸体，也暗觉吃惊，就按住刘江河的嘴，低声道："你给我小点儿声，万一惊动起来几位，咱可就吃不了兜着走了。"

胜香邻见司马灰又在危言耸听，通信班长刘江河吓得脸都绿了，她听着也有些心慌，就嗔怪道："司马灰，你别总吓唬人行不行？"

司马灰对胜香邻说："我可真不是吓唬你们，这些年我看过的死人太多了，却从没见过这么古怪的尸体。"

胜香邻点头道："大伙儿务必谨慎些，千万不要轻易触碰这些死尸。"

众人小心翼翼地上前察看，凭那些尸体的衣服和随身装备，就知道属于1958年失踪的那支中苏联合考察队，没想到他们也找到了这座古城，却在此遇难身亡。

罗大舌头挨着个儿数了数，一共有22具尸体，考察队的成员全死在这儿了，包括照片中那个"鬼影"。

这些考察队员死状诡异，距离尸体不远处有一块古老斑斓的石碑倚墙矗立，约是一人多高，形状像是人脸，可仅具轮廓，并没有刻出面目，只在底部雕着一张黑洞洞的大嘴，正在倒吞一条怪蛇。

司马灰用矿灯照视地宫中的吞蛇碑，暗觉脊背发凉。似乎是考察队在接触这块石碑的时候突然间遭遇了不测，竟未能走脱一个。但1958年这支考察队事关重大，司马灰虽知这附近必有凶险，也不敢草率了事，只能硬着头皮继续调查。他嘱咐其余三人，在没有得到允许之前，谁都不准擅自接近地宫中的吞蛇碑。

众人逐一检查尸体身上的口袋和背包，找到了一些地图和照片，以及笔记和密码本之类的物品。司马灰正在按照片挨个儿对比尸体的身份，死尸虽然枯僵，面部五官却仍可辨认。这时却听身后有些声响，司马灰额上青筋直跳，心想：刚说过不要接近那座古怪的吞蛇碑，怎么一转过头去就给忘了？

司马灰一抬头，发觉考古队的其余三个成员都在身前，心中猛然一沉，感觉头发根子都竖了起来："后边的是谁？"

他大着胆子回过头去，矿灯的光束也同时投向了身后，可灯光所及之处，除了那块石碑更无一物。司马灰心说：难不成这古碑年深岁久成了气候？

第二章 根 源

司马灰见墙下的吞蛇碑沉寂无声，并没有任何异状，也不知刚才古怪的声响来自哪里，但他每次看到那块石碑，都感到全身汗毛发乍，暗想见怪不怪，其怪自败，就壮了壮胆子，按住矿灯凑到近处仔细打量。

这块"吞蛇碑"斑斓古朴，形状奇异，说它是座石碑，只是考古队根据其外形做出的判断，没人知道这东西究竟是个什么。碑体的轮廓看上去像是人脸，但没有面目，只在底部有张怪嘴吞蛇，显得甚是诡异残忍。

司马灰忽然想起旧时有部"驱蛇书"，俗称"伏蛇咒"，多为历代乞丐首领所持，只要展卷一读，群蛇不分巨细，都来听命。乞丐便挑拣其中粗大之蛇剥皮烹煮，做羹果腹，但只有在荒年讨不来饭的时候才敢使用，否则就犯了忌讳。这座古碑是否也能聚蛇？可这地宫里除了考察队留下的22具尸体，并没有发现任何生物存在的迹象。

这时胜香邻告诉司马灰，考察队的尸体虽未腐坏，但脑颅变形，面部枯化严重，很难与照片上的容貌对比，需要专业的技术鉴定。

司马灰心想：考察队全部22具尸体都在这儿，说明照片里的摄影鬼影确实是偶然的光学折射形成，也许是我们先前太多心了，如今发现了联合考察队的遇难地点，又从尸体身上找到了很多图纸和密码本，收获已经不小，还是尽快离开此地为妙，于是让众人收拢死尸，用"205型单镜头反光照相机"拍下照片作为记录，然后转身撤离。

众人按原路往回走，可感觉越走越不对劲儿，地宫里四面都有隧道，中部是存在吞蛇碑的正殿，每条隧道两边依次藏有数间洞室，进来的时候估测隧道长度在两三百米左右，但走到尽头的时候却没有找到洞口，只有冰冷坚厚的石壁。

罗大舌头茫然道："咱这是走麻答了，怎么跑到死路上来了？"

胜香邻看了看罗盘上的指针，奇道："方位没错，不应该是迷路了……"

司马灰心想：真是怕什么来什么，这座地宫果然有些古怪，莫非是地底暗藏"机括"能将进来的人活活困死？不过司马灰懂得销器变化，并不将此事放在眼内，告诉众人道："据我看，这鬼地方算不得什么，除非是三岁顽童不晓，但要稍知相生相克之理，那就如踏平地一般。"说罢上前摸索石壁，可随即发现和他想的完全不一样，那坚硬的凝灰岩砌合紧密，少说也有七八米厚，里面都是实心的，并不存在机括，即使用大量定向炸药也未必能将它破坏。

通信班长刘江河担心地说："首长，这地底古城里肯定是闹鬼了，那些考察队的死人不想让咱们离开。"

司马灰说："别他娘的自己吓唬自己，我看这事多半与地宫里的吞蛇碑有关，现在已经走不脱了，咱们只能再回去找到那座古怪的石碑。"

正要掉头往回走，众人就听隧道深处似乎有什么东西爬了出来，接触到墙壁发出"嚓嚓"的怪异声响，好像是许多节肢生物，听声音越来越近，而且来势汹涌如潮，实是难计其数。

众人都吃了一惊，不知道地宫深处究竟出现了什么，但见来者不善，"PPS冲锋枪"未必抵挡得住，只得退向旁边的洞室，又合力推动圆形石门，将与隧道连接的洞口彻底隔绝。

司马灰贴在石门上听了一阵儿，隐约听到隧道里的声音都被挡在了外边，这才松了口气，刚一转身，发现其余三人都倚着石壁怔住了，好像看到了什么不可思议的东西，司马灰心想这洞室内能有什么？但抬眼一看也是吃惊不小，原来洞室墙下无声无息地坐着个人。

那人形容枯槁，一脸的皱纹，满头白发，但两眼如电，也在盯着司马灰等人看，其装束与死在地底的考察队完全一样。

转念之间，司马灰就已分辨出此人不会是绿色坟墓的"首脑"，因为"绿色坟墓"的首脑就像一个幽灵或行尸，那种阴森诡异的死亡气息很难掩盖。可考察队的22具尸体不是都在地宫里吗？这"老白毛"又是什么人？

老白毛盯着司马灰等人打量了一阵儿，忽然冷冷地开口问道："你们……是来找我的？"

司马灰不答，反问道："你是1958年罗布泊望远镜考察队的成员？"

老白毛"哼"了一声，说道："后生，这可是国家机密，谁是你们领导，我要直接跟你们领导讲话。"

司马灰等人面面相觑，都觉得此人身上有种难以言喻的神秘气息，这个人究竟是谁？为什么会出现在地宫中？难道遇上了考察队其中一名成员的"幽灵"？另外照片上好像没有这个人，莫非它就是那个"鬼影"？

司马灰感觉情况不明，想先探探虚实，他吩咐通信班长刘江河守住石门，提防密室里发生变故，然后对老白毛说："我就是队伍里打头的，我跟主席合过影，还跟总理握过手……"

罗大舌头插嘴道："这事我可以做证，司马灰这小子确实跟主席合过影，可那是缅共的主席，跟他握手的是老挝总理。"

老白毛听了更加疑惑，又问道："这么说你们不知道我是谁了？"

司马灰见其态度不好，就没好气地说："看你这倒霉模样肯定是位专家。"

老白毛点头道："一般俗人都这么称呼我，我听着也习惯了。"

胜香邻见司马灰和罗大舌头嘴滑，说来说去净兜圈子，这么下去几时才有结果？她就对"白毛专家"直言相告，将考古队深入大沙坂，穿越地槽和煤炭森林找到"地底测站"，接下来摆脱了"86号房间"的跟踪，又从"时间匣子"中逃脱最终抵达沙海古城的经过，拣紧要的说了一遍，希望能够取得对方信任。

司马灰心想这白毛专家来历不明，怎能轻易把考古队的事情全告诉他？可转念一想，考古队现在走进了死路，这些情况也没必要再保密了，因此并未加以阻拦，在旁静观其变，看对方究竟会说出些什么话来。

白毛专家听得将信将疑，好像是在猜测胜香邻说的是真是假，沉思了一阵儿，才承认自己是1958年中苏联合考察队的成员之一，至于他为什么会出现在此，以及当时究竟发生了什么，说来非同小可，而且都与这山腹里的吞蛇碑有关。

他告诉司马灰等人：关于"罗布泊望远镜"，失踪的苏联潜水艇，乃至"绿色坟墓"这个地下组织的秘密，不敢说自己百分之百了解，起码也知道个七八成，但这些事盘根错节，只能从最开始的时候说起，也就是天地构造之时。

自1543年开始，波兰天体物理学家哥白尼就提出了日心说，从此天体演化的讨论被归入了科学范畴，逐渐形成了"星云说""遭遇说"等诸多流派，但事实上所有关于天地起源的学说，到现在为止仍停留在假设阶段，全都无法证明。

苏联科学家在罗布泊望远镜中采集到的岩芯样本，其中含有矿物质锆，根据测量它的年龄来推断，地壳与地幔之间的空洞至少已经存在了46亿年，当时在地底发生了陨冰爆炸，才使这个距离地表1万米的深渊中出现了氧气和水。

然而早在四千多年以前，那个洪荒泛滥的时代，人类就已经发现了这个地下空洞，禹王凿开黄河流域的龙门山洞窟，将洪水引注大泽，这就是史书上记载的禹墟，也就是后世所称的极渊。相传有十万阴兵在地底开凿暗河，才把洪水从龙门山导入禹墟。

古人勘测地理的精准程度，以及工程的宏大与难度，即使放在今天也难以想象，只能归结成是有鬼神相助，其实是因年代久远，古书上的真实记载少之又少，许多方法都已经失传了。

司马灰越听越奇，这白毛专家虽然说得头头是道，可他怎会知道得如此清楚？这些秘密或许在地底古城里有所存留，但夏朝龙印在宋代以后就已经无人能够解读，这老家伙究竟是个活人……还是照片中的鬼影显身了？

白毛专家又神秘兮兮地对众人说道："夏朝龙印出现的年代比甲骨文还要早，因为内容古奥存世不多，在千年以前就已经彻底失传了。但非是夸口，如今世上只有我一个人能看得懂，所以我才能破解这些惊世之谜，至于其中的原因你们现在不要追问，先听老朽把话说完。"

历史上有个"禹王锁蛟"的传说，相传夏代有古妖，形若猿猴、金目雪牙，名为"巫支祁"。禹王在疏通淮河的时候，将巫支祁锁于深不见底的"淮井"中，也有观点认为巫支祁为大蛇，所以才有锁蛟之说。

事实上当时淮水边有个尊蛇为神的古国，其人穴地而居，不识火性，屡次掘开河道导致洪荒泛滥，在被夏王朝降伏后，就充为奴隶发往地底挖掘鬼渠，由于合理利用了蕴藏在地壳下的原生洞窟群，才使这条暗河蜿蜒数千里，又埋下诸多重器镇河，"禹王铜鼎"就是从那个时候起失落在了地底。后来黄河里的大量淤泥沉陷，填塞了龙门山下的暗河，直到千年之后，才逐渐有鬼奴从地底逃出，遁入西域大漠成为了"吐火罗人"的祖先，又有一脉分支在秦汉之际迁至缅甸，即是神秘消亡于地底的"灭火国"。

胜香邻听这白毛专家对几千年前的古老历史了如指掌，所知所识远超寻常，不由得又惊又奇，想不出对方何以知道得如此清楚，罗大舌头和通信班长刘江河也在旁听得两眼发直。

只有司马灰心中越发怀疑，不想再听这白毛专家大放厥词，在没有辨明对方身份之前，这些鬼话谁敢相信？

司马灰拿出考察队的照片，借着电石灯对着那白毛专家反复打量，这照片中没有一个人的相貌与其相似，即使对方是个死去多年的"亡灵"，也绝不会是1958年那支联合考察队里的成员。

罗大舌头埋怨司马灰说："你这人就是太多疑了，谁都不愿意相信，那照片里不是还有个模糊不清的摄影鬼影吗？你又怎么确认第22个人不是这位老同志？"

司马灰说："照片中鬼影的脸部虽然无从辨认，不过我能确定那是个俄国人。而咱们在地宫里遇到的这位白毛专家，根本不在考察队的照片上。"

第三章　照　片

照片中位于二排左一的"鬼影",脸上虽然存在光斑无法辨认,可面部之外仍被照相机真实地记录了下来。

司马灰此时已经注意到了这一细节,他发现考察队22名成员穿着的衣服不同,以此特征辨认,照片里的鬼影应该是个苏联人,所以不管鬼影的真实身份如何,至少不是这个躲藏在地下的白毛专家。

其余三人听了司马灰指出的细节,也是心中疑惑大增,对方显然知道许多重要机密,可此人来历不明,怎能相信他说的那些话?

白毛专家看出众人戒备之心未减,就说:"照片确实是在考察队进入地底之前所拍摄,不过你们要想知道照片里的鬼影究竟是谁,就必须了解'绿色坟墓'组织的核心秘密,这个地下组织正式成立于1946年,它的结构像是一把雨伞,组织内部以不同的建筑物作为代号,坟墓级别最高,房间级别最低,而首脑就是掌握伞柄的那只手。"

司马灰一直思索着如何从此地脱困,没心思再去理会这老白毛的危言耸听,但对方忽然提到"绿色坟墓",显然对这个地下组织所知甚深,他也只得沉住气听个究竟,并暗自揣情度意,猜测这白毛专家的真实身份。

白毛专家显然深知"句句警人心,听者自动容"的道理,他先拿话稳住了考古队的四名成员,却不再提及"绿色坟墓",而是继续谈先前说到的极渊暗河。

鬼奴是西域吐火罗人的祖先之一，吐火罗在印欧语系中有洞窟之意，因此可以将这座失落在地底的古城暂称为"吐火罗城"。

古城中留存着大量壁画和夏朝龙印，记载了禹王探四极度量天地的传说。以现在的观点来看，"禹墟"就是陨冰爆炸在地底形成的大空洞，它周围的地壳中也产生了近似峡谷的幽深裂隙，古人凿开龙门山洞窟，利用地缝为暗河，终于将处在内陆的洪水引入墟中。

夏朝龙印里还记载着一个非常神秘的事件：地壳下有处无底深渊般的黑洞，裂合无常，里面不知存在着什么物体。

古人将此视为禁忌，提也不能提，说也不能说，所以记载描述得十分有限。这些古老的秘密慢慢化作了时间的尘埃，几千年来再也无人提及。

物换星移，转眼已是1953年。冷战初期，一艘隶属于苏联武装力量第四十独立潜航支队，战术舷号为615的Z级柴油动力潜水艇，携带两枚"曙光"潜地火箭出航，在太平洋海域按照命令执行既定任务，当下潜至200米极限深度的时候突然发生了灾难性的海蚀，从此下落不明。

事实上这艘潜艇失踪之后，就变成了一个到处游弋的幽灵，美国空军和英国舰队都曾在不同的区域内接收到来自Z-615的短波定位信号，可来源都出现在根本不可能抵达的深海或地底，并在持续移动。

各方都打算抢先一步找到这艘"幽灵潜艇"，但经过多次探测搜寻，完全没有得到任何结果。当时有情报组织提供线索，推测这艘潜艇驶入了接近地心的黑洞，它的通信信号混在来自地下的电磁微波辐射中反复出现，从而折射到了地表，而在地底持续移动的并不是Z-615潜水艇，而是"黑洞"本身。

这个处于地幔与地心之间的黑洞，即是关于禹墟记载中的未知区域。因此失踪的苏军潜艇将会在某个时间内，出现在罗布泊荒漠下的极渊里。至于它为什么会不断移动，至今还无人能够解释。

该情报的来源就是"绿色坟墓"，其前身为走私军火交易情报的地下组织，成员秘密渗透于各地，但内部始终保持单线联络，全部由首脑通过电台直接掌控。

在那段特殊时期，冷战中的各种军事竞争已趋于白热化，其中就包括对地心的探测行动，苏联根据这一情报，决定将"地球望远镜计划"移师至罗布泊荒漠，并与中方达成协议，共同挖掘埋藏地壳下的原生洞窟。经过大地电场透视分析，在地底发现了两个神秘的铁质物体，但不像是失踪的苏军潜艇，又因事先得知距离地表 1 万多米深的区域曾是禹墟古迹，就在 1958 年组成了一支联合考察队，其中包括地质与考古专家以及军事观察员，前往极渊中进行实地勘测，在正式出发的前几天，考察队共同拍摄了一张合影，也就是出现鬼影的那张照片。

照片中脸部无法辨认的成员，是一位来自苏联 UKB 设计局的军工，拍摄完合影照片之后这名军工就无缘无故地死了，尸检报告的结果被列入机密范畴，具体情况只有苏方了解。

那时"绿色坟墓"已经逐渐摆脱了冷战势力的控制，该组织的主要目标就是不惜任何代价找到黑洞中的秘密。苏联的罗布泊望远镜计划也只是它所利用的有效资源之一。在 1958 年前后，各方已开始察觉到这一情况并将其排斥在罗布泊望远镜计划之外，国内也在历次镇反运动中抓捕了不少潜伏分子。但"绿色坟墓"这个地下组织，不归任何势力所属，内部又是单线联络互不相识，如果不挖出首脑，很难将之彻底铲除。

因此也有人怀疑，这名 UKB 设计局的军工，是被地下组织的潜伏分子所害，而照片里出现的"摄影鬼影"绝不仅仅是个巧合，要按迷信的说法可能是被鬼上身了，或许还有别的原因，不过照相机究竟捕捉到了什么，也因缺少进一步的证据还无法做出肯定的结论。

由于 UKB 设计局的军工意外死亡，考察队出现了一个空缺，这老白毛就临时接到命令随队进入"罗布泊望远镜"，不料途中受到沙虫袭击，磁石电话机的线路被截断，短波发射机也出现了故障，从此失去了与后方的联络。

中苏联合考察队在地底沙海中无从辨认方向，为了避开黑雾，只能依靠重磁力探测表，循着导航的陨铁进入了这座古城，苦苦等待搜救分队的到来。然而谁也没有想到，这漆黑死寂的城墟地宫却是一个让一切生命有来无回的"魔窟"。

司马灰在旁听了半天，与前事加以印证，觉得这老白毛所言不虚。他和罗大舌头等人向来对特务组织存有一种深入骨髓的反感，这主要是因为五六十年代确实潜伏着许多特务，那时候民间的谣言很多，一个个说得有鼻子有眼：诸如有个五六岁的小男孩跟爷爷一起生活，临睡贪嘴多吃了两块西瓜，半夜被尿憋醒了，睁眼一看他爷爷正在那儿偷偷摸摸地摆弄一部电台。原来这小孩的爷爷就是个特务，眼见事情败露就把自己的孙子活活掐死了。还有谣言说美帝造的原子弹都是以人体器官来提炼原料，男的割卵蛋，女的割子宫，要是谁们家有人口失踪，那肯定是被敌特捉去当"原材料"了。

虽然现在知道这都是源自田间地头的不实传闻，可他们那一代人潜移默化的影响还是不小，一提到特务组织就是水火不同炉的敌我关系。但司马灰认为"绿色坟墓"却不同寻常，这个秘密组织的目标是妄图探测地心黑洞里的秘密，可那里面又能有什么惊世骇俗的东西？莫非想颠覆政权，让三座大山重新压在无产阶级身上，叫咱老百姓重受二遍苦再遭二茬儿罪？还是想学秦皇汉武，要破解长生不死超脱轮回之谜？

仔细想想，这些可能性都不存在。另外照片中的鬼影虽然已经死了，但联合考察队仍是 22 名成员的编制，而且全部尸体都在地底。这个老白毛究竟是人是鬼？他何以对关于禹墟记载中的秘密如此了解？为什么要说这座吐火罗古城是个魔窟？联合考察队在古城地宫里遇到了什么恐怖的东西？难道此人……是个躲在匣子中的幽灵？

司马灰寻思不管遇上的是人是鬼，总算是逮着个明白的，许多疑点此刻必须探个究竟，于是就问对方："禹墟里虽然有些石刻壁画图形，但仍以蝌蚪般的夏朝龙印为多，你能对几千年前的事情了解得如此透彻，总不可能是看图猜意，如果解释不出原因，终究不能让人信服。"

那老白毛斜眼看了看司马灰，说道："夏朝龙印比甲骨文出现得还要早，内容古奥神秘，近千年来始终无人能够破解，那是因为世人愚昧不明，从一开始就找错了方向。如果你只是对着夏朝龙印一个个辨识，大概再过一千年也还是认不出来半个。但甲骨文早就不是什么秘密了，只要找到一块同时刻有夏朝龙印与殷商甲骨文的古碑，将两者相互加以参照，要破解夏朝龙印岂不易如反掌？"

司马灰与罗大舌头等人根本搞不懂这些名堂，但听起来似乎不无道理。

胜香邻却知道这种"交叉对比法"确实存在，前些年法国考古队曾利用这种方法，成功破解了埃及法老墓中的大量神秘符号，其中就有著名的"死者之书"。

司马灰看到胜香邻点头示意，心知此事已无可疑之处，他虽然仍有无数谜团想要得到解答，但话要一句一句来说，度其轻重缓急，就先问那白毛专家是否知道"绿色坟墓"的真实身份，以及这个地下组织想要寻找的秘密究竟是什么。

白毛专家说这件事很难用一两句话解释清楚，据《圣经·列王记》所载，精研神秘学的所罗门王曾告诫后世不能发掘埋在地底的宝藏，因为深渊里蛰伏着"古代敌人"。

第四章　魔窟

司马灰等人均是不解其意，《圣经·列王记》中的神秘记载怎会与接近地心的黑洞有关？古代敌人又是什么？

白毛专家解释，古代敌人应该是指地底黑洞中存在的某种东西，各个古国的文明起源不同，都存在一定的孤立性和局限性，因此对它的认知也不相同。古印度称其为"弥楼山"，是洞悉时间始终的巨眼，巴比伦王国则认为是"创世之树"。这些古老的传说也从侧面证实了深渊出现的位置与时间并不确定。

早在夏商王朝治世之际，因有禹王碑沉入其中镇鬼，所以古人也将这个黑洞视为"神庙"。后世所存的禹王碑，都是根据殷商西周以来的青铜器铭文复刻而成，碑上用夏朝龙印记载了这样一段话，大意是"虽有先贤古圣，也不破此关"。但纵观古往今来，已数不清究竟有多少人妄图窥探神庙里的秘密，"绿色坟墓"这个地下组织的目标就在于此。

司马灰终于听出了一些头绪，原来真正的禹王碑已被抛进了地底深渊，可碑刻中记载的那段话是什么意思？虽然白毛专家已经尽量把古奥言词说得通俗，他还是感到很难理解，不知其中藏有什么玄机。

胜香邻告诉司马灰："好像是说亘古以来，虽有大圣大贤明彻一切的智者，也绝不应该揭开神庙里的秘密。"

司马灰更觉纳闷儿："这是出于什么原因？"

白毛专家说:"原因谁都想问,但原因就是答案,我在吐火罗古城中也没有找到明确记载,禹王探测四极之时曾将一块巨石填入地底深渊,堵死了洞口,后世称此物为禹王碑,据说巨石两面都刻有古文,正面为夏朝龙印,背面则阴刻秘篆,至于究竟记载了什么内容,后世已无人得知。而那艘苏军Z-615潜水艇也迷失在了黑洞附近,如果你们能设法找到潜艇的残骸,就等于找到了入口。"

司马灰知道先前在沙海中遇到的"间歇泉"大概也是从地幔深层涌动而出,所以事先才会在那片区域收到Z-615的短波信号。他听宋地球讲过,地幔下可能都是灼热气体形成的汹涌大海,但漆黑如墨,生物一旦接近就将炽为飞灰。也许那黑洞般的深渊正是随之漂浮移动,因此它出现的位置才会难以确定。而古人似乎掌握了其中的规律,黄金蜘蛛城密室里的"星图壁画"应该就是黑洞的坐标方位,奈何被"绿色坟墓"抢了先机,现在考古队怎样才能找到那条通道?

白毛专家听司马灰讲述了在黄金蜘蛛城的遭遇,也完全认同这种猜测,不过关于通道的记载并不是孤本,"吐火罗城"里同样存有最原始的记录,但必须在破解夏朝龙印的前提下才能解读,如今这些内容都写在了他的笔记本中。说罢,他从怀中掏出一个本子,交给司马灰道:"你们当中如果有人能够活着离开此地,可以试着利用这本笔记来寻找前往地心深渊的通道。"

司马灰接过来看了一眼,见里面都是夏朝龙印的解读之法,就将密码本揣在背包里。他暗觉这老白毛来历诡秘,所知所识已经远远超出了联合考察队的范畴,于是又问道:"你到底是谁?"

白毛专家有些不耐烦了:"我已经对你们说过了,我就是联合考察队的成员。"

众人心中起疑:联合考察队的人都死了,22具死尸全在这地宫里,并没有多余的幸存者,除非我们遇到的是个孤魂野鬼,否则怎么可能现身于此?

白毛专家目光犀利，早已看出众人疑惑所在，放低了声音说道："其实你们不应该一再追问我的身份，而应该问我现在……究竟是个什么？"

众人闻言惊异至极，仅是这句问话的前提条件，便足以使人毛骨悚然：什么叫究竟是个什么？

司马灰心知古今成败之数，除了"天时、地利、人和"之外，还有一个关键因素是"神助"，也就是所谓的运气，考古队能在沙海深处的古城地宫中遇到一个掌握着很多秘密的白毛专家，并从此人身上得到了破解夏朝龙印的密码本，虽然付出的代价十分沉重，却终于有了寻找地心通道的线索。

根据白毛专家吐露的情况，司马灰等人已不难揣度出整个事件的前因后果，"绿色坟墓"曾在五十年代暗中为苏方提供情报，并渗透到罗布泊望远镜内部，说明从那个时候开始，"绿色坟墓"已经有机会解开通道之谜，但这个地下组织也认识到禹墟里埋藏的古迹，大都是无法辨读的夏朝龙印，即使找到了谜底也是一个任何人都看不懂的答案。

又因潜伏人员行动泄密，"绿色坟墓"便彻底放弃了罗布泊望远镜，并将行动目标转移到缅北野人山大裂谷，窃取黄金蜘蛛城中的幽灵电波。如今考古队也已掌握了通道的秘密，可见天无绝人之路，运气到了挥之不去，命里无时求之不来，但这个秘密的来源，却不得不令人产生怀疑。

因为众人始终无法确定白毛专家的身份，地底古城中又存在着许多令人难以理解的怪异现象，先前怀疑是考古队进入了另一个"匣子"才会遇到一个根本不应该出现的人，但种种迹象都表明并非如此，所以他们实在想不出这老白毛究竟是人是鬼，又或者是个别的什么东西，一时间谁都没有回应。

白毛专家见状说道："还有好多事来不及跟你们讲了，当务之急是你们得赶快想办法离开此地，如果有人能将密码本带出去，我也算闭得上眼了。"

胜香邻问道："你不跟我们一同走？"

白毛专家脸上一阵抽搐："我在1958年就已经死了，又能……跟你们逃到哪儿去？"

众人闻听此言无不变色，罗大舌头有些沉不住气了，在旁撺掇司马灰："这老同志说得在理，咱可不能辜负了他的牺牲，能撤就撤吧！"

司马灰抬手示意众人先别发慌，他寻思不把联合考察队困死在地宫里的原因搞清楚了，恐怕谁也逃不出去。不过这世上当真有鬼不成？司马灰遇上的怪事不少，可从没真正见到有鬼，曾听故老相传，人死之后一缕幽魂不散为鬼，除非是阴魂附尸而行，否则鬼在灯下无影，但地底砖壁漆黑，他将电石灯照过去，也完全看不清对方有没有影子，当真是人鬼难辨。

白毛专家见司马灰用灯光照来，就抬手遮住光亮说道："你们用不着对我感到恐惧，其实真正可怕的东西应该是地宫里那块吞蛇碑……"

司马灰心头猛然一沉，果然与吞蛇碑有关，那古碑形同人脸却没有面目，仅有一只吞噬怪蛇的大口，似乎象征着某种暗示，其本身又有什么恐怖之处？

罗大舌头猜测道："我瞧那石碑从里到外透着股邪气，也许古城地宫里有怪蛇，吞蛇碑很可能就是这种暗示……"

司马灰知道蛇在古代多被视为原始神秘生物的象征，因此汉高祖斩白蛇而定天下。吐火罗人的祖先也尊蛇为神，这地底有巨蛇倒是不算奇怪，但什么样的怪蛇才会形如古碑？

白毛专家摇头道："吞蛇碑不是什么怪蛇，它也不是任何生物，吐火罗人视蛇为神，不会放置吞蛇的石碑。"

司马灰看地宫内部的石室低矮狭窄，估计里面也应该分为多重结构，四壁间或有秘道石门，就吩咐通信班长刘江河在周围仔细搜寻，这时听那白毛专家说古碑不是怪蛇，便问道："吞蛇碑既然并非怪物，你为何会死在此处？你现在果真是个……死去多年的幽灵？"

白毛专家点头说："据我判断，吞蛇碑暗示着'第六空间'，这个魔窟般的'空间'只有入口，却没有出口。"

司马灰对白毛专家所说的"第六空间"有些耳熟，因为在军事及地理应用上，通常习惯将空间分为五个区域：陆地为第一空间，海洋为第二空间，空中为第三空间，宇宙为第四空间，地表 300 米以内的空间是第五空间。因为这一区域地形复杂，地物阻隔，雷达发现角的可控度非常有限，所以对雷达而言"第五空间"一直都是未被攻破的极地和盲区。

司马灰却不知道还有个第六空间，胜香邻也从没听说过，甚至无从想象，莫非 1958 年的联合考察队全部被这个魔窟吞噬了？

司马灰正想再问，却发现白毛专家没了回应，凑到墙下一看，只有一具枯僵的干尸，看样子已经死了多年。他虽然有些精神准备，仍不免感到心惊肉跳："当真是阴魂附尸？"

胜香邻心头怦怦直跳，大着胆子上前去看那白毛专家的死尸。

通信班长刘江河吓得不轻，连忙提醒道："别过去，那是个鬼！"

胜香邻摆手示意无妨，看明尸体之后转头问司马灰："古城里为什么会有 23 具尸体，第六空间又是什么意思？"

罗大舌头经历了刚才这件事，也觉得全身上下都起了层鸡皮疙瘩，他对胜香邻说："别犯糊涂了，孤魂野鬼专把活人往死路上引，甭管它说什么都绝对不能相信，咱得赶紧找路离开这鬼地方才是。"

司马灰暗觉此事十分蹊跷，考古队如今也被困在地宫中，必须想办法搞清楚遇到的"幽灵"究竟是个什么，以及吞蛇碑与 1958 年那支联合考察队遇难的真相，否则很难活着离开此地。他无法理解什么是第六空间，这多半是那白毛专家根据自身遭遇做出的主观判断，情况未必完全属实。不过将对方这句话和吞蛇碑的诡异形状联系到一起，也使司马灰从中受到了一些启发。

这时罗大舌头已发现一处石壁较为松动，四周都有缝隙，应该是道暗墙，他趴在上面听了听，感觉外边没有异状，便招手让司马灰与通信班长刘江河上前帮手。

司马灰也急着寻找出路，于是不再多想，当下同其余二人一起用力去推墙壁，见那墙后确是有条秘道，用矿灯照进去，看里面沉寂深邃，静悄悄的没有任何动静，从方位上判断，似乎连接着旁边另一间洞室。

罗大舌头向里边瞧了几眼，扭头对司马灰说："看来各洞的地道已经连成片了。"

司马灰点头道："这地方结构很复杂，得小心别在里面走麻答了……"说着话，他转过身看了看后面，见胜香邻还在墙下察看那具死尸，就催促说，"阴魂附尸，生人莫近，得赶紧离开这是非之地。"

胜香邻看那白毛专家的死状，虽如死去多年的僵尸一般，但身上的衣服却未腐坏，心中暗觉诧异，听到司马灰的话就跟上来问道："你们有没有感到什么地方可疑？"

罗大舌头说："我看这鬼地方处处都很可疑，咱还是先想个办法找到出路，再说凡事只凭猜测也没有用，还是得到现地去看，腿到眼到……"

众人越想越是觉得心中没底，摸索着墙壁正要往前走，就听身后的死尸发出一阵怪声，司马灰倒吸了一口冷气，按住头顶的矿灯转头照视，光束投在白毛专家的脸上，就见那死尸的脸孔不知在何时偏转过来，嘴部大张，黑洞洞地冲着考古队，喉咙中"咕咕"作响。

第五章 虫 洞

众人在一片漆黑的地下突然听到这种动静，都觉得心战股栗，想要撒腿就跑，可腿底下却像灌了铅似的迈不开步子。

这时就看尸体脑颅忽然膨胀，从七窍里挣扎钻出几十只"尸鲨"，最大的竟有手掌长短，色呈暗青，前端像是泥盆纪时期的鲨虫，生满了密层层的螯牙，尾部生有脊柱形的坚硬肢节，着地爬行速度奇快，不时发出"喊嗤咔嚓"的刺耳响声。

司马灰用矿灯照过去，眼中已经看得明白，心下更是一片雪亮，1958 年那支深入"罗布泊望远镜"的联合考察队，都是被人在体内下了尸鲨，寄生一段时间就会逐渐潜养成形。这在异方邪术里曾有记载，后世少有人知，只有不想让任何人窥探地底秘密的"绿色坟墓"，才会有如此手段。

不过此前在地宫里发现的 22 具尸体，都早已被尸鲨啃净了脑髓，而考古队遇到的白毛专家，显然才刚被吸成一具仅剩躯壳的死尸，这件事如何解释？与吞蛇碑到底有什么关系？司马灰想到此处，又觉得如同置身在云里雾中，心头茫然一片。

这时，通信班长刘江河看到从死人身体内钻出的尸鲨，已快速爬到自己近前，以手中的半自动步枪难以压制，真吓得魂飞海外去了，只好抬脚去踩，当场踏中一只，耳听"咔"的一声轻响冒出许多黄绿色的黏液，恶臭刺鼻触脑，而他也随之惨叫一声，跟着跪倒在地，鞋底沾到鲎液的地方竟被腐蚀开了一个窟窿，转瞬间就洞穿了皮肉直至骨髓，并且仍在不断深入扩大，丝毫没有停止减缓的迹象。

胜香邻看到通信班长刘江河势危，连忙上前扶住退向墙角，她用矿灯照到刘江河脚下伤势，发现尸鲎体内含有腐酸，这种强酸连铁板都能腐蚀透了，只消沾上一点儿就会蚀肌腐骨，伤身的血肉也随之变为强酸，不断加快腐蚀速度，救无可救，治无可治，什么时候烂成一摊脓水才算完，胜香邻虽然胆识不凡，但见通信班长刘江河的惨况凶多吉少，也不禁寒透心底。

司马灰和罗大舌头一看这情形，不敢再轻易使用PPS冲锋枪了，二人拔开长柄信号烛，将爬到近处的尸鲎一只只戳在地上烧死，那些从死者身体里爬出来的尸鲎还没蜕变为成虫，数量终归有限，凭着他们手疾眼快，尚能抵挡应付。

罗大舌头唯恐那白毛专家的死尸里还有尸鲎，就将没有烧尽的信号烛扔到尸体上，烟火中尸气弥漫，臭不可闻。

司马灰让罗大舌头继续注意周围的动静，然后返身察看伤情，就见通信班长刘江河咬牙忍着钻心的剧痛，他脸色苍白，额上挂满了黄豆大小的汗珠，脚掌连同鞋子都已被腐蚀出了一个大窟窿，也不见里面流血，只有黄绿色的液体不住涌出，情况还在持续恶化，照这么烂下去，几分钟之后这条腿就没了。

罗大舌头也关切地回头张望，低声提醒司马灰："这和在缅甸丛林里被五步蛇咬了没什么区别，只能趁着腐酸还没烂到身上，下狠心截掉肢体，总好过当场丢了性命，能伤在胳膊腿上已经是不幸中的万幸了，要是脑袋、肚子可彻底没救了，再不动手就来不及了。"

胜香邻忙说："不行，这里没有手术条件，如果没办法止血，断去肢体等于是直接要了性命！"

司马灰见机奇快，血肉之躯被尸虫腐蚀与在丛林里中了蛇毒可不一样，当即按住通信班长刘江河的小腿，叮嘱道："你得忍着点……"他心知势不容缓，说话的同时早已将半截燃烧着的信号烛狠狠地按在了对方脚底的窟窿上，从里到外将腐化之处都烧遍了，以烧伤止住了溃烂和出血，又敷上一些药物拿绷带扎住。

司马灰等人忙活了一阵儿，见通信班长刘江河这条命算是留下了，然而自始至终也没听他呼疼挣扎，真没想到这小子竟会如此硬气，正要赞他两句，可抬头一看才发现通信班长刘江河早已不省人事。

司马灰伸手试了试通信班长的鼻息和脉搏，知是因为剧烈疼痛突然引发的神经性晕厥，就让他平躺在地，保持呼吸通畅。

众人全都清楚，即使身体完好，也未必能从这距离地面1万多米的深渊里逃出去，何况脚底烧穿了一个大窟窿，通信班长刘江河多半是回不去了。

正自担忧，却听暗墙后似乎有尸虫爬行，司马灰向前投出信号烛，就见甬道里压山探海般黑压压的一片，都是从石缝里钻出来的尸鲨，数量多得让人心惊，三人心中无不叫苦，一看实在是挡不住了，急忙将暗墙推合，拖着通信班长刘江河退回石室。

虽然暂时安全了，但黑暗压抑的地下环境更使人感到绝望，司马灰定了定神，将刚才想到的事对其余二人说了一遍。1958年那支联合考察队都是被尸鲨在体内咬死的，可为什么密室里的老白毛没有跟其余队员死在一处？此前接触的幽灵果真是"阴魂附尸"？

胜香邻沉思片刻，对司马灰说："这座古城里最大的秘密，也许同样是'时间'，是一个时间的幽灵。"

司马灰问胜香邻："时间这东西又不是活物儿，怎么会成为幽灵？"

胜香邻说："我感觉这里存在着另一个时间，它与已知的时间坐标不同。"

罗大舌头听得脑袋瓜子发蒙，问道："那咱遇到的老白毛究竟是人是鬼？"

胜香邻又看了看墙下的死尸，说道："1958年的科学考察队，也许最终进入罗布泊望远镜的有23名成员，毕竟这位老专家还没来得及对咱们说过实际人数，不排除咱们先前掌握的情报有误。"

司马灰说："是有这种可能，但此处距离地表1万多米，在没有光线的深渊里，颜色没有任何意义，一切生物都已白化，这足以说明死者体内的尸鲨都是从地面上带下来的，所以联合考察队的死因，应该是被'绿色坟墓'事先就在脑中藏下了尸虫，直到抵达吐火罗古城方才毙命。而那白毛专家则是临时加入联合考察队，地下组织的潜伏分子即使想加害于他，也必是在得知此人要跟随联合考察队出发之后才会下手。因此老白毛体内虽有尸鲨，却没有当场跟其余成员同时死亡。依常理推想，整个事件的前因后果都很清晰。可奇怪的是这个老白毛……为何直到此刻才突然死亡？1958年到1974年之间发生了什么？"

胜香邻说："怪就怪在这里了，我觉得地底古城里的这段时间，根本就不曾存在过……"

司马灰和罗大舌头越发觉得不可思议，要照这么想，1958年联合考察队里的22名成员死在吞蛇碑前，直到1974年众人在地底遇到白毛专家，这两个事件当中竟然是一片"空白"。

空白就是什么都没有，连时间与空间都不曾存在。不过从前到后仔细思量，也唯有如此才解释得通。1958年联合考察队中的22名成员同时遇难，那老白毛并没有当场死亡，为躲避尸鲨逃到了这间石室里藏身，他当时也已察觉到体内尸虫成形，自知命不长久，而古城里的时间却突然消失了，当十几年后司马灰等人找到吞蛇碑，这里的时间才再次开始流逝。

三人无法想象出现这种事情的具体原因，至少在特斯拉的匣子猜想中没有提到会有此类情况发生，只推测是与那古怪诡异的吞蛇碑有关，或许这古城地宫里存在着某些看不见的东西，如果无法逃离这个魔窟，考古队自身的时间也会消失，那又意味着什么？

胜香邻推想说："真实会永远停留在虚无之中，正常的时间坐标，将以螺旋加速度离咱们远去，那就永远也回不去了……"

罗大舌头目瞪口呆："完了完了，那后果实在是不堪设想了，何止是不堪设想，根本就没有后果了！"

司马灰说："现在顾不上考虑什么后果了，咱们必须搞清楚为什么会发生这种怪事，也就是设法解开吞蛇碑的谜团，否则没有活路。"

三人正在低声商议，却听墙根儿下碎石响动，此时人人都是惊弓之鸟，那动静虽然细微，也不免立刻神经紧绷，当即将 PPS 冲锋枪和头顶矿灯的光束同时指向声音的来源。

就见地面出现了一个凹陷，原来被通信班长刘江河踏死的"尸鲨"体内流出的腐液酸性奇强，竟然把砖石都烧穿了，地面砖体缝隙处都已松垮，如果受到外力作用，便会立刻向下坍塌。

罗大舌头按住矿灯向砖缝底下照了照，发觉下边好像还有空间，就提议下去寻找出路，虽然情况不明，但考古队困在石室中等死终究也不是办法。

司马灰也有此意，地宫里最恐怖的威胁不是尸鲨，而是时间消失的谜团，说不定在下面能有些新的发现。

二人当即上前动手，用枪托扩大塌陷的地面，奈何砖石坚厚，忙活得满头是汗，才捣开一个刚能容人钻下去的窟窿。

司马灰见底下不算太深，就打算当先跳下去探路，他让罗大舌头背上负伤的通信班长刘江河，由胜香邻断后。

可这时胜香邻想到了一些事情，忙对那二人说："还不能急于离开此地，你们仔细想想联合考察队在 1958 年遇难的经过……"

不等胜香邻说完，司马灰就已经醒悟过来，那白毛专家没有当场死亡，而是躲到了这间石室中，然后"时间"就莫名其妙地消失了，在此之前这老白毛似乎在附近发现了吞蛇碑的某些秘密，也就是说解开吞蛇碑谜团的关键应该就在此处。

司马灰想到这里，就让罗大舌头先将通信班长刘江河放下，仔细在黑暗的石室中到处搜寻。

罗大舌头很是心焦，他对司马灰和胜香邻说："我可是想起来什么说什么，你们是不是有点儿太过于想当然了，怎么能确定是1958年那支联合考察队的时间消失了，也许是咱们已经不在1974年了，反正这地方黑灯瞎火的永远没有昼夜之分，又没有无线电台能收听广播，鬼才知道如今是哪年哪月。"

胜香邻对"时间"的理解得自宋地球，其根源是论述匣子猜想的特斯拉认为时间应该是呈线性运动，发生过的就是发生过了，永远不可能回到过去，流逝过的时间里发生的一切事件都已经不复存在，现在的种种迹象又表明这座古城不是"匣子"，因此绝不可能是众人遇到了1958年的幸存者，此时唯一能想到的解释，就是在那白毛专家死亡之前地宫里的时间消失了十几年。

罗大舌头仍是满头雾水，他继续追问："时间消失了到底是个什么意思？"

胜香邻只好做出简单的解释，联合考察队专家体内附有尸鳖，这是导致死亡的原因，依照常理而言，他在1958年就应该遇难了，这即是死亡的结果。可这个本该出现在1958年的结果，直到十几年后的今天才发生。所以咱们只能初步判断，是原因与结果当中的时间消失了。

司马灰知道罗大舌头一脑袋高粱花子，给他说这些情况也是对牛弹琴，当下只顾四处搜索，无奈四壁徒然不见什么特别之处，但在白毛专家尸体后的墙壁上却有些极为神秘怪异的图形，当中是一个头上生有肉角的高大人形，苍髯庞眉，形态奇古，双手平伸，面前都是只及其一半身高的常人。

司马灰暗觉奇异，他招呼胜香邻和罗大舌头："你们过来瞧瞧，看这壁上刻的是人还是什么妖怪？"

第六章　墙壁里的躯壳

二人闻言走过来，打眼一看也都怔住了，那墙根儿处都是灰色的火山岩，石刻轮廓里不知是涂有颜料，还是年深岁久生出苍苔，已使壁刻图形模糊不清，却更增神秘诡异之状。

司马灰将矿灯照在当中身材高大的人形上，壁刻勾勒的线条虽然简单古朴，但能分辨出那人形头顶上生有两个尖状物。

罗大舌头愕然道："天底下哪有脑袋上生角的人？"

司马灰也觉难测其秘，以前听宋地球所言，曾有考古队在新疆沙漠里的一些古迹内发现过许多根本无法理解的神秘壁画，其中描绘的内容似乎是古代先民与天外来物接触的情景，不免认为吐火罗古城中的壁刻，可能是某种"天外之物"。

罗大舌头对司马灰说："这也太邪性了，真能有你说的……那种东西？"

司马灰说："反正我没见过，但没见过不等于没有，当年苏东坡深夜里途经金山寺，就亲眼目击过骇人听闻的可怕景象，连他那么大学问的知识分子都难以理解自己当时究竟看到了什么，只好留诗记载——江心似有炬火明，飞焰照山栖鸟惊。怅然归卧心莫识，非鬼非人竟何物……"

罗大舌头压根儿也不知苏东坡是何许人也，问道："我怎么没听说还有这么个事，苏教授是哪个单位的？"

胜香邻对着石壁仔细观察，又取出山海图的拓片加以对照，听司马灰和罗大舌头嘴里说得不着边际了，就道："壁刻上描绘的当是上古之人，并非什么天外来物，相传神农氏头上生有肉角，壁刻的内容似乎与之有关。"

罗大舌头说："古时候好像也不应该有头上生着肉角的人，那是人还是野兽？"

司马灰则听过有此一说，据闻上古之人形貌似兽，伏羲和女娲即是人首蛇身，神农氏有角、蚩尤为熊，虽然形如鸟兽却至纯至朴，有大圣德。而现今之人虽然形貌似人，却有些人兽心难测。不过这话也就是种比喻，上古之人不太可能头上生有肉角，毕竟不符合生物演化的规律。

胜香邻说："这大概与古代图腾崇信是一回事，现在没必要多做追究，我看壁刻上描绘的内容，可能只是一个时间和地理的象征，记载着关于抵达地心黑洞的通道之谜，这些内容在禹王铜鼎中也有铸刻。"

司马灰寻思既然已经有了密码本和山海图的拓片，想找到那条通道并不困难，眼下火烧眉毛的事，还是先从这没有出口的地底迷宫里逃出去，其余都是后话，于是让胜香邻尽快拍照记录下来，然后继续观察附近的壁刻。不久，他们发现一个酷似面口袋的图形，内部都是层层叠叠的洞室，大小不一，纵横相通，左端边缘露出一个缺口，仿佛就是考古队进到地宫的入口，此时从整体上来看，又有几分像是只有嘴却没有面目的吞蛇碑。

三人知道考察队的白毛专家多半就是从其中发现了某个秘密，当即注目观看。

胜香邻想依照密码本解读凿刻在壁上的夏朝龙印，但这并非一时半刻之功，她见司马灰脸色阴一阵儿晴一阵儿，似是看出了一些头绪，就问道："你发现什么了？"

司马灰说："咱们恐怕要做最坏的打算了，这里确实没有出口……"

罗大舌头道："你说哪门子丧气话，想当初缅甸野人山那么凶险，咱不照样走个来回！"

司马灰摇头说："跟这吞蛇碑的恐怖之处相比，从野人山里逃出来就像是吃了顿家常便饭。"

罗大舌头闻听此言更是迷惑，心里越发没底，他看着墙上的壁刻自言自语道："没有出口……这吞蛇碑到底是个什么东西？"

司马灰一时间也吃不太准，他知道凭胜香邻的眼力和见识，倒比须眉男子更胜十倍，就想问些情由加以确认，不料暗墙边缘却忽然从上到下裂开了一条缝隙，不断从中涌出浓酸般的液体，滴落在地上发出"嗤嗤"的声响，腐蚀出一指多深的坑洞。

三人听得异响，立刻按住矿灯上前察看，原来是被挡在墙后的成群尸鲨在发疯似的互相咬噬，此物多是老坟古尸里滋生而出，又名"噬金"，若不彻底歼灭，一能生十，十能生百，百能生万，裂变繁殖起来无休无止，体内血液又含有剧毒，遇到空气即成强酸，铁板都难抵挡，所以很快就将石墙蚀穿。当先爬进来的尸鲨肢体都被浓酸侵蚀，随即腹破肠穿，但其生命力格外顽强，只剩上半截身子仍然不住挣扎攒动，紧随其后的尸鲨就在同类的残骸上蜂拥而入。

司马灰心中骇异，一面提起PPS冲锋枪扫射，一面跟罗大舌头架起通信班长刘江河快速向后退避。此时胜香邻已将信号烛扔到地下石窟，三人一同将伤员抬下洞去。罗大舌头顺手从背包里摸出一捆速发雷管，想抛出去炸毁洞口。司马灰心知雷管威力不小，要是把石室炸垮了，情况将会变得更为不利，于是拦住罗大舌头，从旁边的石门退入甬道。

地宫内部分为数层，结构大致相同，每处洞室内都凿绘着大量壁刻，相似的地形给人带来一种山重水复的错觉，三人不敢稍有懈怠，趁着尸鲨还没跟过来，拼尽全力推合了石门。

司马灰检查了一遍墙壁间的缝隙，告诉罗大舌头和胜香邻："以石门的厚度估计，至少在几分钟之内，这条甬道里还算相对安全。"

面临生死关头，罗大舌头反倒镇定了许多，握着手里的速发雷管说：

"大不了最后一拉导爆索，咱一块儿去见那些老战友。"

胜香邻看了看通信班长刘江河的伤势，见其仍是昏迷不醒，嘴唇干裂，额头滚烫，脸上好像还挂着一丝古怪的微笑，不禁很是担忧，忙让司马灰和罗大舌头过来看看这是怎么回事。

司马灰看后也觉得有些奇怪："这巴郎子笑什么？".

罗大舌头分析说："可能梦见他老家甜滋滋的哈密瓜，还有香喷喷的手抓饭了……"

司马灰见通信班长刘江河脸上黑气沉重，猛地醒悟过来："这是中了棺材毒了，得灌白鸭血才能保命。"

罗大舌头叹道："我看生死有命，各有各的造化，这小子也是为军的人，当初穿上那二尺半，他就得有把脑袋别到裤腰带里混日子的思想觉悟。"

司马灰说："当兵的也是人，蝼蚁尚且偷生，为人怎不惜命？只要还没咽气，就不能扔下他不管。"

胜香邻对司马灰："你说的没错，但这甬道里随时都有危险，一直困在此处终归不是善策。"

司马灰心知时间紧迫，就对其余二人说出自己的判断："要是我所料不错，吞蛇碑暗示的东西其实就是这座地宫，它本身即是一个只有入口没有出口的怪物，地底这个不知为何物的东西，被称为'无'，天下万物生于'有'，有生于无。"

罗大舌头对此物闻所未闻，完全搞不懂司马灰说的话是何所指："别说什么有无了，现在就连北在哪边我都快找不着了。"

司马灰说："你仔细瞧瞧周围，就没觉得有点儿眼熟？"

罗大舌头颇为纳闷儿："在这该死的鬼地方困了许久，可真没发现周围有什么好看的。"他说着话再次举目向四外一望，发觉地宫甬道和两侧的密室里，满壁都是虫鱼鸟迹般的神秘符号，这冰冷阴森的情景确是似曾相识，那次要命的经历他到死也忘不了，不禁倒吸了一口凉气，"占婆王的黄金蜘蛛城！"

胜香邻也听司马灰详细讲述过在缅甸丛林里的遭遇，此时经他一提，才察觉到这座地宫像极了野人山大裂谷下的黄金蜘蛛城。

司马灰说："不是黄金蜘蛛城，而是泥盆纪遗物，是另一个埋藏在罗布泊地底的泥盆纪遗物……"司马灰先前遇到那老白毛，听对方用第六空间来形容此地有进无出，可能这只是老白毛在临死前做出的一些主观推测，甚至连他自己都解释不清，难免有许多片面不实之词，因此对其所言不可不信，也不可尽信。

司马灰虽然自知在科学理论上远不及那些考察队员知道得多，但他毕竟通晓相物之术，隐隐觉得整件事情最古怪的地方，就是从1958年到1974年当中消失的一段时间，自从随队进入罗布泊望远镜以来，最使司马灰感到头疼与恐惧的也是"时间"。

奈何形势所迫，又不得不绞尽脑汁竭力思索，他看到密室壁刻中的神秘图形，想起相物古术中提到一种东西。据传在很久以前，有个不知为何物的东西，形状像个口袋，没有五官七窍，《博物志》中将其命名为"帝江"，它的肚子里是"无"，没有时间与空间，也有种说法认为盘古即是从其腹中所生，开凿混沌以成天地。

曾经司马灰询问宋地球有关"泥盆纪遗物"之事，得知泥盆纪遗物可能属于早期的鹦螺类始祖化石，其体内散布着"弥漫物质"，司马灰估计这东西多半就是相物之术中所说的"帝江"，只不过并未从宋地球嘴里得到确认，当时也未做深究，更不知道什么是弥漫物质，如今他只能以古术中的旧理加以揣摩，猜想弥漫物质即所谓的"无"，这样一来就可以大致理解整个谜团的始末了。

胜香邻不懂相物古术，却清楚司马灰言之有物，"无中生有——天下万物生于有，有生于无"这句话，原本是两千多年以前由中国道家鼻祖老子提出的观点，近代又被西方天体物理学家极力推崇，用以解释天地创造的起源，因为他们实在找不出更精确的描述了，这件事在五六十年代一度成为热点,引得举世哗然,争议四起,人们不禁追问:"科学与宗教究竟哪一个更真实?"

胜香邻在国内也听说过此事,所以相信司马灰的判断比较符合实际情况,不过当下形势危如累卵,稍有差错,事态就会发展到无可挽回的地步。三人都决定先摸索到地宫边缘,确认石壁中是否真有泥盆纪遗物的躯壳,然后再考虑对策。

众人也不想扔下半死不活的通信班长刘江河,就上前架起他来要走,刘江河脚部的伤口触到地面,剧痛使他神志有所清醒,迷迷糊糊的不知道自己怎么成了这样,就吃力地问道:"司马首长,我这是……怎么了?"

罗大舌头安慰他说:"其实没什么大不了的,只不过你从今往后……再也不能听从党和人民的伟大召唤了。"

第七章　恐怖生物

通信班长刘江河心里发蒙，一时没听明白此言何意，但他能从罗大舌头的话里感觉到情况不妙，又发觉身边的步枪和背包也都没了，估计自己这回真是死球了，不由得神色惨然。

司马灰示意罗大舌头别再多说了，随即让胜香邻使用重磁力探测表寻找到禹王青铜鼎所在的大致方位，三人架起通信班长刘江河，在漆黑的甬道里一步一挪地往前走。

众人根据支离破碎的线索，推测1958年的中苏联合考察队是迷失在了泥盆纪遗物腹中，当时除了那白毛专家以外，其余的队员全部死在了吞蛇碑前，随后的时间就消失了，直到司马灰等人来到地底，一切事件才开始继续发生。这说明一旦有活人从外部进入泥盆纪遗物，可能是受人体生物电场作用，地宫里就会有一段正常流逝的时间，大概在几个小时左右，此后将会被泥盆纪遗物体内的弥漫物质所吞噬，永远停留在没有时间与空间的"无"中，除非再有外部事件介入。而且根据相物古术中的记载，任何被"无"吞没过的生命，就不可能再次离开，否则将在瞬间化为灰烬，所以即便那白毛专家体内没有尸虫，最终也无法生离此地。

不过这些情况大都是主观臆测，司马灰跟玉飞燕他们在缅甸发现的黄金蜘蛛城，只是一个留有大量热剩磁的泥盆纪遗物躯壳，而此番在罗布泊望远镜下的深渊底层，却存在着许多更为难以解释的神秘现象，此外他也不清楚吞噬时间的弥漫物质究竟是些什么，深感考古队从"无"中生还的希望十分渺茫。

众人尽力克制住恐慌与绝望，沿路摸到甬道尽头的石壁下，耳听墙体内似乎有些声响，黄金蜘蛛城里的泥盆纪遗物被认为是一个带有生物热剩磁的化石躯壳，可地宫里这个东西，却像是一个完全活着的生物。

众人又惊又奇："这东西似乎还活着，泥盆纪……那它是从古生代中叶生存至今了，不过只要有形有质，说不定能用雷管炸个窟窿出来。"

先前没敢用雷管爆破墙壁，主要是考古队里没有人熟悉爆破作业，估算不出要用多少雷管才能炸穿墙体，更不懂得选取爆破点，万一在地底引起塌方麻烦可就更大了，但此时无法可想，不是鱼死就是网破，当即横下心来，留下四枚雷管备用，剩下的都拿胶带贴到墙上。

司马灰点了根苏联重嘴香烟，猛嘬了几口，用烟头凑在导爆索上引燃了，急忙跟其余三人躲到甬道侧面的洞室里，各自用两手堵住耳朵，心里默数"1，2，3……"

暮的一声巨响，震得众人心酥腿麻，喉咙里都是咸腥，迷漫的烟尘中砖墙被炸毁了半壁，遍地都是碎石，爆炸产生的震波在墙体中传导开来，多处砖石纷纷掉落，塌方持续不断，也不知埋没了多少所在。司马灰暗暗叫苦："坏菜了，肯定是雷管用得太多了！"

众人心知应当趁此时机赶紧向外跑，再迟走几步也许就得被活埋在地下，刚要行动，却感到有个庞然大物从崩裂的墙体里爬了过来，最前边的司马灰发觉情况不对，立刻抬手让罗大舌头等人停下，他握着PPS冲锋枪，从洞室中探出半个脑袋向外侦察。

但黑暗中充斥着硝烟和尘土，矿灯的光束根本照不出去，众人只得屏住呼吸，背靠着墙壁不敢稍动。

司马灰虽然料到墙壁内肯定有些古怪，但泥盆纪遗物到底是什么模样，他心中也毫无概念，只是结合以前的经历，知道大约在四十六亿年前，地壳刚刚开始凝固，有些混沌时期残留下来的弥漫物质被封闭在了地底，直至泥盆纪晚期，出现了某种以此为食的鸭螺类古生物，所以成为化石后躯壳内仍旧含有大量热剩磁，从而在深山里形成了盲谷般的电磁场，可吐火罗古城中的泥盆纪遗物还具有一定的生命体征，整个躯体都躲在地宫坚厚的外壁里，显然是由于爆破塌方的影响，使它受到了惊动。

这一刻过得分外漫长，耳听甬道里蠕动的声音渐渐逼近，众人心脏的跳动也在随之加剧，忽然腥风触脑，定睛视之，就见烟尘中有巨物浑浑而至，模样就像是一个大肉柜子，有其口而无头面手足，在狭窄的甬道内也辨别不出它的具体形状，可能与吞蛇碑相差无几，被矿灯照到的部位都是皱褶，呈现出洪荒时代的古老苍黄，所过之处满地都是黑水。

众人看得目瞪口呆，脑瓜皮子都跟着紧了一紧，司马灰知道不能硬碰，又唯恐被堵在洞室内周旋不开，就同胜香邻架住通信班长刘江河，由罗大舌头殿后掩护，不顾塌方带来的危险，拼命向甬道深处逃窜。

通信班长刘江河拖着一条伤腿，刚开始还疼得难以忍耐，可随着步幅稍微加快，血液里的毒质也加速扩散，整条腿都已彻底没了知觉，要不是有人相助，早就躺在地上不能动了，想说话时才发觉连舌根子也麻木了。

司马灰和胜香邻都带着沉重的背包，如果通信班长刘江河自己能使出些力气，还可以勉强架着他往前走，此时被遍体僵木的刘江河一带，竟也不由自主地跟着跌倒。司马灰着地一滚就已起身，他索性扔掉背包，在胜香邻的协助下将刘江河负在背上，就这么迟得片刻，泥盆纪遗物已蠕动至近众人三五米开外。

罗大舌头早红了眼，看情形估计是走不脱了，抬手就将点燃的一捆速发雷管抛向身后。胜香邻刚好回头瞧见，惊呼一声"不好！"，司马灰闻声转身一望，也发觉不妙，那雷管引信太短，距离又实在太近，在如此狭窄的甬道里，四枚雷管集束爆炸的威力足以把众人炸成碎片，眼下是想逃也逃不开了，只好背着通信班长刘江河就地扑倒，顺势躲到墙下，其余二人也都急忙卧倒，等待着猛烈的爆炸随时到来。

谁知那捆雷管落在大肉柜子蠢浊的躯体旁，恰被黑洞洞的大口吞落，正好在此时发生了爆炸，就见泥盆纪遗物的表面瞬间隆起一个大包，随即平复如初，也没有从中传出任何声响和震动，继续浑然无知地向众人爬来。

众人骇异失色，雷管在泥盆纪遗物体内爆炸，却没有对其造成任何伤害，也许这是因为它蠢浊的躯体里充斥着"无"。

可司马灰对"无"只有一个相对模糊的概念，仅知道那是地壳膨胀凝固前的弥漫物质，不断发展与运动的时间和空间都从其中而来。

这时泥盆纪遗物已近咫尺，司马灰暗呼糟糕：此前对事态估计不足，不该贸然炸开墙壁，这回算是把娄子捅到天上去了！如今也不知如何应付，只得同其余二人拖拽着通信班长刘江河竭力向甬道深处撤去。

甬道尽头的石殿里，梁壁仍在不断崩落，上层那些考察队员的尸体和吞蛇碑都随着残砖碎石陷了下来，黑暗中到处混杂着尘埃，矿灯光束照不出一两米远，耳朵里听四面八方都是地震般墙倒屋塌的轰隆声响。

众人头脸手足多处被碎石划破，罗大舌头的脑袋刚好被落石砸到，他虽然戴着"Pith Helmet"（木髓头盔），也受伤不轻，满脸都是鲜血，混乱当中完全辨认不出方位和周遭状况，心里更是着慌，刚撤到殿心，猛觉堆积如山的砖石瓦砾纷纷晃动，地面裂开一条大缝，似是被什么庞然大物从底下拱了起来。

司马灰等人脚下倾斜，不由自主地往后仰倒，心知甬道里回不去了，仗着身手灵便，就抠住两侧断墙，一边躲避滚落的碎石，一边向侧面移动。

此时众人都已察觉到殿底也有泥盆纪遗物，正如先前所料，这座吐火罗地宫与缅甸的黄金蜘蛛城一样，其本体都是泥盆纪遗物的躯壳，只不过黄金蜘蛛城半是生物半是化石，呈僵死状态，而吐火罗地宫却还是个活生生的怪物，从甬道以及地下出现的东西，都是它的腹足。

从吐火罗人留下的壁刻以及禹王鼎上的山海图中，可以得知地底的泥盆纪遗物形如腹足鸮螺，酷似没有七窍的"帝江"，寄生在地宫外壁中的夹层里。那白毛专家生前曾想告诉考古队,此处由于受到弥漫物质影响,粒子进入了量子力互相作用的状态,整个地宫都处于时间与空间的曲率半径范围之内,不再属于已知的广漠空间,而是另一个有进无出的空洞。

生物从外部接近它的时候,会因自身电场使这个空洞出现一条物质通道,但从里往外走的时候通道就神秘消失了。那吞蛇碑的诡秘形状,大概就是古人对泥盆纪遗物最为直观的认知,怪蛇暗示着生命与时间,一切都从"无"中出现,也可以被"无"彻底吞没。

司马灰等人当然理解不到这种深度,但也清楚自己这伙人置身于泥盆纪遗物的躯壳内部,如果跑不出去,那么许多同志以生命为代价换来的秘密就将永远埋没在地底。但众人身边的速发雷管已经用尽,剩下的PPS冲锋枪连自保防身都难以做到,地宫里可供逃窜的空间越来越狭窄,考古队逐渐被逼入了死角,这不是鱼死网破般还能有一拼,倒像是几条金鱼妄想从密封的鱼缸里逃脱。

第八章　费城实验

泥盆纪遗物在墙体间挣扎欲出，考古队四周全是断壁碎石，众人攀至倾倒的吞蛇碑顶端，就已经无路可走了。

罗大舌头将背负的通信班长刘江河放下，胡乱抹了把脸上的尘土和鲜血，气喘吁吁地对其余二人说："这回可真是遇上过不去的坎儿了！"

司马灰也是深感绝望："要是没用雷管爆破墙壁，说不定能够多活一会儿，如今可妥了，还能往哪儿跑？"

胜香邻再次看到吞蛇碑，心里蓦然一颤，忙对司马灰说："1958年那支联合科学考察队的时间并没有消失……"

司马灰不知胜香邻想到了什么，但众人性命只在呼吸之间，就算联合考察队死亡后的时间没有消失，也改变不了现在的处境。

胜香邻思维缜密，她此时觉察到事情并非先前所想，因为白毛专家是遇到考古队之后才开始死亡，所以众人始终有一个先入为主的错位判断，认为1958年到1974年之间的时间在地底"消失"了。

其实被泥盆纪遗物躯壳包裹着的空间内部并没有任何异常，不管考古队在地宫中停留多久，时间也不会消失。如果白毛专家所处的时间曾经消失过，那他早就被虚无彻底撕裂成原子粒子了，连尸体都不可能留下。

真正古怪的地方，应该是泥盆纪遗物的躯壳。1943年美国海军曾根据特斯拉提出的"匣子猜想"，在费城进行过一次秘密实验：通过交流电聚集了大量磁云，并将一艘"爱尔德里奇"号驱逐舰从中投放到了另外的空间。这个实验证实了自然界中确实存在着若干孤立的神秘空间，它们的周围都是不能穿越的弥漫物质，也就是司马灰所说的"无"。

因此泥盆纪遗物躯壳中的地下宫殿，相当于一个被"无"包裹着的匣子，唯有近似虫洞的通道，才能穿过线性的时间坐标。1958年的联合科学考察队以及1974年的考古队，都是经过虫洞进入了这个神秘的匣子，它使前后两者的时间交错在了一起。

在这个危急关头，胜香邻来不及对其余二人细说，只能形容泥盆纪遗物躯壳上的虫洞是一个客观存在的通道，不过地底浓密的磁云弯曲了周围的物理空间，所以考古队原路返回的时候，就找不到虫洞了。

司马灰和罗大舌头面面相觑，他们知道胜香邻不会说些没头没脑的言语，如果能找到泥盆纪遗物躯壳上的虫洞，就有机会逃出去，可四周漆黑一团，到处都在塌方，许多区域也已被碎石填埋，众人勉强置身在倾斜的吞蛇碑上，形势岌岌可危，多说还能再支撑一两分钟，怎么去远处寻找虫洞？

三人想不出可行之策，实在不知应当如何理会，这时只听得"嚓嚓"之声由远而近，用矿灯循声照去，就见密密麻麻的"尸鲨"正成群结队从断裂崩坏的墙缝里涌出，迅速从四面八方向着吞蛇碑围拢而来。

罗大舌头叫苦不迭："怎么跟破裤子缠腿似的阴魂不散，都死到临头了，还想着吃人？"

司马灰一边盯着蜂拥而来的尸鲨，一边说："罗大舌头还真让你给说着了，尸鲨虽是山坟古尸里的滋生之物，但这玩意儿也有思维意识，不过只能同时思索一件事，刚才那阵墙倒砖塌，它们受惊之后只顾逃窜，现在遇到活人就立刻把刚才那件事给忘了，意识里只剩下要啃噬人脑和内脏，你就是把它碾得粉身碎骨，它也想不起来别的事了。"

罗大舌头也不知司马灰所言是真是假，但想起那些考察队员的死状，不禁心生惧意，与其被尸虫从七窍爬进体内，还不如自己给自己来个痛快的，便对司马灰和胜香邻说："我罗大舌头今天终于革命到底了，先走一步，到下面给你们占地儿去……"

司马灰知道罗大舌头就是嘴皮子上的本事，当初缅共人民军被困在原始丛林里，弹尽粮绝走投无路，剩下的人随时都可能被政府军捉住，处境险恶艰难到了极点，他也没舍得给自己脑袋上来一枪。

不料这时就听身旁"砰"的一声枪响，来得好不突然，顿时把司马灰吓出一身冷汗，急忙回头看去，原来开枪的不是罗大舌头，而是躺在吞蛇碑上的通信班长刘江河，他伤势很重，半边身子都已麻木僵硬，脑中却还恍恍惚惚有些意识，也明白自己算是没救了，不想再拖累其余三人，趁着右臂还有知觉，拽出了胜香邻背包旁的五四式手枪。

众人自从进了地底古城，长短枪支都是子弹上膛，随时处于可以击发的状态，刚才又都将注意力放在周围，所以没能发现通信班长刘江河的举动，不过生死抉择可没那么简单，刘江河扣下扳机的一瞬间，心里终究有些软弱，枪响的同时手中发抖，结果子弹没有射入脑袋，反倒打在了腮部，将脸颊射了个对穿，等到众人反应过来，通信班长刘江河已随着惯性滚下了倾斜的吞蛇碑。

胜香邻急忙伸手救援，但转瞬之间，通信班长刘江河身上就已爬满了尸鳖，司马灰和罗大舌头看得心底一寒，忙把胜香邻拽回吞蛇碑。

三人用矿灯照下去，所见实是触目惊心，就看满身是血的通信班长刘江河，滚下去的时候压碎了几只尸虫，腐液接触空气迅速变为浓酸，眨眼的工夫整个人就已尸骨无存，周围的尸鳖仍然不顾死活地爬将过来，也不免被浓酸化去，酸液从裂开的地面边缘，淌落到泥盆纪遗物的肉壳上，立时化为黑水。

泥盆纪遗物在腐蚀下开始逐渐死亡，它的躯壳由上至下向四周崩裂脱落，司马灰等人见脚下不住塌陷，不得不攀着倒下来的砖墙，一路往高处躲避，所幸处在最为坚固的大殿里，才没被填埋下来的碎砖乱石压住。

这时泥盆纪遗物的躯壳所剩无几，塌毁了半壁的地下宫殿，整个暴露在了火山窟里，司马灰等人都没料到会是这么个结果，不管是有意还是无意，这次逃生的机会也是通信班长刘江河拿命换来的，而且他死得十分惨烈，因此谁都没有劫后余生的庆幸，心头却像堵了块千钧巨石，感到透不过气来。

三人抑制住悲戚之情，翻过附近堆积如山的乱石，从泥盆纪遗物残存躯壳的通道中，离开了地下宫殿的废墟，正想摸到洞壁处寻找出口，可四下里昏昏默默，矿灯的光束越来越暗，头皮子也跟着一阵阵发紧，就觉那黑暗深处，仿佛有种巨大无比的吸力，要将众人的灵魂从身体中揪出。

司马灰脸色骤变，考古队的幸存者根本没有脱险，泥盆纪遗物的躯壳已经死亡了，可它的幽灵仍然存在。

胜香邻也意识到泥盆纪遗物的躯壳虽已被毁，但其体内的"无"并不属于任何物质，腐酸对它完全没有作用。

三人没想到通信班长刘江河死得如此之惨，却没有任何实际意义，很是替这巴郎子感到不值，而此时置身于火山窟底部，周围全是倒斜面的山壁，围得铁桶似的，除非是肋生双翅，才能飞到先前从洞口垂下的绳索，而泥盆纪遗物残留下的弥漫物质摆脱了躯壳的束缚，正在无休无止地迅速扩散，好似一条吞吐千丈妖气的巨蟒，在这黑暗的深渊中苏醒了过来。

司马灰脑中嗡嗡作响，记得这火山窟边缘有座大石门，通往绕山而造的地底古城，那道巨门从内向外关闭，两边各有一尊铜人，在外撼动不了分毫，如今说不得了，唯有跑过去设法从内侧推开它，行得通便是一条生路，行不通无非就是一死。

罗大舌头心知那扇巨门坚厚无比，重量何止千斤，积年累月之下布满了苍苔，都快在地底下生根了，只凭考古队剩下来的三个幸存者，多半是推不开它，不过那也无关紧要，大不了冲过去一脑袋撞死，总比留在地狱里慢慢腐烂来得痛快。

三人当即逃向山壁下的石门，司马灰和罗大舌头狠下心来，口里发声呐喊，正要上前动手，胜香邻却忽然拦住二人说："别过去，不能再往那边走了……"

司马灰如何不知道轻重，整个地底古城都会被"无"所吞噬，即使逃出火山窟，恐怕最终也难免一死，但困兽犹斗，咱都不缺胳膊不缺腿的，难道还要坐以待毙不成？

胜香邻道："你先听我说，如果从这座大石门离开火山窟，咱们三个人都会死。"

罗大舌头闻言满头雾水，如今还拿不准能否推得动这座石门，为什么说离开火山窟就难逃一死？

司马灰却是心念一动，这座孤立在地底的火山是有些不太对劲儿，它根本就不是火山。

第九章　承压层

罗大舌头焦躁起来，心想：司马灰是不是在说胡话？这火山就跟个大烟囱一般，有形有质地矗立在地底古城中，怎能凭空认定它不是火山？

司马灰察觉到情况并非如此，从表面看，这座烟囱形的高耸山峰，内外都和火山窟无异，但这里没有硫黄沉积物，也许地底火山死了上亿年，那些沉积物早已分解消散，不过脚下隐隐传来的震动和异响，却显示出山脉深处蕴藏着活跃的巨大能量，既然空气里没有硫黄的气息，所以绝不会是地下的熔岩，可泥盆纪遗物的躯壳溶化之后，强酸仍在向洞窟底层渗透，根据周围的征兆和迹象判断，沉眠蛰伏的火山很快就会喷发，至于这座不是火山的火山里，究竟会喷涌出什么可怕的东西，司马灰就完全猜测不出了。

胜香邻对地质构造的了解程度远比其余二人多，她知道没有炙热岩浆的火山窟是个"泥火山"，俗称"压力锅"，也是地下洞窟里最为危险的存在，要是发生爆炸或突然释放，后果简直不堪设想。当初负责钻掘"罗布泊望远镜"的苏联专家，也对地底的压力锅深为恐惧，而且拿它毫无办法，只能尽量避开，并祈求这个巨兽继续长眠，永不苏醒。

因为极渊空洞里出现的压力和地下水，大多集中向深层传导，在地壳与地幔的裂隙中，被加压加热，几乎每一滴水都要渗漏几千米的距离，又受到重量压制，在烈火中熬炼千百年，才会化为气态物质循环向上，成为凝聚在极渊半空的云团,这个过程震荡激烈,鬼哭神愁,它所产生的威力和破坏性难以估测。

地底古城中的山峰,就是个千百万年以前形成的压力锅,类似的地方在极渊深处应该还有许多,可现在地层结构受到破坏,脚下逐渐加剧的震感,显示地脉中的热流已经开始膨胀,由于那座巨门破坏了山壁,所以山峰外部的古城在一瞬间就会被其埋没,如果考古队仅想凭借两条腿徒步奔逃,必然有死无生。

三人站在巨门前的隧道里,利用矿灯照视四周,想寻个藏身之处暂作躲避,可山腹内的洞窟围得犹如铁桶,攀上高处的山口也是死路一条,这时洞窟底层忽然塌陷崩裂,无穷无尽的泥浆喷涌而出,泥盆纪遗物残存的躯壳,以及其体内的弥漫物质,变成了一个无底黑洞般的旋涡,随即被喷发的泥浆埋没。

由于这火山窟里除了存在大量菌类植物,还有许多肉眼难以分辨的细小微生物群落,它们能够忍耐高温、地热和强酸,在温度高达100摄氏度的时候仍能生存,那种残酷异常的环境,与37亿年前生命诞生时的环境非常相似,另外此类微生物会随着地热的变化,分别呈现出黄、橙、红、褐等不同颜色,好似极光般炫目耀眼,使得整个漆黑的火山窟里,一时间亮如白昼。

司马灰等人趁机看得清楚,俱是骇异难言,那个"大肉柜子"的确十分恐怖,即使躯壳彻底坏死,它体内的弥漫物质仍可吞噬空间,但仅在一瞬间就被咆哮的泥浆吞没,无法确定会被带到哪里,从此以后地底就多了一个充斥着"无"的空洞,然而在地幔深处源源不绝的脉动中,它的存在完全可以忽略不计,也许最终只能沦落为一个永远塌缩在岩浆里的幽灵。

三人尚未从震惊中平复过来,滚滚浊流席卷着泥石就已向巨门涌来,司马灰被逼得走投无路,瞥见身旁九尊禹王铜鼎,腹深足高,又是用陨铁炼成,耐得住烈焰烧灼,索性就招呼罗大舌头与胜香邻,一同爬着鼎壁翻身跳入其中,还没等站稳脚跟,灼热的泥浆就流到了近前,以排山倒海之势将几尊青铜古鼎猛然向前推去,耳中只听"轰隆"一声响,竟将那座巨门从中撞开。

众人置身歪斜晃动的大鼎腹中,一个个都被撞得五脏六腑翻滚颠倒,神志多已恍惚不清,却仍紧紧拽住鼎耳,丝毫不敢放松,唯恐被甩落出去。

过了约莫两分钟,伴随着低沉的怒吼,又听得一声炸雷霹雳般巨响,然后耳朵就聋了,再也听不到任何声音,原来最开始涌出的大量泥浆,只是火山窟底层的淤积物质,温度并不太高,随后的巨响则是压力锅中的蒸汽涌动,三人冒死探出头去张望,就看山峰顶部出现了一个白茫茫的蘑菇云柱,已升至两百多米,内部全是灼热的光雾。

在这奇光异雾的映照下,众人面色都已同死人一样惨白,此时热风酷烈,视线远端的景物变得模糊。胜香邻知道厉害,热流能使一切生物炽为飞灰,连忙示意司马灰和罗大舌头,不要再看山峰高处的蘑菇云,以免视网膜被烧落。三人不敢再看,都低下头在铜鼎里蜷成一团,任凭汹涌奔腾的泥石流颠簸起伏。

地底下发生了一场大规模的膨胀活动,散发着光雾的蘑菇云出现之时,也有许多滚沸的地下水被带到高处,又像瀑布倒悬般从半空里劈头盖脸地洒落下来,随即就是难以估量的泥浆混合在热雾中从洞窟里喷涌而出,压力锅的山体开始崩裂,整座地底古城立刻陷入了滔滔浊流之中,只有无数被高温熔化的石头,还在沿着山坡翻滚而下,极渊上方的地壳受到气压作用,也在整块整块地从高处塌落,声势极其骇人。

司马灰躲在鼎腹中,心想多亏胜香邻发觉了压力锅的异动,倘若众人直接逃入地底古城,此刻都得被泥浆埋住做了殉葬的"活俑",但禹王铜鼎在灼热的泥浆中,也随时有可能沉没倾覆,更不知会被带到什么地方,不过事到如今,也只得听天由命了。

正自心神不定之际,铜鼎忽然被狠狠撞了一下,三人全指望这尊大鼎容身,不得不戴上风镜探身察看,就见翻涌的泥浆里伸出一只大手,似乎是巨门前矗立的持蛇铜人,想来也是被泥石流推到此处,竟将鼎身外壁撞开几道裂纹。

三人心头猛然一沉，拿罗大舌头的话讲，这时候想哭都找不着调儿门了，却在此时，面前出现一大片黑沉沉的巨岩，铜鼎被汹涌灼热的泥浆推到近前，鼎身缓缓向下沉去，司马灰趁势爬上巨岩，伸手将其余二人逐个接应上来，岩体底部的温度在迅速升高，三人虽然戴了手套，仍耐不住高热，呼吸更是艰难，被热流逼得不停向高处攀爬，然而越爬越是心惊，这块岩体高得难以估量，说是一座大山也不为过，先前考古队抵达火洲的时候，却并未发现它的存在，仿佛是突然从地底下冒出来的。

胜香邻见漆黑的岩层断面上满是气孔，分辨出是玄武橄榄岩，极渊里没有这种岩石，推测是刚刚崩陷下来的地壳岩盘，如果是板块规模的沉降，可就不只大如山岳了，玄武岩结构致密，但脆性较高，很容易塌陷碎裂，因此不能久留。

三个人不顾周身火烧火燎的疼痛，咬紧牙关在倾斜三四十度的岩体攀爬，几百米高的岩盘尽头，是地壳底部的断裂带，有千层饼似的皱褶纹理，来自底层深处的膨胀活动使极渊里的空洞被大幅度抬升，众人身后的岩盘断裂带不停地塌陷，脚下根本不敢停留，只能不断顺着断裂的地脉向前，沿途跌跌撞撞，移动到一处平缓的"地床"，终于感觉不到深渊里传导上来的热流了。

众人亡命到此，四肢百骸无一不疼，体力精神都已超出负荷，筋疲力尽之余，半句话也说不出来，更顾不上裹扎身上的伤口，躺倒在地喘着粗气，脑中只剩下一片空白。

司马灰喘息了好一阵子，只感到头疼欲裂，但混乱的意识逐渐聚拢，发觉耳中还能隐隐听到岩盘持续沉陷的震动，没从这地狱般的深渊里爬出去之前，就谈不上安全。

胜香邻也认为众人仍然置身于地壳底层，说不准还会有什么变故发生，帮司马灰和罗大舌头简单处理了伤口，就想动身出发。

罗大舌头倒在地上，闭着眼一动也不想动，想起通信班长刘江河等人没能出来，心里极为沮丧，万念尽同灰冷，索性对其余二人说道："你们一枪崩了我算了，我罗大舌头可真遭不起这份儿罪了，何况考古队就剩下咱们仨，活着回去也没法交代啊！与其再去砖瓦场写材料钻热窑……或是到火车上替香港同胞喂猪，那还不如死在地底下，兴许还能混个革命烈士的待遇……"

胜香邻没想到，值此生死关头罗大舌头竟会冒出这种消极念头，可又不能就此抛下他不管，只好上前劝说了几句，对方却充耳不闻。

司马灰知道罗大舌头要是犯起浑来，讲什么道理全都没用，就说："别他娘装死挺尸了，如果这回能够侥幸生还，老子就带你们下馆子去。"

罗大舌头一听这话，忍不住睁开眼问道："下馆子……吃什么？"

司马灰说："咱们前些年在缅甸山区作战，回来就钻热窑改造思想，然后又跟考古队进了罗布泊荒漠，有多久没吃过正经伙食连自己都算不清了，要是就这么死掉实在太亏，我看咱逃出去之后，怎么也得先祭祭五脏庙，到馆子里也不用点那些花里胡哨的南北大菜，直接告诉跑堂的伙计，把那花膏也似的好牛肉，拣大块切十来斤，有酒只管上……"

罗大舌头打断司马灰道："算了吧你，现在的饭馆一年到头就供应那几样，还点什么菜？再说你直接跟服务员这么讲话，人家还不拿大耳刮子抽死你，你得先说'翻身不忘共产党，吃肉感谢毛主席'，然后才能提吃饭的事，这我可比你清楚多了。"

话虽这么说，但人处在绝境之中，最需要的东西就是希望，即是对"生存"持有饥饿感，而在罗大舌头这儿，唯一实际点的希望也就是下回馆子，于是强打精神爬起身来，跟随司马灰继续向着地质断裂带的深处行进。

苏联专家留下的探测数据显示，罗布泊荒漠下的地壳，主体都是玄武岩层，平均厚度在八千米左右，地床和岩盘间的断裂带纵横交错，结构比人体内的毛细血管还要发达，这是在密闭环境下，经过三十亿年的一点点演化、组合、破坏，才逐渐形成了今天的面貌，又因地底发生了大规模的膨胀抬升运动，所以才使之暴露出来。

司马灰等人都有探地钻洞的经验，从深处向地表移动反倒容易得多，因为不需要寻找具体的目标，别搞错大致方位就行，只要避过塌方的区域，沿着岩层缝隙里被水流冲刷过的痕迹，便不会迷路。

三人仔细辨别附近的底层结构，从中寻觅路径，迂回向上而行，接连走了十几天，粮食和水早就没了，只能捕捉岩隙里的白蛇来吃，种种艰难困苦不必细表，最后从一片干涸的湖床裂缝里爬回了地面，当时天黑，眼前所见只有遍地流沙，充满了荒凉沉寂的气氛，和地底极渊里的情形相差无几。

罗大舌头突觉脚下一滑，像是踩到了什么活物，心想完了，好不容易逃到地面，这尸鲨也跟着追上来啦，想起通信班长刘江河的惨死，"哎呀妈呀"一声急忙跳到一边。

其余二人被他吓了一跳，也忙退后，司马灰手里的PPS随即顶上了膛。三人用头灯照视，光柱所及，只见泥缝里一只土鳖蠕动。罗大舌头上前一脚踏住道："原来是只王八，吓死爷爷了，我还以为是尸鲨来索命呢，这下好了，也算是改善伙食，见天儿地吃白蛇都快淡出鸟来了，做梦都梦见许仙围着我转。"说罢就弯腰伸手去抄那土鳖。

司马灰拦住他说："我听文武先生讲过，这土鳖通蛇性，常与蛇交配，蛇伏于鳖壳之内，俗称'王八公子'，以前有捉鳖的不备，被壳内毒蛇伤了性命。因此村人捉鳖后就挂在树上几时，蛇撑不住便脱出溜走。之后再将土鳖处置，此时鳖血下涌，体内又有毒蛇之精，也算是一宝了。我看此地蛇虫甚多，还要多加小心。"

胜香邻本是嗤之以鼻，但一路走来，发觉司马灰虽不懂考古，但也颇有见识，就道："你说怎样处置便怎样处置吧，我看此地还算安稳，不如就此休息一下。"

司马灰将一支PPS冲锋枪戳在高处，又与罗大舌头将土鳖绑了倒吊其上，让胜香邻和罗大舌头先睡一会儿，自己值哨，约莫个把小时，就见那土鳖脖颈处探出红芯，一条斑斓的彩蛇爬了出来，顺着枪杆溜下，隐入地缝之中。

没过多久天色破晓,就看风动流沙,一片金黄,四周是无数土墩和岩塔,七零八落地矗立在蓝天和黄沙之间,古西域立国三十六,有大小城池七十二座,几乎全部被黄沙埋没,目前被发现并考证出来历者寥寥无几,没人知道这片神秘诡异的沙漠究竟是什么地方。

三人一个个面目焦黑,身上混合着烟火、泥土、血污,两眼都红得快冒烟了,在地底下也没注意到,出来互相一瞅怎么都成鬼了?更没想到还能活着重见天日,不由得百感交集。

罗大舌头嘿嘿一乐,露出惨白的牙齿:"先祭了五脏庙再说,回去上《光明日报》,拿十七级工资。"伸手就去解吊在枪杆上的土鳖。

司马灰还没来得及说什么,胜香邻忽然一头栽倒在了地上,旁边的两个人急忙上前扶住,就见她脸色苍白,口中全是黑血。司马灰感到一阵由内而外的战栗:"一路上连遭巨变,早把'地压综合征'之事抛在了脑后,如今这勾命的东西终于找上门来了。"

不过进入罗布泊望远镜的考古队员,个个身上血管发青,全受到了地压影响,在没有减压的情况下返回地表,都会血管破裂而死,为什么三个逃出来的幸存者当中,却只有胜香邻出现了意外?

其实地壳深处的玄武岩体,在地质结构里属于承压层,相当于一座天然的"减压舱",这与岩体内密集的气孔有关,古时候的吐火罗拜蛇人,便是利用玄武岩矿脉逃离了深渊,当然这些隐情就不是众人所能想到的了。

司马灰看胜香邻吐出黑血,似乎是在地底受了热毒,积郁在肺部,吐出来也就没什么大碍了,可在大沙漠里无医无药,也未必能保住性命,赶忙让罗大舌头取来土鳖,用猎刀割掉鳖头,将热乎乎的鳖血给胜香邻灌了下去,传说这王八公子的血可以续命,虽不知真假,但却也是驱毒大补之物。又同罗大舌头草草填了肚子,他不敢再做耽搁,有心隐匿行踪,当即将PPS冲锋枪拆解了,连弹药一起埋在沙漠里,又以指北针确认了方位，同罗大舌头轮流背负着胜香邻，在沙漠里徒步行进。

走不出三五里地，身后便刮起了大风沙，沿途的足迹和标志很快就被流沙掩埋，罗大舌头心里没底，又问司马灰："这得走到什么时候才算一站？"司马灰低头看了看指北针，在风沙弥漫的恶劣情况下，根本没办法确定这东西是不是还能指北，考古队剩下的人员要是走不出去，就会成为埋在沙漠里的三具干尸，可即使能走出去，也仍然摆脱不了命运中的死循环，因为想解开这个死循环，还要去寻找地底壁画中那个……头上生有肉角的怪人。

大神农架

/第二卷/

第一章　长途列车

考古队幸存下来的三个人，在沙漠里走了整整一天，终于遇到一队"乌兰牧骑"，互相询问之后，才知道这里是库姆塔格沙漠东北边缘，距离白山已经不远，大漠白山之间有片人烟稀少的草原，附近草场生产队里的牧民大都是蒙古人。

罗大舌头颇为吃惊，他还以为从地底下钻出来，竟然到了内蒙古大草原，这一路辗转起伏，行程何止几千里，要不然怎么会有乌兰牧骑？

司马灰却知道新疆西至塔里木盆地，东至库姆塔格沙漠，凡有草场草原，便多为蒙古族聚居之地，当年土尔扈特摆脱沙皇统治，于伏尔加河流域东归从龙，清朝乾隆皇帝颁布御旨，命其分东、西、南、北四路，共十旗，游牧于珠勒都斯、鹰娑川、白山等地，所以新疆东南的牧民大都是蒙古人，而这队过路的乌兰牧骑，即是流动于各个牧区之间的文工宣传队，能侥幸遇上这些人，就算是把命捡回来了。

司马灰没敢承认自己三人是进过罗布泊望远镜的考古队，只说是测绘分队，被派到沙漠里执行勘测任务，胜香邻身上带的工作证也是测绘队员，电台损坏后，又遇到风沙迷了路，已经在沙漠里走了十几天了。

那队乌兰牧骑见司马灰说得真切，又有一名伤员急需救治，自是信而不疑，立刻腾出马匹，将三人带往附近的草场，交由当地牧民照料。

方圆几十里内，只有这两座蒙古包，蒙古族人自古民风淳厚，得知司马灰等人是遇难的测绘分队，便竭尽所能相助。

司马灰见胜香邻的情况趋于稳定，便向牧民借了套齐整衣服换上，前往百里之外的县城，给远在北京的刘坏水发了封电报，让其尽快赶到新疆接应，并嘱咐刘坏水千万不要对外声张，事后少不了有他一些好处。

胜香邻之父胜天远对刘坏水有救命之恩，他得到消息之后，果然匆匆赶来接应，准备到临近的甘肃境内，搭乘长途列车返回北京。

司马灰想将那块从楼兰黑门里带出来的法国金表留下，用以感谢蒙古牧民相救之德，怎知对方拒不肯收，他只好在临行前悄悄放在蒙古包内。

司马灰在黑屋的时候长期吃铁道，对铁路部门的制度十分熟悉，寻思众人身上的伤还没好彻底，受不了长途颠簸之苦，倘若是硬座或站票，这趟下来可真吃不消了，就拿宋地球留下的介绍信和工作证，私下里稍作篡改，到车站里买了四张软卧车票。

刘坏水对此事极为惊讶，要知道软卧车厢可不是顶个脑袋就能随便坐的，普通人有钱也买不着票，按规定只有十三级以上的高干才有资格乘坐软卧，票价则是硬卧的两倍。刘坏水以往经常乘火车出门，但他连软卧里面是什么样都没见过，坐进来一看确实不一样，车窗的窗帘都绣着花，雪白的铺盖一尘不染，单独配送的餐品也更加讲究，感觉真是开了眼界了。

刘坏水早憋着一肚子话想说，在牧区的时候没敢开口，坐到车厢里关上门才找到机会，他趁罗大舌头去餐车吃饭，突然对司马灰一竖大拇指："八老爷，可真有您的，换作旁人也未必回得来了。"

他先是将司马灰捧了一通，说什么"蝎子倒爬城"古时唤作壁龙功，宋太祖赵匡胤在位时，汴梁城中有名军官，行动轻捷，武功高明，尤其善于飞檐走壁之类的轻功，脚下穿着吉莫靴，凡有高墙陡壁，都可跃身而上，挺然若飞。某日太祖皇帝在宫中夜观天象，忽见一物如鸟，飞入内宫，转天公主的镂金函枕不翼而飞。太祖查问下去，才知汴梁军中有个异人，翻越城墙易如反掌，还能沿着大殿的佛柱攀到檐头，百尺高的楼阁也视如平地，内府失窃的宝物，必是此辈所盗，奈何没查到真凭实据，无法治罪。太祖皇帝闻言惊奇不已，就传下圣旨说此人绝不可留在京城，应该发配到边疆充军，可等禁军前去抓捕，那人却早已杳无踪迹了。司马灰不仅得过这路"壁龙倒脱靴"的真传，又通晓相物古术，根基甚好，更兼胆略非凡，智勇过人，看命格属土，乃是北宋年间的锦毛鼠白玉堂白五爷转世投胎，今后前程远大，能够安邦定国。

司马灰知道刘坏水的意思，就止住他这番虚头巴脑的话头，直接说明了实际情况，这次跟考古队进了罗布泊，真没想过还能有命活着回来，可既然没死，那就还得跟"绿色坟墓"周旋到底，因此剩下来的三个人必须隐姓埋名，随后的一切行动都要秘密进行，绝不能走漏任何风声，否则无法确保安全，就当这支考古队全部死在了地底。

刘坏水早已看出司马灰有这种打算，所以也没感到十分意外，但胜香邻是阴寒热毒之症，肺里瘀血难清，时常咳出黑血，一度高烧不退。刘坏水感念胜天远的恩德，凭他的社会活动能力，安排胜香邻躲在北京养病不成问题，还能请到相熟的医师到家中诊治，可不知司马灰和罗大舌头二人今后如何打算。

司马灰这条命原本就是捡回来的，安顿好了胜香邻，再也没有别的牵挂，考古队在地底下找到了山海图拓片，以及白毛专家解读"夏朝龙印"的密码本，接下来自然是要以此为线索，去寻找地心通道，可不管干什么也得有充足的经费支撑，司马灰和罗大舌头当初以卖"火龙驹皮袄"为名，赚了刘坏水一笔钱，但大部分都给阿脆老家的祖父苏老义寄去了，剩下的则买了软卧车票，现在身上穷得叮当响，连一个大子儿也没剩下，不仅是发电报时许给刘坏水的好处无法兑现，现在还打算再借笔款子作为行动经费。

刘坏水一听赶紧摇头，面露难色说道："我在考古队的差事能赚几个钱？您别看我平时做些打小鼓的买卖，可如今这年月都是收货，向来只进不出，钱都压在东西上了，再说您瞧我这也是一把岁数了，不得在手头里给自己留俩钱当棺材本儿吗？"

司马灰知道刘坏水这种人把钱都穿在肋骨条上了，用的时候得拿钳子往下硬揪，要钱比要命还难，于是就说："刘师傅，瞧把您给吓得，您得容我把话说完不是，咱们两家多少代的交情，我能白要您的钱吗？"

刘坏水俩眼一转："莫非八老爷手上……还有户里留下来的行货？"

司马灰说："行货可真没有了，我要搞来两件西贝货，也瞒不过您的法眼，不过我们这趟去罗布泊，倒是带回几张拓片，您给长长眼，看它能值几个银子……"

刘坏水什么没见过，寻思所谓的拓片和摹本能有什么价值，心下很是不以为然。可等司马灰取出拓片一看，刘坏水的眼珠子落在上面就再也移不开了："这是……'禹王鼎'上的山海图！"

司马灰点头说："刘师傅你这眼可真毒，也确实是识货之人，您给估估这件东西怎么样？"

刘坏水想了想说道："要往高处说可不得了，想当初混沌合一，不分清浊，自从盘古开天辟地，清气上升为天，浊气下降为地，此后天地又合，孕育而生万物，再后来苍天裂、玄铁熔，才有女娲补天，禹王治水，铸九鼎划为九州，可以说这九尊大鼎都是无价之宝，一出世就能震动天下。可青铜大鼎不是俗物，一般人绝不敢收，因为国家法度不容，何况普通人家能有多硬的命，藏在宅中恐怕也镇它不住。另外这铜鼎上的山海之图，只是影本拓片，流传出去就可以随意复制，成不了孤本终究不算宝物，依我看这些拓片，顶多能值一块钱。"

司马灰怒道："到了打小鼓的买卖人嘴里，普天底下就没一件好东西了，我就是把'汉宫烽火树'带出来，可能也比一筐煤球贵不了多少。这几千年不曾出世的东西，您才给估出一块钱来？一块钱够干什么的，我干脆去五毛让五毛，白送给您多好？"

刘坏水大喜，忙道："那敢情好，此话当真？"

司马灰说："当什么真？我压根儿也没打算让给您，我留着它还有用处，现在拿给您看的意思，就是想让您明白——地底下可不仅只有矿脉岩层，也埋藏着许多旷世难寻的奇珍异宝，您要是能把经费问题给我们解决了，我这趟好歹给您捎件大货出来。"

刘坏水听得心动，他也知道古物大多埋于地下，不在坟里就在洞里，再往深处更有许多未名之物，这倒不是虚言，只是担心司马灰等人没命回来，自己把本钱扔出去了，可连个响儿都听不见，但在激烈的思想斗争中，最终还是投机心理占据了主导，刘坏水咬了咬后槽牙，同意了司马灰所提的条件，二人随即在车厢里，当着毛主席像章立誓为证。

刘坏水又恭恭敬敬地将主席像章重新戴上，说："咱当着他老人家不敢有半句虚言假语，更不能三心二意。"然后他告诉司马灰，"今时不比往日，像什么铜尊铜鼎之类的东西实在太扎眼，瓷器又容易破碎，路上不好夹带，拿回去也不便藏纳，最好的大货就是古玉，古语有云'玉不琢不成器'，但地底下的玉器，并不是年代越久就越值钱，还需要详加识别。这里面有个秘法，凡是好玉，一定是温润坚硬、细腻沉重，但入土久远，其性其质都会慢慢发生变化。您要是看到玉体发松受沁，那入土的年代大概就在五百年左右了，如果有一千年，玉质会变得有些像石膏，两千年形似枯骨，三千年烂如石灰，年代再久则不出世，因为早已朽烂为泥了。夏、商、周这三代旧玉，质地朽烂，玉性未尽，若是魏晋南北朝时的老玉，质地未变，玉性尚坚，偶有软硬相间的玉器，则是南疆中的古藏之物，谁要是能找来一件形如枯骨、殷红胜血的千年旧器……"

刘坏水絮絮叨叨地说到此处，忽然想起来还不知道司马灰这趟要去什么地方，有没有旧玉还不可知。

司马灰早在旁边听得心不在焉了，他也正想问刘坏水一些事情，就指着山海图拓片上的一件事物相询："刘师傅您可是'晦'字行里的老土贼了，见过听过的古物不计其数，能不能看出这件东西到底是个什么？"

刘坏水戴上老花镜，盯着拓片端详了半晌，奇道："山海图里描绘的这件古物，好像是部机器，一部……很大的机器。"

第二章　秘　境

　　司马灰知道山海图中描绘的奇怪物体，早在神农之时就已经有了，它要真是一部机器，至少也有好几千年的历史了，想来不能以常理度测，就递了根香烟，请教刘坏水道："您给好好说说，我愿闻其详。"

　　刘坏水嘬着牙花子道："据我所知，这件东西确实是有，可年代太古了，您别说我一个打小鼓的，就算胜老板再世，他也未必解释得明白，我把肚子里的存货抖搂出来不要紧，但这道听途说，却不敢保证是真是假，所以我姑且一说，您就姑且一听。"

　　司马灰点头表示理解，他手中的那册密码本，前面逐字录有"夏朝龙印"的译文，后面还空着多半，便顺手掏出笔来，听刘坏水说到紧要之处，就在本子上详细记下。

　　原来考古队从地底下带回来的山海图拓片，只是其中的九分之一，铸刻于这部分的神秘图形，记载着地表以下的各种地形地貌，以及大量古代生物。在接近顶端的区域，描绘了一个头上生有肉角的巨人，面前摆放着一个圆盘状的神秘物体，它分为数层，像塔又不是塔，显得奇形怪状，遍体都有诡秘复杂的纹路，也不知道是金属还是石料，四周有异兽盘踞，上方则是一条缠绕数匝的吞山怪蟒。

　　司马灰等人在地底古城中，也见过与之类似的壁画，根据解读出的夏朝龙印，得知那头上生有肉角的人形，就是上古之时的神农氏，而这个圆盘状的物体,名为"天瓱",是通往地心深渊的关键所在。

刘坏水所言与司马灰掌握的线索基本一致,但也有许多他根本不知道的情况,刘坏水讲得十分详尽。他说诸如"燧人取火、有巢筑屋、女娲补天、伏羲结网、仓颉造字"之类,都是上古大圣大德之人的事迹,要是没有他们,咱至今还得茹毛饮血在树上睡觉呢,那上古之人身体长大者最多,其性极为淳朴,因为处在十分原始的时代,形貌如兽者也多,到得后世,就把这些先贤古圣给图腾化了。所以说到神农氏,在《述异记》里描述他是头上生有肉角,腹如水镜,洞见肠胃,不管吃了什么东西,都能直接在外边看到,故此才能尝百草、辨五谷。

不过刘坏水也认为山海图里描绘的神农,应该是个地理坐标,位置大概在一座大山底下,据说老君山最高处曰"神农架",悬崖峭立,林木蒙茸,自古人迹罕至,此地处于大巴山余脉东端,相传神农氏在此架木为巢,因而得名神农架。咱们国家在1970年,于房县、兴山县、巴东三地,析置"神农架县",这是先有山名,后有县名。

司马灰听到此处,觉得有些搞不懂了,只通过拓片中的图形,怎么就能轻易确定这是个地理坐标?

刘坏水说:"这山海图里记载得再清楚不过了,可要想弄明白地形地势,得先搞清楚上面盘曲起伏的东西是什么。"

司马灰莫名其妙地说:"那似乎是条栖息在地底的巨蟒,而且体形奇大,能吞山岳,它与地形地势有什么关联?"

刘坏水说:"这哪是什么吞山的怪蟒,您再仔细瞧瞧,它还像什么别的东西?"

司马灰又看了看拓片,若说是地底怪蟒,也仅具轮廓,分辨不出蟒头蟒尾,以他的眼力,终究看不出这是个什么物体。

刘坏水说:"其实它是条山腹里的隧洞,内部岩层色泽乌青,酷似从死尸身体里拽出来的肚肠子,非说像蟒蛇也无不可,反正就是深山里天然造化的盘叠洞窟,古称尸肠洞,上边的山形也很特殊,地层里蕴藏的化石特别多，这种罕见的山形地势，只有大神农架的原始森林中才有。听那些早年间的老郎们所言，尸肠洞深不见底，尽头多半通着锁鬼的阴山。"

司马灰说："它不就是一个盘叠形的山洞吗？能比罗布泊望远镜还深？深渊在古书中也被称为九重之渊，我要是没记错，庄子有言——夫千金之珠，必在九重之渊，而骊龙颔下。可见真正的重器秘宝，都在地下绝深之处，因此地洞越深越好。"

刘坏水点头称是："你们此去如能得手，自是最好不过，我那件大货就算有指望了。但庄子这话里可也透着十足的凶险，别忘了古人还曾说过——虽有善烛者，不得照于九重之渊。可见那地底下有些东西是绝对不能看，也绝对不能知道的，只盼八老爷您千万不要有去无回才好。"

司马灰听得此言，暗觉一阵毛骨悚然，古时候所说的九重之渊，应该就是"绿色坟墓"想找的地方。于是又问刘坏水尸肠洞的具体位置所在，那一带都是莽莽林海覆盖的崇山峻岭，峭壁险崖众多，只凭一两个人怎样才能找到隧洞入口？另外那部几千年前的机器究竟是何物？能否确定它就在隧洞最深处？

刘坏水为了司马灰许下的大货，当然是知无不言、言无不尽，当即话复前言，接着说道："咱还是一个一个地来吧，先说这个所谓的机器，或说是机械，除此之外，我实在想不出别的词来形容这东西了，古书中称其为天瓺，是度量天地之物，能够自行自动，春秋战国的时候，它还在大神农架隧洞深处，近些年出土的古楚国墓葬壁画和竹简里也有与之相关的记载，但内容过于神秘离奇，今人多不可解。"

因为当地也曾是巫风盛行的古楚国疆域，春秋战国时六十万秦军大举南下灭楚，却没在楚王宫室里找到大批珍宝和青铜重器，据说都被楚幽王埋到尸肠洞里去了，那其中有飞僵出没，生人莫近。此后的两千余年，高山为谷大海生尘，地形地貌发生了显著变化，如今这条深山隧洞的具体位置，可就很难找了，另外尸肠洞是春秋战国时期的地名，之后的县志、方志都不再用此称谓，早已变成了一处不为人知的"秘境"，所以只要世间确有此物，就应该还在神农架。

司马灰听完刘坏水的讲述，仍旧难以想象天瘕究竟是个什么，大概这古老的传说年代深远，内容早已失其真意。看来只有眼到腿到，真正在深山里找到它，才有机会解开谜团，根据拜蛇人留在地底密室中的古篆记载，好像天瘕就是抵达深渊的通道，这也是司马灰所知的唯一线索，不管结果如何，他都打定主意要去探个究竟。

于是等罗大舌头回来之后，众人便继续在车厢里低声密谋，司马灰向来胆大包天，又自恃有一身本领，打算凭着一纸私自篡改过的介绍信，与罗大舌头两人冒充考古队员，直接进山探秘，而且要尽量隐踪匿迹，知道的人越少越好，因为明枪易躲、暗箭难防，此时无法确定国内还有没有"绿色坟墓"的潜伏分子，万一走漏了风声，难保进山后不出意外。

刘坏水并不赞同，他指望司马灰能活着带出几件大货，自然要稳妥起见，大神农架处在鄂西腹地，山区岭高林密，覆盖着终年不见天日的原始森林，地底隧洞中更是情况不明，只有两人前往，纵然有些个手段，也未免势单力孤，恐怕难以成事，应当先回去从长计议，最好多找几位奇人异士相助。

司马灰也深感力量有限，可来自时间上的压力，根本不允许他再有延误，现在是有条件要去，没条件创造条件也要去，另外司马灰也不打算让不相干的人卷入此事，前两回死的人已经够多了。

胜香邻上车前刚刚打过吊瓶，身体仍然十分虚弱，但始终在听司马灰等人商议去大神农架的计划，她支撑着坐起身来，低声对司马灰说："我现在已经好得多了，你们这次进山寻找天瘕，事关重大，我也必须参加，再说小组中缺少了懂得地质结构的成员，探洞时面临的困难与危险都会成倍增加，咱们在一起多少是个照应，不管遇到任何情况也能商量着应付，你可以放心，我绝对不会给你添麻烦。"

司马灰和罗大舌头两个人，都知道胜香邻的性格看似平和，骨子里却十分有主见,一旦是她认准的事情,就从来不肯听人劝说,你不同意她也会自己随后跟来,况且留下她孤身一人,也确实难以放心。

刘坏水不想让胜香邻冒这么大的风险,但他的话现在没作用,劝说无果,只得掏出收货用的几百元本钱和二百多斤全国粮票,全部交给了司马灰,嘱咐他一定想办法照顾好胜香邻,大货以后再说不迟,这趟只要活着回来就成。

司马灰等人谋划定了,看天色已然大黑了,就想在列车上睡下,但胜香邻对司马灰说:"列车在抵达首都之前,一定会有工作人员来软卧车厢检查,咱们这四个人,都加起来也够不上行政十三级,到时候怕是遮掩不过去了,此外北京站里人多眼杂,出于保密和安全因素考虑,最好在中途下车,直接取道南下。"

谁知罗大舌头坚决不肯,他还发表了一番高见。说起火车来,罗大舌头对它可实在是太有感情了,当年跟夏铁东南下缅甸的时候,众人哪里有钱买票,途中好不容易才混上一列火车,那趟破车开得甭提多慢了,走走停停,一路上咣当来咣当去,都快把人给咣当散架了,车上人又多又挤,连下脚的地方都没有,加之天气闷热,老婆哭孩子叫,搞得乌烟瘴气,到处都是乱哄哄的,空气里弥漫着令人窒息的怪味,那份儿罪遭的,可真是小鼻子他爷爷——老鼻子了。

一般像这种超员的火车,列车员大多会偷懒不查票了,因为有心无力,根本挤不进去,可那趟车恰好是红旗乘务组,连续多年被评选为光荣的先进集体,一水儿全是年轻的女列车员,那些姑娘都跟打了鸡血似的,也不怕又脏又乱,从人缝里生挤进来查票,还帮着旅客们搬行李送开水,真要给你做出个样儿来瞧瞧,可苦了罗大舌头等人,担心被查出来给撵下车去。

多亏夏铁东急中生智,也不知从哪儿捡来一张破报纸,他不管旁人愿不愿意听,就主动学习雷锋同志,义务给车厢里那些乘客读报,宣传毛泽东思想和革命路线,当时夏铁东装得颇为投入,读起来声情并茂,估计中央人民广播电台的播音员也就这水平了，那些女列车员看到此情此景大为感动，觉得这小伙子不仅长得高大英俊，思想觉悟也特别高，坐着火车还自发给群众读报，宣传当前的大好形势，有这么高的思想觉悟，上车还能不买票吗？于是隔过去没查这伙人，众人得以躲过一难，但心里甚是自卑，至今留有阴影。

从缅甸逃回来后，罗大舌头又同司马灰在火车上出苦力，留下的记忆全都不堪回首，他做梦也没想到自己还能进回软卧车厢，并且还能去餐车上吃顿饭，能混到如此地步，这辈子也算没白活，现在屁股还没焐热呢，怎么能半道下车？

刚说到这里，刘坏水突然起身道："听你们说起火车，我倒想起一件要紧的事来。"

罗大舌头正发着牢骚，被刘坏水从中打断，显得颇为不满："瞅您这份记性，我不说您也想不起来，怎么我一说您就想起来了，我看刘师傅您是有点儿老年痴呆，长此以往离弹弦子可就不远了，趁着还明白，回去赶紧买俩核桃，没事儿的时候攥在手里搓搓……"

司马灰使了个眼色，示意罗大舌头等会儿再发言，然后问刘坏水："您要说的这件事，它是好事还是坏事？"

第三章　林场怪谈

司马灰已经听够了坏消息，他那意思是："有好事你尽管说，坏事趁早别提，我听多了闹心。"

刘坏水显得没什么把握："按理说应该是好事，怎么说呢，我刚听这位罗爷提到火车上的事，就想起我还有个外甥姓白，以前是工程兵，当年去过朝鲜，还顶着美国飞机扔下来的炸弹，在鸭绿江上修过大桥，后来从部队转业，分配到地方上管铁道了，由于'文革'期间表现突出，又在县里当上了个革委会的头头儿，辖区恰好就在神农架苍柏镇一带，我可以写封信，让他想方设法关照你们一些，不过……不过我这成分不太好，就怕他现在不认我这个亲娘舅了。"

司马灰觉得此事有胜于无，行得通当然最好，行不通也不打紧，便给刘坏水找来纸笔，让他写了一封信，夹在密码本里带在身边，当夜在长途列车中各自安歇，转天别过刘坏水，从半路改道向南。

神农架地处鄂西腹地，深山里头交通闭塞，根本没有铁路，司马灰等人只能先到房县落脚，一连在县城的地矿招待所里住了好几日，一是为了让胜香邻调养身体恢复元气，二来还要提前为进山做些准备。

司马灰担心路上有人检查，就把从罗布泊望远镜里带出来的苏联冲锋枪全都埋在了沙漠里，如今身边只剩下三套弧刃猎刀、Pith Helmet、鲨鱼鳃式防化呼吸器、风镜、毡筒子，其余还有指北针、防潮火柴、照相机、

065

望远镜、信号烛、驱虫剂、过滤器、胶带、行军水壶、急救包之类的物品，当时命都快没了也没舍得扔掉，如今果然有了用场。

房县县城里物资匮乏，但好多人家到了夜晚都要用电石灯照明，当地也有矿井，所以矿灯一类的照明器材得以补充，为了防止山里下雨，司马灰便按着缅共游击队里的土方子，用雨具自制了防水袋裹住背包，另外又准备了一批干粮和烟草，还在供销社买了几双胶鞋和长绳，并找个铁匠打了个壁虎钩子。

唯独搞不到武器和炸药，司马灰等人还不了解山里的情况，没有枪支胆气终究不足，不过这个问题无法解决，也只能走一步看一步了。

临到出发之前，司马灰带着罗大舌头和胜香邻去了趟澡堂子，这是县城里仅有的一家浴池，名叫东风浴池，取自"东风压倒西风"之意，原店几十年前就有，那时到林场里干活儿的北方人多，所以才盖了这么个澡堂子。

东风浴池的店面格外简陋，陈旧失修，规模也不大，烧着个小锅炉，男部、女部都加起来，容纳十几个人也就满员了，当时澡堂子里的搓澡、修脚等项目，也都被认为是"封、资、修"服务，给全部取消了，当年搓澡的现在改烧锅炉了，不管有没有顾客，他都能按月领工资，搓澡的手艺早已荒废多时。

司马灰和罗大舌头不知道胜香邻那边怎么洗，反正他们俩央求了半天，好话说了一箩筐，又递了半包烟，才说动烧锅炉的老师傅出来搓澡。

罗大舌头还冒充是考古队的："咱泡澡堂子完全是出于革命工作需要，因为这一出野外，至少也要去个十天半月，条件艰苦的时候连脸都洗不上，必须得先来搞搞个人卫生。"他又反复叮嘱那位搓澡的师傅，"使劲搓，褪下两层皮来才好，等到洗白刷净之后，又得往火坑里跳了，下次洗澡……还他娘的不知道等到什么时候呢！"那师傅看这二人满身枪伤刀疤，不免又惊又奇，心中虽有疑惑，可也不敢多问，只盼这两位洗舒服了赶紧走人。

三人从东风浴池里出来，只觉遍体轻松，都有脱胎换骨之感，尤其胜香邻，虽是一身劲装，但掩饰不住骨子里的清秀柔美，神态中竟有玉飞燕的影子，只不过玉飞燕更显妩媚，胜香邻则多了些秀气，想到此处，司马灰不禁心头黯然。一行人到路边搭了辆拉木料的骡车，神农架尽是海拔两三千米的高山，形势巍峨，林木稠密，素有华中屋脊之称，进山路途十分崎岖，颠簸得众人昏昏欲睡，可到山里一看，司马灰等人都傻眼了。

来到此地之前，听说神农架林木覆盖率非常高，遮蔽天空的原始森林随着山势连绵起伏，沿途所见也确实是山势雄浑、溪泉湍涌，可许多地方都是荒山，有林子的区域多为次生林，漫山遍野都是树桩，显然经过了大规模的常年砍伐，地形地貌受到了严重破坏，山体已变得支离破碎。

司马灰见状就想探听一些山里的情况，他没话找话寻个起因，同那赶骡车的把式搭话："老兵，看你这匹大骡子，个头还真不小。"

那车把式大约五十多岁，以前是解放战争时部队里的炊事员，支农支林的时候就脱下军装在此地安家落户了，外表看起来十分木讷，却是个天生的话痨，起了头就停不住，他说："这骡子可不行，当年咱解放两湖两广的部队，全是'狗皮帽子'，带过来那些拉炮的大牲口，除了日本大洋马就是美国大骡子，都是从东北缴获的，吃的饲料也好，干起活儿来就是不一般，哪像这畜生拖几根木头也走得这么磨磨叽叽，现在大多数林场都停工了，要不然它能享这份清福？前些年大炼钢铁，砍了老鼻子树了，林场子一片挨一片，那木头运得，好多原始森林都是在那几年被砍没了，如今山上长起来的全是稀稀拉拉的二茬儿树，不过也托这件事的福，山区修了路，要不然连出门都不敢想，以前能到县里走一趟就了不得，算是见过大世面了，回来之后能把这事吹上好几年，到省城相当于出了一回国，谁要是去了外省，估计那人这辈子就回不来了，好多当地人一辈子没离开过这片大山。"

这个情况有些出乎意料，司马灰没想到伐木的规模如此之大，他又问那老兵："现在这片大山全给砍荒了？"

老兵说："神农架这片大山深了去了，有好多地方不能伐木，因为砍倒了大树也运不出来，过了主峰神农顶下的垭口，西北方全是些峭壁深涧，那才是真正人迹难至的深山老林，有许多古杉树也不知道生长几千几万年了，粗得十多个人都抱不过来，里面常有珍禽异兽出没，像什么金丝猴、独角兽、驴头狼、鸡冠蛇，还有白熊、白獐、豹子……你掰完了手指头再掰脚指头也数不清。"

司马灰听说那地方至今还在深山里保存着原始状态，心里就踏实了许多，继续探问道："那片老林子里安全吗？"

老兵叹道："险哪，我在这儿的年头不算短了，可也就是剿匪的那年进去过一回，听我给你们说道说道。传闻神农架有野人，山里好多老乡都看过野人的脚印，真正见过的却几乎没有，咱这地方有个燕子垭，就是野人出没的所在，那个垭口的地形实在太险要了，看着就让人心惊肉跳，前山峭壁最窄处只能飞过一只燕子，后山则是悬崖绝壁，那真是一夫当关，万夫莫开，鬼神见了都得发愁，可你想到山顶，只有垭口这一条险径可攀。解放军南下的时候，有千把土匪退到了山上，他们提前储备好粮食和水，足够维持数年，匪首声称要死守燕子垭天险，让攻上来的共军尸横遍野。以往历朝历代，凡是遇到官兵征剿，只要土匪退到山上守住垭口，底下的人就没咒念了，所以他才敢这么猖狂。"

司马灰和罗大舌头听这种事格外来神，虽然明知解放军早把土匪消灭了，可这次行动好像比"智取华山"的难度还大，得用什么出其不意的战术才能攻上天险？

那老兵说："土匪就是伙儿乌合之众，以为当下还是清朝呢，咱就怕土匪散开来，仨一群俩一伙地藏匿到深山老林不容易对付，可都挤到山头上那不是自己找死吗？对付他们根本用不着智取，四野连锦州城和天津卫都打下来了，当然不会把这伙土匪放在眼里，咱炮团那美国105榴弹炮也不是吃干饭的，连喊话都省了，直接摆到对面山上开炮轰，那炮打得山摇地动，炮弹落下去砸在人堆里个个开花，刚打了没有两分钟，那山上就举白旗投降了，咱们部队上去搜剿残敌的时候，其中几个战士就在后山悬崖附近遇到了野人。"

由于双方相遇十分突然，都给吓得不轻，那野人高大魁伟，比常人高着半截，满身的黑毛，也看不清嘴脸，虽说是人可更像是猿类，一把抓住一个战士，直接就给扔下了峭壁，另一名战士来不及开枪，竟跟那野人纠缠在一处，两个一块堆儿滚落了山崖，后来侦察排绕路下去搜索，寻了整整一天也没有找到尸体，兴许都被山里的大兽拖去吃了。

有人猜测当时的情况非常突然，没准在山崖上遇到的是熊，可那玩意儿很是笨拙，怎么可能爬到那么高的峭壁上，还有人认为尸体掉下去之后，就被歪脖子树挂住了，山里野鸟多，用不了多大会儿工夫，便能将死尸啄成骨头架子，反正说法不少，但也是迄今为止，距离神农架野人最近的一回了，可惜活的没捉着，死的又没发现尸首。

那老兵说到这里，又问司马灰："你们考……考的是什么古？要到那深山野岭去做什么？难不成想捉野人？"

司马灰唯恐露了马脚，赶紧用官词儿解释："考古的定义可太宽泛了，人类的过去仅有百分之一能通过文字记载的史料得知，其余都属于未解之谜，破解这些谜团就是考古工作研究的课题。不过我们去神农架不是想找什么古迹，而是要采集地层下的化石标本，那片原始森林里的化石是不是特别多？"

老兵点头道："没错，一听言语你就是内行人，头些年林场里也来过一位找标本的知识分子，说咱这些大山是什么……远古……远古洪荒时代的备忘录，好像是这么个词儿，可那备忘录不是文书吗？它怎么能是座山呢？"

这老兵并未向下追问，他告诉司马灰等人："神农顶后山的龙骨岭下有好多洞穴，那里面就有各种各样的化石，模样稀奇古怪，当地人管那些东西叫龙骨，可有化石的那疙瘩叫阴河谷，入口是条深涧，底下恶兽很多，还有什么毒虫毒草，新中国成立前又有野人出没，连采药的也不敢冒险下去，1963年的时候，咱那林场子里就闹出过人命。那时林场子的活儿很累，咱这儿条件又差，除了有一批部队转业的军人，就全是些外地来的伐木工人，好处是只要你肯来，就有你一口饭吃，也不查你祖宗八代，所以伐木工人的成分比较复杂，连刑满释放人员都有，场子里偶有歇班的时候，这些人便到山里去挖草菇、套兔子，用来打打牙祭改善一下生活。"

有那么一回，四个伐木工人绕过燕子垭，直接进到了阴河谷附近，看深涧底下的地缝子里黑气弥漫，其中一个人绰号老瘆子，略懂些旧社会的迷信方术，能够观山望气，他眯缝着俩眼看了一阵儿，就说那是宝气，山底下多半有宝。

其余的人都不相信，这地方山高林深，自古以来没有人烟，有宝也应该是悬崖峭壁上的"千年何首乌"，山窟窿里能有什么？别再惊出只大兽来把你给撕了！

老瘆子斥道："你们懂得什么，别看玉料主要来源于昆仑、和田、缅甸等地，但春秋战国时价值连城的和氏璧却出自神农架阴河谷，凭这话你们就该知道分量了吧？"

可其余那些都是大字不识的粗人，根本不知道和氏璧是个什么东西，那玩意儿能当金还是能当银？

老瘆子只好说："反正我这对招子，轻易不会看走眼，这里面肯定有些不得了的东西，想富贵的就跟我下去，不管得着什么，咱都是一碗水端得平。"

当时有一个胆大不要命的二癞子愿意同去，他们搓了条长绳缠在腰间，让留在外边的其余同伴牵着，两个人带了条土铳，点起松油火把下了洞子，结果牵扯出了一件至今也无法解释的怪事。

第四章　交　换

先说外边的两个人等了半天不见动静，喊话没人回应，扯那根草绳子也扯不动，还以为坏事了，正合计着要回去报告，老瘼子却在这时爬了出来，说是找着一件不得了的东西，可太沉了挪不动，让其余两人下去帮忙，此时二癞子正在那儿看着呢，那两人一听这话就动了心，也没多想，只问了句："洞里安全不安全？"

老瘼子说："是个实底坑，没见有活物儿。"那两人见财起意，当即壮着胆子跟了下去，刚进去不久，便让老瘼子拿土铳撂倒了一个，另一个吓得呆了，还没等明白过来是怎么回事，心窝子上也被捅了一刀。

原来这老瘼子是外省人，早知道神农架里埋藏着青铜古器，只要找着一件，逃到境外就能换大钱，苦于不认识路，加上这片原始森林也不那么好闯，他就先在林场子里干了一段时间，让熟悉地形的二癞子等人带他进山，等找着东西之后，立刻下黑手解决掉了那仨倒霉鬼，随即翻山越岭想往南逃，不想途中就被逮着了，这才交代出此事，但公安进山想寻找遇害者的尸体，却因雨水冲垮了山坡，把几个洞口都埋住了，所以没能成功。

要是就这么结了案，那也没什么说头了，可逮捕老瘼子的地点是在火车上，当时有两个列车员过来检票，见其行迹鬼祟，显得十分可疑，而且两眼贼光闪烁，总抱着个大包袱不撒手，便上前盘问了他几句，同时要检查行李。

老瘼子心里有鬼,哆哆嗦嗦地刚把包裹揭开,却突然将里面的一件东西扔到了车窗外边,那时列车正过大桥,桥下是条江,江水好似滚汤一般湍急,那东西抛下去就没处找了,他这一时心慌,毁灭了证据,但列车员和周围的乘客看得很清楚,老瘼子扔出去的东西,是一个死掉的小孩,根本不是什么青铜器,这两样东西差太多了,近视眼也看不错啊!

不过公安人员反复提审,老瘼子认了三条人命,对这件事却死活不肯说实话,一口咬定是列车上那些人看错了。当时全国都在镇反肃反,在那种形势之下,不管老瘼子究竟犯了哪条,他的罪过也小不了,很快便给押赴刑场枪毙了。至于老瘼子到底在山里找到了什么东西,大概只有他自己心里才清楚。

那老兵对司马灰等人说:"公安局的同志进山取证,四五个大檐儿帽就宿在咱林场子里,都是我给做的饭,吃饭时听他们讲了不少情况,所以知道得比较详细,老瘼子我也认识,那人可不一般,走过南闯过北,天上地下知道的事挺多,可惜坏了心术,有本事没用在正道上,最后把自己搭进去了。"

司马灰和罗大舌头听完,都觉得这件事情可真够邪性,如果老瘼子在火车上抛掉的东西是个死孩子,为什么不肯承认?他身上早已背了三条人命,就算途中再害死个小孩,或者是往南边偷运童男童女的尸体,也无非都是一死,何苦不说实话?

司马灰听说以前有本游记,写书的是个意大利人名叫马可·波罗。元朝那时候马可·波罗跟着一支商队辗转万里到过中国,还在大都叩见过忽必烈,返回故土之后,他把沿途的种种奇闻,全都记录在自己的游记当中,引起了很大的轰动,但马可·波罗临死的时候,声称自己写下来的东西,仅是所见所闻的百分之五十,另外那百分之五十,他宁愿全都烂在肚子里,也不会再让任何人知道了,因为即使说出来也肯定没人敢信。那个被枪毙的老瘼子,是不是也在深山里发现了某个根本不会有人相信的东西?

那老兵见司马灰显得心神不宁,就说道:"虽然现在提起来挺让人揪心,可毕竟过去了好多年,如今也就是唠闲嗑儿的时候说说,谁还管它究竟,而且木场子里这种怪事太多了,以后得空儿再给你们念叨吧……"他说到这儿,又问司马灰,"你们身边的这位姑娘,看上去气色可不大好。"

此时已是深秋,山里的空气格外清冷,胜香邻周身乏力,裹着毡筒子斜倚在背包上睡得正沉,她脸上白得几乎没有血色,也不知梦到了什么,睡着的时候仍是眉头紧蹙,状况看起来十分不好。

司马灰叹道:"不提还好,一提起来就为这事发愁,前不久在荒漠里受了寒热之毒,时不时咳出黑血,找大夫治过几次,至今也没见好转,让她别跟着进山偏不听。其实这妮子无非多念了几天书,刚刚晓得地球是圆的,人是从猴子变过来的,就不知道天高地厚了。"

老兵很是热心,他对司马灰说:"这是阴寒热毒之症,当年部队在山里剿匪的时候,整天在山沟子和溶洞里钻进钻出,那些地方都是阴腐潮湿,有时候十天半个月也看不见阳光,空气常年不流通,又要连续不断地在深山里追匪,急行军能把人的肺都跑炸了,很容易把毒火闷在心里,那症状就像打摆子似的,身上忽冷忽热,咳出来的都是黑血,体格稍微差一点儿也得没命,我们连队里那位指导员就是这么死的。"

司马灰一听这老兵所言之事,还真与胜香邻的情况差不多,按郎中的说法就是"伤于寒而表于热",他和罗大舌头早已在缅甸习惯了丛林里的湿热,勉强能够应付地底极端恶劣的环境,胜香邻虽然也常随测绘分队在野外工作,但条件总归好得多了,而且在探索地底极渊的过程中,心理上承受的压力和折磨也同环境一样残酷,她能支撑到现在已经算是难能可贵了。

老兵说:"当年因为水土不服,加上作战任务紧急,造成队伍上减员很大,在山里死了不少人,多亏当地郎中给了个土方子,情况才有所好转。这深山野岭间有四宝,分别是江边一碗水、头顶一颗珠、文王一根笔、七叶一枝花。"

司马灰不知道那都是些什么东西，忙问究竟，原来神农架原始森林里，生长着许多珍异药草，甚至溪水都有药性，每当春雷过后，下到山溪里舀起一碗水，便能治疗跌打、风湿，头顶一颗珠能治头疼，文王一根笔能治表热，七叶一枝花更是具有奇效，堪称"沉疴奇疾一把抓"。

所谓七叶一枝花，顾名思义是一种植物，其特征是有七片叶子，上举一枝黄连，在山里随处可见，诸如阴寒热毒之类的症状药到病除，据说乃是神农老祖所留，山区那些抓不起药的穷苦人，便以此物救命。

老兵特意绕了段路，亲自下到山沟里挖了两株草药，捣碎了加以溪水调和，唤醒胜香邻让她服下，还说："该着是这姑娘命大，以前这里漫山遍野的药草，如今大部分森林都给砍荒了，这回能挖到两株也算是走了大运，否则还得到燕子垭后山的原始森林里去找。"

老兵中途要去7号林场，其余三人则要前往苍柏镇，只好分道扬镳，司马灰见胜香邻服过草药之后，果是大有起色，因此对这位热心的老兵甚是感激，拿出五十斤全国粮票以示谢意。

当时全国粮票完全可以替代大额现金，不管是出差还是探亲，走到哪里都能通用，如果没这东西，出门在外寸步难行，价值远比等值的地方粮票贵重，但老兵坚持不收，说："咱那林场子里有工资有口粮，不缺吃不缺喝，一个月下来的伙食尾子还够买上两条经济烟，要你们这些粮票做什么？再说五十斤全国粮票换两株草药未免太多，你们要是真有心谢我，就给我留下一件别的东西。"

司马灰身上最值钱的就是这些全国粮票了，其余的东西则是进山必备之物，他也不知道这老兵究竟想要什么。

其实老兵只想要司马灰衣服上佩戴的"军星"，民间所说的军星，是对一种珍贵像章的通俗称谓，那些年男女老少都要佩戴毛主席像章，进而形成了一种风靡全国的潮流，谁要是能戴上一枚精美罕见的像章，也算是种身份和地位的象征。

司马灰身上佩戴的军星就属于极品中的极品，这是由解放军总政治部设计发行的一枚"星形毛主席像章"，比拇指盖稍大一点儿，能与常见的"为人民服务"条形章凑成一套，金边红底十分醒目，由于发行量极少，工艺和质地又非常精致，所以显得十分特殊，普通人连见都没见过。

司马灰这枚军星的来历更不寻常，"文化大革命"初期，他跟着夏铁东等人去延安参观革命圣地，回来的途中忽然降下鹅毛大雪，众人登高远眺，只见天地皆白，当即齐声高诵主席诗词："北国风光，千里冰封，万里雪飘……"等念到最后一句"俱往矣，数风流人物，还看今朝"，一个个激动得热泪盈眶，忍不住山呼万岁，那时候真把自己当成赛过唐宗宋祖的"今朝风流人物"了，结果司马灰有些得意忘形，竟从山坡上滚了下去，从家里偷他爹的呢子大衣也被剐了一个口子。当时夏铁东见司马灰疼得险些掉下泪来，就将自己衣服上的军星摘下来，给他戴在了胸前，漫天飞雪映衬得金星熠熠生辉，见者无不欣羡。

正因为有了这层特殊意义，司马灰对这枚军星看得比命还重，他平时根本舍不得戴，后来去缅甸的时候，就把像章存在了夏芹家里，直到从砖瓦场里释放出来才再次取回，所谓"睹物思人"，看见这枚像章就能想起那些惨死在缅甸的战友们。

司马灰是真舍不得让给别人，其实那老兵也未必知道这枚像章的价值，只不过是看着稀罕而已，但对方帮了忙，也不好意思直接回绝，当下二话没说，摘下像章交给老兵。

老兵得了像章，自是满心欢喜，他向司马灰等人道过别，赶上骡车驶入山道，径自去得远了。

胜香邻见司马灰十分珍视那枚像章，心中大为感动，就对他说："今天可真是多谢你了，将来我一定找个一模一样的还给你。"

罗大舌头了解内情，他告诉胜香邻说："妹子你是不知道，别看全国上下有大大小小好几亿枚毛主席像章，可都加起来也换不了那枚军星。"他又问司马灰，"当初我找你要了好几回，你小子都没舍得给我戴一小会儿,今天怎么突然变得这么大方了?"

司马灰装作很不在乎:"毕竟是身外之物,何足挂齿。"说完便拎起背包动身上路,心里却还寻思着:今后要是能找到什么稀罕物件,还得想办法去趟林场子,再跟那老兵把像章换回来。

这么胡思乱想地在山里走了一程,苍柏镇已近在眼前,可走进镇子里,却发现偌大个地方,竟是空无一人,连鸡鸣犬吠的动静也听不到,只有深山里松涛起伏的声音远远传来,暮色低垂之中,那种声音犹如鬼哭狼嚎一般,显得很是阴郁。

第五章　瞭望塔

　　苍柏镇是神农架要冲，虽然规模比普通的村子还小，却是进山的必经之路，四周群峰耸立，松杉繁盛峥嵘，从这里出发再往燕子垭走，全是被原始森林覆盖的危崖险壁，那就不再有常规意义上的"路"了。

　　司马灰三人这趟进山探秘，尽量不与外人接触，免得暴露行踪惹来麻烦，可没有当地向导或详细地图，想进入没有人迹的深山绝非易事，因此要先到镇子上寻访白团长。

　　那位白团长是刘坏水的亲外甥，以前做过铁道兵的团长，按行政级别来说属于县团级干部，"文革"前转业到了地方，如今是县革委会的"一把手"，只要他肯提供帮助，就能为三人解决很多困难，却没想到镇子上不见一个人影，家家都是关门闭户。

　　司马灰和罗大舌头都有行军侦察的经验，四处察看了一番，发现地面有积灰，灶头都是冷的，像样的家什也被搬了一空，看来镇上的人在几天前就已经全部撤离了，原因则不得而知。

　　此刻天色渐黑，三人只好翻墙跳到一处民房里，抱捆柴火点起灶头，烧了锅热水，胡乱吃了几口干粮准备过夜。

　　入夜后气温又降低了很多，深山里的镇子也没通电，到处黑咕隆咚，不时有山风掠过，远远能听到镇外松涛之声苍劲沉郁，司马灰等人大惊小险的经历了无数，也不太在乎这种情况，他看胜香邻服过草药后，气色已大为好转，更是放心多了，就同二人凑在炉火前取暖说话。

罗大舌头算盘打得挺好，还以为找到当地领导，最起码能管顿热乎饭菜，有道是入乡随俗，林区里山货最多，怎么还不给掂排个"香菇炖土鸡、岩耳炒腊肉、泡菜懒豆腐"什么的，没想到扑了个空，只能接着啃干饼子，心里别提多泄气了，可说来也怪，镇子上的人都跑哪儿去了？

司马灰叼着烟说："早知道就该问问那位赶车的老兵，当时只顾着问他深山林场的情况，谁也没想到镇子里会是这样，不过要是真有大事发生，那老兵肯定不会不提醒咱们。"

三人商量了几句，都认为多一事不如少一事，没必要理会山里发生了什么，明天按照原定计划，直接进山也就是了，随即谈及此行的目标。

司马灰通过在罗布泊望远镜中发现的各个线索，特别是破译夏朝龙印的密码本，了解到有一个失落于史料之外的古代文明，它起源于被禹王锁在地底的鬼奴，后世分支衍于各地，包括古西域吐火罗人，以及缅甸灭火国等，都具有浓厚孤立的神秘色彩，可以统称为"拜蛇人"。

拜蛇人将大量神秘离奇的传说凿刻于地底密室的石壁之上，根据司马灰等人的理解，这些传说大致是禹王碑沉入了地下深渊，从此永不出世，拜蛇人却一直妄想将它找出来，奈何天数极高，地数极深，渊渊渺渺，凡人不可通达。

根据拜蛇人的记载，想找到深渊里的禹王碑，必须先找到一个被称为天瓯的物体。这个诡异的不明器物，大概从神农时代就已经有了，经过司马灰等人的前期考证，最后一个见过它的人，也许还是春秋战国时期的楚幽王，从那之后的两千多年，这个比古老年代更为古老的谜，便一直沉睡在神农架。

罗大舌头听司马灰说了这些事，抖机灵猜测说："那个七分好像鬼，剩下三分也不怎么像人的'绿色坟墓'，会不会是古代的拜蛇人？"

司马灰摇头否定："'绿色坟墓'没有能力直接辨识夏朝龙印，所以不像是早已消亡千年的拜蛇人，眼下这个幽灵的真实身份与面目依然悬而未解，但它即使真是个'鬼'，也应该有个身份才对。"

三人均感此事诡秘叵测，但为了复仇与救赎，只有将生死置之度外继续追寻谜底，也做好了应对一切变故的心理准备，当晚宿在苍柏镇，第二天天还没亮，司马灰就起身到附近的民宅里走了一遍，没有找到猎枪，随手顺了些盐和松油，又留了两元钱压在灯台底下，同其余二人收拾齐整，打上绑腿徒步进入深山。

这三个人在没有向导的情况下，大致方向还不会搞错，首先要翻越海拔最高的主峰神农顶，再经燕子垭进入原始森林。至于怎样才能在阴河谷里找到隧洞，则需要到山里详细勘察。

神农架的大山险峻绮丽，辽阔的群峰巍峨起伏，重重叠叠约有数十层之多，山上生满了冷杉、箭竹和高山杜鹃，深秋时层林尽染，遍地都是枯枝落叶，溪流瀑布也多，几乎每条山谷里都有清澈见底的溪水，过了苍柏镇就是没有人烟的原始森林，越往里走越深，渊涧幽深，箬岭郁葱，各类毒物和野兽出没频繁。

司马灰在缅甸钻的都是热带丛林，从未进过神农架这种原始森林，他只知道神农顶海拔三千多米，是大巴山脉东端最高的主峰，可进来之后才发现周围的山峰都差不多，形势参差起伏，搞不清哪一座才是神农顶，另外这深山老林里奇峰耸峙、幽壑纵横，许多地方无路可走，明明认准了方向也过不去，绕了半天全在兜圈子。

三个人只能凭借以往的经验，循着绵延起伏的山势不断向里走，接连在山沟里钻了两天，也不知绕了多少弯路，终于看到林海深处有座形如屋脊的高峰，环视四周，好像其余的山都没有它高，估计那里就是神农架的主峰了，即便不是，也可以攀到峰顶俯瞰地形。

但密林中没有路径，周围全是密密匝匝的大树，海拔低的山沟里是冷杉，高处则是齐刷刷的原始箭竹，粗壮高大，竹节上布满了尖刺，猿猱也无从攀缘，各种植物在不同的高度间互相依附，交织成了一道接一道的巨网，根本没有容人穿行的缝隙，猎刀的作用完全发挥不出来，如果遇到长得不太高的杉树,还可以从枝干上攀过去,实在无路可走时,也只有拨开低处的灌木或草丛往前爬,人体自身的定位系统很快就乱了套,必须不断依靠指北针校正方位,使行进速度变得格外缓慢。

这样在密林里走了一段,面前的草丛里突然惊出几只雉鸡,拖着长长的尾翼扑腾起半人多高,司马灰和罗大舌头知道这东西跑得奇快,落在灌木茂密的地方就没处捉了,但飞腾时却较为笨拙,二人眼疾手快,瞅准雉鸡由半空下落的时机,蹿上去分别擒住一只,拎到溪边洗剥干净,让胜香邻就地笼了堆火,穿在树枝上来回翻烤。

司马灰等人明知道这样做容易引来深山里的大兽,却实在抵挡不了野味的诱惑,又自恃身边带有信号烛,即使遇到最难对付的豹子或野人,也有把握将其驱退。

罗大舌头更是迫不及待,眼看雉鸡已经"吱吱"冒油了,也顾不得烫手,连皮带肉撕下来一块就往嘴里塞,结果烫着了舌头,忍不住就想叫疼。

司马灰警惕性很高,忽然察觉到密林深处有阵异响传来,立刻抬手按在罗大舌头嘴上,没让他发出声音,胜香邻也在同时推起泥土,压灭了地上的火堆。

罗大舌头也听到树丛后有"嘎吱嘎吱"踩踏落叶的响声,好像是什么野兽循着气息而来,他忙把烤熟的半只雉鸡塞入怀中,随即探出臂膀拽出弧刃猎刀。

这时从几棵高大的冷杉背后,忽地蹿出一条尖耳长吻的黑背猎犬,体形颀长硕大,神情沉着锐利,一声不发地蹲在地上紧紧盯着司马灰等人。

司马灰看出这是条训练有素的猎犬,当即站定了脚步,同其余两个同伴交换了一下眼神,都没有轻举妄动。

树丛后随即又快步走出三个人来,当先一个十五六岁的少年,肤色黑里透红,长得虎头虎脑,手里拎着一杆土铳,腰上挂着药葫芦和柴刀,像是山里的猎户,他身后是个穿着军装的年轻姑娘,看起来也就二十岁出头，乌溜溜的一双大眼颇有神采，背有行李和水壶，腰里扎了武装带，却没配枪。跟在最后边的瘦弱男子，则是林场里常见的知青模样，看岁数也不大，鼻梁上架着酒瓶子底儿似的近视眼镜，衣服洗得都发白了，补丁摞着补丁，也带了打猎用的土铳，身上还背有一部老式无线电，刚才可能走得太急了，累得他双手撑在膝盖上呼呼直喘。

那猎户模样的少年总皱着个小眉头，说话特别冲，他恼怒地打量了司马灰三人一番，转头对女兵说："姐，就是他们在这儿放火！"

司马灰使个眼色让罗大舌头悄悄将猎刀收回去，然后向对方解释说："别误会，我们都是过路的，看见这林子里冒烟，就赶紧过来把火扑灭了……"

那女兵看罗大舌头嘴里还塞着鸡肉，就已经明白是怎么回事了，她直接询问司马灰："你们是哪个单位的？知道在林区使用明火有多危险吗？"

司马灰还是按先前编好的话来应付，自称是考古队的人，要到大神农架原始森林里找古生物化石，并且出示了工作证和两封信件，表示自己跟县上的领导相识。

那少年猎户还是不依不饶，而女兵看过司马灰的证件，没发现有可疑的地方，也就没再追究点火的事情，她说："这里还是神农架的前山，阴河谷又叫阴峪海，位于主峰西北侧，密林中经常有驴头狼出没，那东西体形和驴子差不多大小，头部很像驴，却长着四只狼一般的利爪，尾巴又粗又长，行走如飞，生性凶猛残忍，在找不到食物时就伤害牲畜，甚至吃人，你们没带猎枪防身，想翻过燕子垭去那片原始森林找化石，未免太冒险了。"

司马灰连连点头，心里却很是不以为然，他对这女兵一行人的去向也有些好奇，因为看不出对方是在执行什么任务，但有猎户和当地林场的知青同行，料来不会是机密的军事行动，经过一番探问，才知道这个编制非常特殊的小组，是要前往大神农架主峰神农顶北坡的瞭望塔，那座瞭望塔高约 40 米，上面设有防火观察所和通信站，站在塔上向四周眺望，可将千里林海尽收眼底，是整个神农架的制高点，距离后山的燕子垭也不算太远，可以顺路将考古队带过去。

司马灰当然是求之不得，出发前他向那女兵打听："为什么山底下的镇子里空无一人？"

第六章　深山鬼屋

那个女兵确认了司马灰等人的身份，答应将他们带到瞭望塔，由于要在天黑前赶到宿营地，途中不能耽搁太久，有话只能边走边说，当即由猎犬作为前导，朝着大神农架瞭望塔观察所进发。

女兵在路上告诉司马灰，神农架山高林深，自古以来即是人烟少而野兽多，别看人少，籍贯和成分却很复杂，因为神农架本身就位于三省五县交界之地，所以当地老乡中陕鄂川人皆有，主要以打猎、采药为生，新中国成立后兴建林场，大批部队转业军人落户于此，还有打外地招募来的伐木工人，以及从城里到山区插队的知青。

人多就容易出事，前不久有四个男知青在林场子守夜，刚刚睡下，忽听一个震雷从半空中落下，顿时把四个人都惊醒了，就见有个火球从顶棚的缝隙里钻了进来，转眼就不见了，好像那道雷电正击在屋顶上，随后雷声如炸，一个接着一个，听声音都落在屋顶附近，雷火就绕着屋子打转，四个人吓得脸都白了，全躲到床底下不敢往外跑。

遇上这种事难免往坏处去想，更容易疑神疑鬼，有人就说："咱四个人里，肯定有一个做了坏事，恐怕过不去今天晚上了，好汉做事好汉当，干脆自己走出去让雷劈了，可别连累了别的兄弟。"

当时就有一个知青哭了，他说："我家就我一个儿子，老娘有病在身，常年离不开人照顾，所以我瞒着大伙儿给支书送了两条红牡丹香烟，还有几包义利食品厂生产的巧克力豆,让他给我搞了一个回城的指标,把本该回城的那个人挤掉了。"

这一开上头,其余三人也都跟着说了,毕竟人无完人,谁能真正做到问心无愧?但他们无法判断究竟是谁该遭受天谴,只好决定逐个儿往外跑,等到最后一个人刚刚跑出来,房屋就被雷电击中了,屋角崩塌了一大片,砖瓦都被烧得焦煳,房檐里有条擀面杖粗细的大蛇,周身红纹斑斓。

知青们在山里也听说过妖物避雷的传言,这才明白过来是怎么回事,连忙抄起铲锹上前击打,谁知那条蛇断成数节之后,竟像蚯蚓一般,每节都有知有觉,还能分别爬行,聚拢起来又成一体,他们只好用火去烧,却意外引起了山火,火借风势,越烧越大,几乎将整个3号林场全部焚毁。

四个知青当场烧死了两个,其余两个事后被关押送审,可没人相信他们交代的情况,认为只是妄图推卸责任,所以很快就给转送走了,具体是判刑还是枪毙,就不得而知了。

司马灰知道深山老林里有种"千脚蛇",别称"碎蛇",分开为虫,合则为蛇,没见过的人不可能凭空捏造,看来那些知青所说的经过,应该大部分属实,但引起山火是很大的罪过,说出什么理由都推卸不掉责任,想想先前那少年猎户愤怒的样子,也是在情理之中,这密林中遍地都是枯枝败叶,火头烧起来就没法扑,人家世世代代靠山吃山,当然把森林防火看得很重。

那女兵接着说起山里的情况,3号林场的火灾发生之后,火势险些蔓延到苍柏镇,镇上的老弱妇孺都被临时转移走了,民兵和林场职工则全部进山扑火。

按照上级领导指示,要亡羊补牢挖掘防火沟,神农架的几处林场,主要集中在西南部的万年坪,现在除了各个林场子里有少数留守人员之外,整个山区为之一空,但工程没有涉及阴峪海一带的原始森林,所以不会对司马灰等人的行动构成影响。

这个女兵名叫高思扬，籍贯南京，现在是武汉军区军医学校的学员，该院校连续多年到神农架山区开展三支两军活动，也就是部队支援地方，除了强化军管军训之类的工作，还包括深入交通闭塞的区域，为山民治病送药。

位于大神农架制高点上的瞭望塔里设有电台，可以进行简易的无线电联络，用于通报林区火情，常年驻有护林员，可是自打3号林场发生火灾之后，那座瞭望塔便与外界失去了一切联络。

上边一发话，地方上就得把全部力量用于挖掘防火沟，实在腾不出多余的人手，而且瞭望塔里的无线电型号陈旧，经常出现故障，隔三岔五地就坏上一回，因此没有引起足够重视。

当时林场里恰好有个外号"眼镜"的知青，插队前曾学过通信测量专业，学习起来很刻苦，也懂些无线电维修的技术，但他还没等到毕业，就因为家庭成分问题，被发到这大山里锯木头砍树桩子来了，林场里的人习惯将眼镜称为"二学生"，二学生是山里的土语，意指比大学生低了一级，虽然不是很明显的贬义词，却也多少带着些挖苦和嘲讽的意味。

林场里管事的领导看"眼镜"体格单薄，挖防火沟时经常累得像条死狗，就让他背着一部无线电，跟随民兵虎子进山，去瞭望塔对通信设备进行更换或维修，林场考虑到护林员也有可能染病或受伤，才导致通信中断，于是又向"三支两军"分队借了高思扬一同前往，以便到时候能采取相应的急救措施。

高思扬先后数次到过神农架，已对当地环境十分熟悉，也具备独立完成任务的经验和能力，就成了这个临时小组的组长，猎犬在途中嗅到了生人气息，看方向显然是在密林中瞎走乱碰迷了路，随即追踪过来，她发现司马灰等人正在使用明火，便立刻加以制止。

高思扬常听当地山民说起大神农架最恐怖的地方，就是阴峪海那片原始森林，即便在带有土铳和猎犬的情况下，也绝少有人胆敢冒险深入，所以劝司马灰慎重考虑，起码要有猎枪和经验丰富的向导才能成行。

司马灰明白高思扬是一番好意，可他却不能知难而退，就敷衍说："其实我们早有上火线的思想准备，临来的时候还写了遗嘱和入党申请书，要是万一回不去了，就让同事们把我下个月工资取出来，替我交上第一次也是最后一次的党费，为什么是下个月的工资呢？因为本月工资已经吃光花净了。"

高思扬暗暗摇头，她觉得司马灰这种人，大概就是典型的"盲目乐观主义"，非得碰了钉子才晓得回头。

司马灰问清了来龙去脉，又寻思要想个什么法子，把虎子那杆土铳借来防身，深山老林里的危险主要来自野兽，不管是驴头狼还是野人，也都有畏惧火光的弱点，打猎用的土铳虽然落后，性能也不太可靠，但那好歹是个冒烟的家伙，震慑效果远比它的杀伤力出色，便低声对罗大舌头耳语了几句，让他一路上找些机会跟虎子闲扯套近乎，免得到时候张不开嘴。

罗大舌头那张嘴虽然口齿不清，但唬起人来可不含糊，他上来就对虎子说："我说兄弟，咱哥儿俩商量商量，等我们进阴峪海原始森林的时候，把你这条土铳借我们使几天，将来有机会为兄带你去见见世面，我爹是少将，我们家住楼房，上厕所从来不用出屋……"

虎子是土生土长的山里娃，长这么大连趟县城都没到过，头脑比较简单，说好听点儿是爱憎分明，说不好听就是个一根筋的直肠子，他本就非常痛恨司马灰等人在林区点火的行为，认为对付这种人就应该直接抓起来，因此带着先入为主的成见，此刻他一听罗大舌头的话又觉得是在吹牛，不免更是气愤："世上哪有去茅房不出屋的人家，你那屋连狗窝都不如。"

罗大舌头自认为参加过波澜壮阔的世界革命，是见过大场面的人物，而虎子则是个不开眼的山区土八路，思想觉悟根本不在一个层面上，两人话不投机，越说越不对付，干脆谁也不理谁了。

这一行人分作前后两组，沿途翻山越岭，直至第二天日落才抵达大神农架主峰，山上松竹蔽空、林海茫茫，一派与世隔绝的原始风光，北坡的密林中矗立着一座瞭望塔，下边有间木屋，那就是设有无线电的防火通信所，除了大雪封山的数九隆冬，平时都会有一名护林员在此驻守。

护林员的职责十分重要，以往都是由年老的猎户担当，同时还要负责巡山，后来设立了无线电通信所，便改由林场里派遣民兵轮流执勤，因为大山深处交通闭塞，受过简易通信训练的民兵总共也没几个人，通常个把月才能轮换一次，比戍边还要艰苦。

众人走到通信所门前的时候，密林深处已是风声如潮，木屋里面黑漆漆的没有灯光，那条猎犬似乎嗅到了危险的气息，突然对着通信所狂吠了几声，好像是在警告主人不要接近。

民兵虎子向来胆壮，他想也不想就上前推动屋门，却发现门被从里面闩住了。

为了防备野兽和阻风保暖，通信所的建筑材料全部使用直径半米多粗的冷杉，虽属木质结构，却极为坚固，只有前边一道门，窗子也都钉着木栅，如果里面没人，绝不可能从内部将门闩住。

虎子大声招呼着守林员的名字，又去用力叩门，门窗紧闭的通信所里却是沉寂无声。

司马灰心想："没准那个守林员猝死在了通信所里，无线电才会失去联络。"他当即把脸凑到窗口上，拿手电筒往屋内照视，试图看清里面的情况。

木屋里漆黑一团，手电筒勉强照进去一米左右，能见到的范围也非常模糊，司马灰刚接近窗口，竟看到屋里有个全是黑毛的怪脸，猩红的两眼充满了邪气，也在隔着窗户往外窥探。

司马灰心中突地一跳，忙向后闪身，再定睛去看时，那张脸已经消失不见了。

罗大舌头见司马灰神情古怪，也凑过来往通信所里看了两眼，黑沉沉的什么也没有，他问司马灰："你瞧见什么了，这里边有人没有？"

司马灰到神农架以来，没少听到有关野人之谜的传闻，普遍认为野人是秦始皇修长城的时候，逃到深山里避难的民夫。可早在春秋战国时期，楚国的屈原就曾在他的辞赋中，将神农架野人描绘得栩栩如生，应该算是最早的记录了，近代目击遭遇的事件更是层出不穷，都形容那是一种近似古猿的高大生物，出没于阴峪海原始森林，至少要翻过燕子垭才有机会遇到，神农架主峰上也有它的踪迹。

司马灰怀疑自己看到的东西，有可能是个野人，于是提醒众人多加防备，通信所里的守林员也许遭遇不测了，应该破门进去看个究竟。

高思扬点头同意，她虽然知道在这片与世隔绝的深山老林中，任何意想不到的情况都有可能发生，但凭着人多势众，又有猎犬和两杆土铳，就算突然遇到什么大兽也不至有失。

众人打量通信所，整个建筑结构坚固，屋顶的烟道过于狭窄，谁也钻不进去，司马灰便用力将木门推开一条缝隙，拿刀子下掉门闩。

民兵虎子提着土铳就想进去，司马灰经验老到，瞧这情形就觉得有些反常，不想让这土八路莽撞有失，抬手将他拽了回来，随后举着手电筒探身进去看了看，通信所里好像空置了很久，四壁一片冰冷，铺盖卷仍在床上，长柄猎枪和装火药的牛角壶也都挂在墙边，显然没被动过，但那守林员却是活不见人，死不见尸，如果通信所里没人，封闭的木屋怎么可能从内部闩住，刚才隔着窗户向外窥视的东西会是什么？司马灰还发觉这狭窄的空间里，存在着一种令人汗毛直竖的怪异气味，可找不到是从什么物体上发出来的。

随着山风灌进木屋，那阵古怪的气味迅速减弱，人类的鼻子已经嗅不到它了，不过跟在司马灰身后的几个人，也都察觉到了这种怪味。

高思扬突然说："这像是……死人身上才有的气味！"

罗大舌头说："死人我见得多了，又能有什么特别的气味，你找筐咸鱼放太阳底下晒两小时，那气味就和死人身上的差不多一样了，无非是腐烂发臭，跟通信所里的气味可完全不一样。"

司马灰也觉得确实不像死尸发出的气味，不明白高思扬为什么会这样形容。

胜香邻判断说："应该是某种化学药水的气味，很像用来防腐的药液。"

其实在正常情况下，谁也不会经常同腐烂发臭的尸体打交道，高思扬以往在军医学院里见过的死尸，都被浸泡在装满福尔马林溶液的水泥池子里，用来让学员进行解剖练习，因此她形成了条件反射，一闻到这股气味，脑子里最先出现的信号就是"死人"。

如果准确地加以形容，通信所里出现的强烈刺鼻气味，近似于甲醛在空气中挥发时产生的味道，甲醛的水溶液，即是制作尸体标本时常用的福尔马林。

司马灰把他先前在窗口看到的情形告知其余几人，要不是刚才看花了眼，就一定有些东西躲在通信所里，但那分明是个活物，不知道为什么会出现"死尸标本"的气味。

罗大舌头等人听了此事，只是各自提高警惕，倒也没觉得怎样，还准备到通信所里进行搜查。

唯独当地林场的知青二学生和民兵虎子，脸上同时流露出一抹恐惧的神情，他们十分肯定地告诉司马灰："你看到鬼了！"

第七章　采药的人

大神农架地僻林深，充满了各种离奇恐怖的传说，听得太多了也难免让人心里发毛，一般没人敢在深山老林里说鬼，可高思扬是军医学院的学员，没些胆量的人学不了医，她又是队伍里唯一穿军装的，因此并不相信唯心主义言论："黑灯瞎火的没准看错了，通信所里怎么可能有鬼？"

胜香邻也问民兵和二学生："我读过一本资料，那上面说古时候将野人叫作山鬼，你们说的鬼是不是指野人？"

司马灰一看那两人的反应，就感到事有蹊跷，民兵虎子祖上数代都是神农架的猎户，从没离开过这片大山，那个懂得维修无线电的二学生，也在林场插队好几年了，可以算是半个本地人，他们或许知道些外人不了解的情况，但不论刚才看到的那张脸是山鬼还是野人，都不可能在众目睽睽之下逃离通信所，于是问那二学生是怎么回事，为何会认定木屋里有鬼？

二学生见问到自己头上，就原原本本地说明了情况。他打1968年起就到林场插队了，平时除了看书也没别的爱好，这鄂西腹地山岭崎岖，人烟稀少，条件非常艰苦落后，他记得刚来的时候，这林场里最宝贝的东西就是一部春风牌收音机，开关还有故障，后来二学生把收音机修好了，林场为此还特意开了个会，搞得很隆重，不仅特意在桌上铺了一块红布，把收音机摆在当中，甚至还在后面挂了毛主席和林副统帅的画像，有许多老乡和附近林场的职工闻讯赶来，都想看看这个会说话的黑盒子，收音机的信号非常不好，一打开里面全是"刺啦刺啦"的噪声，女播音员的声音根本听不清楚，但大伙儿还是非常高兴，纷纷夸奖二学生技术高明，老乡们都说真没想到这收音机里还有个娘们儿，商量着要把她给抠出来看看长什么模样。

二学生从没受过这份重视，感觉很光荣，他正兴奋着呢，忽然闻到人群里有股很不寻常的味道，就像从死尸标本上散发出来的刺鼻气味。

记得在学校生物教室里看到的野兽标本，也有这种刺鼻的化学药水味，二学生起身向四周打量，发现后排有个探头探脑的人，那人脸上蒙了块破布，故意遮掩着面孔，仅露出两只白多黑少的眼珠子，身上一股浓烈的福尔马林气味。

当时人多事杂，二学生看无人见怪，也没顾得上继续追究，转天向林场里的几位老职工打听，才得以知道详情，原来那人以前是个采药的，本家姓佘，大号没人知道，当地山民都习惯称其为"老蛇"，四十来岁的年纪，生得虎背熊腰，进山打猎从不走空，还有一身"哨鹿"的绝技。

在深山老林里采药的人，大多善识药草物性，能够攀爬峭壁危崖，但这只是末等手艺，要想找到罕见的珍贵草药，除了胆大不要命，还得有足够的运气，而上等采药人皆有独门秘术，"哨鹿"便是其中一项几近失传的特殊本领。

阴峪海那片原始森林中生存着成群结队的麋鹿，为首的鹿王生性奇淫，每逢春末夏初，它都要在一天之内，先后同百余头母鹿交配，最后精尽垂死，卧倒在地呦呦长鸣，这种鹿鸣相当于求救信号，深山里的母鹿听到之后，便会立刻衔着灵芝赶来，别看采药的人寻觅不到千年灵芝，鹿群却总能找着，鹿王吞下灵芝，用不了多少时间就能奔腾蹿跃恢复如初了。

哨鹿的人则须头戴鹿角帽，身穿鹿皮袄伪装，躲到原始森林中模仿鹿鸣，引得母鹿衔来灵芝，然后打闷棍放倒母鹿，剥皮刮肉再取走灵芝草，不过学这种声音得有天赋，一万个人里未必有一个人能够模仿得出。

六十年代老蛇进山哨鹿，刚拿铁棍子砸碎一头母鹿的脑壳，没想到那体形比牦牛还要壮大的鹿王竟突然从后边蹿了出来，鹿王生有骨钉般的鹿角，枝杈纵横，锋利坚硬，山里的大兽见了它也得避让三分，老蛇猝不及防，肚子上当场就被戳了个大窟窿，他凭经验拼命逃向林木茂密之处，据说鹿角最怕密林，倘若被藤萝缠住动弹不得，那就只有任人宰割的份儿了，但老蛇逃得太急不辨方位，一脚踏破了横倒的古树躯干，那是个腐烂的枯树壳子，里面生有数丛毒菌，他扑在上面溅了一脸汁液，为了不让毒性入脑，便忍疼用刀剥掉了脸皮，总算捡回了这条性命。老蛇精通药草习性和各种土郎中的方子，回来后弄死一只老金丝猴，把兽皮粘在自己脸上，不知他用了什么药物，毛茸茸的脸皮逐渐变黑，从此身上总有股挥之不去的怪异气味，再也不能到山里哨鹿了。

司马灰等人听二学生描述了大略经过，均是不胜讶异，想不到这世上还真有如此狠人，自己把自己脸皮割下来得是什么滋味？

另外从形貌特征与气味上判断，司马灰在木屋窗子中看到的怪脸，多半是那个常在深山里哨鹿的老蛇，不知道对方鬼鬼祟祟地躲在通信所里意欲何为，只怕其中有些不可告人的秘密，可木屋里空间有限，那么个大活人能躲到什么地方？

二学生却对司马灰说："你看见的不可能是活人，因为那个人早就死了。"

民兵虎子证实了二学生所说情况完全属实，六十年代后期，部队在神农架山区开展"三支两军"运动，林场子一度实行军管，民兵的编制和训练逐渐正规化，军队还提供无线电设备，支援地方上建设了森林防火通信所，瞭望塔就是那时候搭的，而这座木屋则是解放以前便有，当时有人举报老蛇偷取林场里的收音机，每天深夜都要收听敌台，还经常到通信所附近转悠，东挖西刨地好像在找什么东西，但一直缺乏足够的证据，只给抓起来审讯了几次，最终也没得出什么结论。

去年老蛇跟几个山民前往燕子垭，垂了长绳攀在绝壁间采药，不承想被一群金丝猴啃断了绳索，他当场坠下了深涧。那些采药人都说死在老蛇手里的野兽实在太多，而且他手段太狠，时常生吃猴脑，捉到蛇就活着剜出蛇胆吞下，脸上那张兽皮也是一只老猴的，这山里的金丝猴都特别记仇，袭击人的情况在早些年时有发生，尤其看见他就格外眼红了，趁其不备便来报复，可见深山老林里的生物都有灵性，不能随便祸害。

后来民兵们从深涧下的水潭里，把老蛇的尸首打捞出来，埋在林场附近的乱坟中了，这件事是好多人亲眼所见，如今尸骨大概都腐烂了，当然不可能出现在通信所。

司马灰事先并不知道还有这些内情，他听完民兵和二学生的述说，就寻思那个老蛇不像普通的采药人，毕竟死人不可能再从坟里爬出来，但先前看到的那张脸孔，还有木屋里残留的古怪气味，又是怎么回事？这些怪事为什么早不来晚不来，偏偏会出现在这个节骨眼儿上？

司马灰打定主意要探明究竟，便说："老子平生杀人如捻虱蚁，还怕它有鬼不成，等我先仔细搜搜这地方，然后……"刚说到这儿就被胜香邻在身后轻轻扯了一把，他自知失言，赶紧住口。

高思扬警觉地盯着司马灰问道："你刚才说什么？"

司马灰遮掩道："我是怕撞见不干净的东西，说句狠话给自己壮壮胆子。"

罗大舌头也说："这事我可以做证，他看见宰鸡的都吓得腿肚子转筋，哪有胆子杀人啊？"

高思扬听司马灰承认是在胡吹法螺，也没再追究，她不认为这深山通信所里有鬼，但守林员不会无缘无故就失踪了，很可能遇到了意外，这不是小事，现在外边已经黑透了，无法再去瞭望塔上发出告急信号，她是队伍里唯一的军人，自然要站出来拿个主张，于是让二学生动手调试无线电对讲机，争取尽快与林场取得联系，又命民兵虎子把猎犬牵进来协助搜索。

二学生家庭出身不好，被人呼来喝去早都习惯了，他从林场里背来的那部无线电，本身无法正常工作，仅能用于更换零部件，看通信所里的无线电也存在故障，便立刻着手忙活起来。

民兵虎子虽然胆壮，可山里人免不得有些迷信思想，鄂西山区有个风俗，最忌讳让黑狗见鬼，看见死人也不行，因此坚决不同意让猎犬进屋，高思扬见说服不了他，便让他暂时守在外边，其余几个人打亮手电筒，彻查通信所里的每个角落。

司马灰当先搜索过去，他眼尖目明，瞥见铺板似乎有挪动过的痕迹，好像不在原位，心念一动："这木屋里有地道？"立即招呼罗大舌头帮忙揭起铺板，眼前暴露出一个竖井般的方形洞穴，一股腐烂味道的潮气冲鼻而来，但洞口的位置并不十分隐蔽，如果不被铺板遮住，进到屋里就能瞧见，看起来应该是用于存放食物的菜窖，守林的民兵在山上一住就是一两个月，这里海拔甚高，酷暑时节会较为炎热，需要这种地窖储备粮食和蔬菜。

地窖内部很宽阔，但垂直深度仅在两三米左右，里面充斥着阴冷潮湿的腐气，用手电筒照下去，角落处有具皮肉残缺不全的尸骸，似是被什么大兽啃过，胸腔中的肋骨裸露在外，尸身也已经开始变色，要不是在阴冷的地窖里，大概早就腐烂发臭了，然而封闭的通信所木屋和地窖内部，除了这具死尸以外，并没有其他生物存在的迹象。

第八章 地　窖

通信所地窖里有种湿腐的土腥气，完全遮盖了其他一切气味，司马灰分辨不出是否混有那种近似福尔马林的气息，但这具尸体脸颊还算完整，不像先前在木屋窗子里看到的老蛇，其身份应该是遇难的护林员。

众人用手电照到护林员尸体的惨状，都不禁暗暗皱眉，这通信所里门窗从内紧闭，也没有其余的出口，因此导致护林员死亡以及啃噬死尸的东西，可能仍然躲在这个地窖里。

高思扬感觉到了事态的严重性，她身边没有武器，就拿了二学生从林场里带来的土铳，想下到地窖里探明情况。

司马灰怕她会有闪失，便打手势让胜香邻和罗大舌头留在原地接应，然后戴上"Pith Helmet"，打开装在头顶的矿灯跟了下去。

高思扬有司马灰跟在身后，心里踏实了不少，两人分别借着手电筒和矿灯，在地窖中到处察看。

司马灰见那守林员尸体上的齿痕断面粗大，不会是虫鼠所咬，倒像被体形很大的猿类啃噬，心里冒出一个不好的念头：听说深山里成了精怪的僵尸，不仅要吃人脑髓内脏，还能够埋形灭影出没无常，难道那个早已入土的老蛇……果真从坟里爬出来了？

司马灰觉得那个死掉的采药人，生前一定有很多不能说出来的秘密，说不定真就阴魂不散，变成了昼伏夜出的飞僵行尸，而且从已经发现的各种迹象来看，它很可能此时此刻还躲在通信所木屋里没有离开，可是坟地距离林场子很近，僵尸怎么会出现在人迹罕至的大神农架主峰？

司马灰又想起二学生讲过的情形，那老蛇曾被人举报与特务组织有联系，还说他在深夜里暗中收听敌台，又经常偷偷溜到通信所附近刨地，像是在挖掘什么东西，这通信所无非就是个守林人居住的木屋，除了一部总出故障的无线电，以及那座四十来米高的瞭望塔，能有什么特别的物事？就算想挖老坟抠宝，也不该到这海拔两千多米的山峰顶部来动手。

这时高思扬在地窖边缘，发现了一个绑有绳索的大箩筐，里面装满了泥土，推开箩筐，墙根儿处有个倾斜向下的洞口，里面黑沉沉的，很是幽深，她有些吃惊地对司马灰说："你看这下面还有条地道！"

司马灰上前一看，发觉洞中空气不畅，就起身让罗大舌头把电石灯递下来，然后猫腰钻了进去，这条地洞曲折狭窄，估计垂直深度不下数十米，尽头被挖出了一个土窟窿，满地都是烂泥碎土，还戳着一把短柄铁锨，好像还没挖到底。

地洞至此而止，由于空气并不流通，电石灯呈现出蓝幽幽的微弱光芒，司马灰四周摸索了一遍，见没有什么发现，便从地道里退了回来，他和高思扬爬出地窖，向其余几人说明了情况："看情形是有人想从地窖里挖掘某些东西，守林员也因此被杀害，那箩筐就是用来往外运土的工具。"

高思扬看二学生还没把无线电修好，焦虑地说："这会不会是敌特在进行破坏活动？可通信所位于大神农架主峰北坡，周围地僻林深，又能埋着什么东西？那个挖掘地洞的人躲到哪里去了？"

司马灰说："怪就怪在这儿了，除了咱们几个之外，我感觉不到通信所和地窖里还有多余的活人气息。刚发现地洞的时候，我曾怀疑是有盗墓的土贼企图挖开老坟抠宝，可海拔这么高的山峰上不该有古墓，想从此处凿至山腹也绝非人力可为，如果洞子打得太深，首先供氧问题就解决不了，另外我仔细察看过地道作业面上的泥土，全是从未被翻动过的天然土层。"

胜香邻听司马灰说完，就在笔记本上画了一座山峰的形状，代表大神农架的主峰，峰顶是瞭望塔，背阴的北坡是通信所，她又在通信所下描了两条角度狭窄的虚线，说道："山峰里的地质结构以岩层为主，岩脉岩层之间必定存在断裂带。通信所下的地窖里都是泥土，还可以挖出几十米深的地洞，说明此地恰好位于岩层交界处，最深不会超过百米，再往下就全是坚固的岩石了。假如岩层交界的地方存在着某个物体，也许它距离地道尽头已经很近了，所以那里才会被掏成了一个大窟窿。"

高思扬见司马灰等人说得都在点子上，显得很有经验，心想也多亏遇到这个进山搜集化石的考古小组，否则只凭自己这通信组的三个人，遇上这种情况真不知该当如何处理，看来无线电通信暂时无法恢复，等林场派来援兵，则至少需要两天时间，难免事迟生变夜长梦多，她思索片刻，决定请考古组继续协助，连夜挖开地洞，探明通信所下的秘密，同时设法搜寻敌踪。

二学生和民兵虎子还是第一次遇到这种情况，不免都有些紧张和兴奋，觉得有立大功的机会了，当下反复念了几遍："下定决心，不怕牺牲……"

司马灰暗觉此事很可能与"绿色坟墓"有关，自己当然不会置之不理，但他清楚高思扬这个小组，太缺少相应的经验和必要的思想准备，所以得在事先告诉这三人："最后不管在地洞里挖出什么，它都一定是个极其危险、极其可怕的东西，所以大伙儿都得打起十二分的精神，否则稍有闪失就得出大事。"

民兵虎子认为司马灰是考古队里的坏头头，根本不信他的话："这洞子还没挖到底，你又不是能掐会算的神仙，怎就知道那里面的东西一定有危险？"

司马灰说："你个民兵土八路不懂科学，都什么年代了还用掐算，我说有危险它就有危险，因为这是墨菲定律。"

民兵虎子气呼呼地说："我真是信了你的邪，因为有头驴就是科学了？"

二学生对他说："这可不是什么驴子，而是一个混沌定律，基本上可以分为三个部分。事物发展运行的轨迹好像是多元化的，存在着无数种可能性，不管你预先布置得如何周密，事到临头也总会出现意料之外的情况，所谓计划赶不上变化，是对第一定律的最好概括。第二定律说白了就是'怕什么来什么'，你越是不想让它发生的事，它发生的概率就越大。比方说我有块面包，正面抹满了黄油，又不小心失手把它掉在了名贵的地毯上，面包正反两面朝下的概率看起来似乎差不多，其实不管面包掉落多少次，抹了黄油的那一面永远都会朝下，因为事情总是会往咱们最不想看到的方向发展，这即是墨菲原理——宿命的重力。另外还有第三定律……"

民兵虎子紧皱眉头，插言问道："面包黄油还有土豆牛肉都是苏修才吃的东西，难道你也吃过？"

二学生就怕说话上纲上线，尴尬地摇了摇头："没吃过，我这不就是给你举个例子吗……"

司马灰刚才无非是拿话压人，告诉大伙儿不要抱有侥幸心理，得做好应付最坏情况的准备，但真让他解释什么"墨菲定律"也说不了如此详细，没想到那二学生还真有两下子，看来书本没白啃。

高思扬听后也嘱咐虎子道："司马灰说得没错，你应该听他的话。"

民兵虎子说："你是我姐，我就听你一个人的话。"

高思扬道："真胡闹，党中央和毛主席的话你都不想听了？"

司马灰心想：这土八路才多大年纪，就想拍婆子了？看这小子心里憋着股火，脑子里只有一根筋，行事莽撞冒失，早晚得栽大跟头。反正该说的话我也都说到了，说不说在我，听不听在你，你就好自为之吧。

罗大舌头则不怀好意地问道："虎子兄弟，你光听你姐一个人的哪儿成，将来你姐夫说句话你听不听？"

民兵虎子涨得满面通红，恨不得当场扑过去跟罗大舌头掐上一架。

胜香邻见状提醒众人还要挖掘地洞，眼下两个组应当同舟共济，别再为些鸡毛蒜皮的小事争来斗去了。

此时已是夜里十点多钟了，众人先吃了些东西，下到地窖里裹起守林员的尸体，暂时放置在铺板上，然后罗大舌头顶着矿灯钻进去掏洞子，司马灰利用留下的箩筐装填泥土，推至地道里，再由胜香邻和高思扬、二学生三个人以绳索拖拽出来，民兵虎子则负责往通信所外边铲土。

人多氧气消耗就快，由于没有供氧设备，只能挖一阵土就爬出来透气，但流水作业进展极快，只用了两个小时不到，就将地洞尽头的土窟扩大了数米见方，再往下全是岩层，铁锹已经挖不动了。

司马灰心想：怎么什么东西都没找出来就挖到岩脉了？他用手抚摩从泥土下露出来的岩层，除了坚硬冰冷的触感，竟发觉十分齐整，不像天然形成，再往边上一划拉，手指触到几根支出来的大铁钉子。

司马灰和罗大舌头越看越是惊奇，在电石灯下端详了足有半分钟，脑子里接连滑过几个巨大的问号，这地洞尽头存在的东西太过出人意料，看来"墨菲第一定律"开始发挥作用了。

第九章　探　洞

地洞深处氧气稀薄，电石灯比坟地里的鬼火还要微弱，司马灰摸到那几枚竖起的铁钉，都能有常人手指粗细，在岩层中生了根似的很是坚固，用灯光凑近了照视，黑漆漆的没有丝毫光泽。

司马灰和罗大舌头瞧了半天，都觉得有些眼熟，这东西应该不是铁钉，它更像是"钢筋"，而从地洞子里挖出的平整岩层，则是一道混凝土浇筑的屋顶，墙体边缘处有受到张力作用产生的撕裂，所以那几根钢筋才会裸露出来，不过大神农架主峰里怎么会有一座"房屋"？

这幢诡异坚固的房屋，正好处于岩脉交界的缝隙里，距离海拔两千多米的高峰山顶足有几十米深，地面上完全没有动过土的痕迹，甚至连当地民兵都不知道它的存在，但钢筋混凝土构造的建筑，年代一定不会太久远，顶多是几十年前留下来的。

罗大舌头说："以前鄂西湘西都是土匪盘踞的地方，这会不会是土匪当年留下的巢穴？"

司马灰摇头说："土匪都是利用山里的天然洞穴藏身，凭那些乌合之众可造不出这种工程。"

罗大舌头又说："你一提到工程我就想起来了，这肯定是个防空洞啊！那些年提出一个口号——深挖洞、广积粮、不称霸，备战备荒为人民。当时地下人防工程可挖得太多了，听说比万里长城的土方总量还要多出好几倍。"

司马灰仍然觉得不像三防设施,大神农架人烟稀少,再往里走就是阴峪海原始森林了,而且山上有的是奇洞异穴,根本用不着挖防空洞,何况也没有把防空洞设在这种地方的道理,难不成有朝一日打起仗来拉响空袭警报,人们却要走两天山路到此避难?

罗大舌头说:"那他娘的可就怪了,干脆钻进去瞧瞧里面有什么。"

司马灰见混凝土墙体断裂的地方,有条很大的口子,将上面的泥土挖开,可以容人爬进去,那裂缝中空气阴冷,使电石灯的照明效果得以恢复,也说明里面极是幽深,便让罗大舌头先别急着进去,回去做好准备以策安全。两人一前一后钻出地洞,把发现的情况告诉了其余四人。司马灰打算带自己这个小组下去探个究竟,留下通信组在上边接应,由于情况不明,所以要把背包和矿灯都带上。

高思扬清楚自身职责所在,执意与司马灰等人同去;民兵虎子立功心切,自然不愿落于人后;二学生一看这深山木屋里黑灯瞎火,自己可没胆子留下来守着尸体,连忙恳求要跟随大伙儿一起行动。

司马灰不能反客为主指挥通信组,况且那三个人也没打算听他的,又考虑到这座木屋和地洞里,很有可能还隐藏着一个"看不见的僵尸",对方还没来得及把洞子挖到尽头就被迫躲了起来,虽然察觉不到周围存在活人气息,却不敢掉以轻心,如果让高思扬等人跟在身边,万一有事发生,至少还能及时救应,也就没再阻拦。

不料民兵虎子突然急匆匆拎着土铳钻进了地洞,司马灰见状忍不住骂道:"这个土八路,真是鸡巴毛成精——气死老鹰!"

司马灰虽然恼火,却又担心民兵虎子会有闪失,只好带上背包紧紧跟了进去,其余几人也一个接一个钻入地洞,摸索到尽头的缺口处,鱼贯进入其中。

司马灰快步赶上当先的虎子,一把将他拽住说:"你小子不要命了,赶着投胎去啊?"

民兵虎子挣开司马灰的手臂，固执地说："我就是要看看你那科学的驴准不准，可这里面黑咕隆咚的什么都没有，危险在哪儿呢？"

司马灰说："什么他妈科学的驴，那是墨……"他说话的同时用矿灯向周围照视，发现从钢筋水泥结构的屋顶上下来，脚下又是一道与之相同的厚重地面，两道结构平行的墙体之间，有大约一米五高的夹层，矿灯光束能照到将近二十米，在这个范围内空荡荡的什么东西也没有，与之前的推测大相径庭，司马灰深觉古怪，后半句话也就没说出口。

这时另外四个人也提着电石灯钻了下来，看到下面又是一层钢筋混凝土结构的墙体，同样十分诧异。

胜香邻说："这里纵深宽阔，高度极低，不会是房屋内部，是不是有两层屋顶？不过夹层的跨度很大，根本不像普通的房屋或地堡。"

司马灰想起在缅甸的时候，看见过英国皇家空军的机库，那库房就是钢筋水泥结构，顶部呈宽弧形，但机库也不是双层外壁。

此时二学生非常有把握地告诉众人，这不是双层墙壁，而是"双胆式结构"，就像有两个瓶胆的暖水瓶，具有耐冲击的防御效果，所以应该是座人防工事，在备战备荒那几年，各个单位和部队都有三防任务，防空洞、防空壕挖得不要太多，可这种特殊结构还是比较少见的，大概只有部队才能造，不过它为什么会造在海拔这么高的大山里？

司马灰等人都是头一次听说双胆式结构，没想到二学生在林场里言不惊人貌不动众，干活儿时就属他不行，可知道的东西还真不少。

司马灰问他："你虽然是从大城市来山区插队的知青，但从来没当过兵，怎么会对军事设施了解得如此清楚？"

原来二学生家庭成分不好，新中国成立前是上海的资本家，到他这代不管是上学还是进工厂都很困难，更别提去部队参军了，他家里最有出息的一个堂哥，曾到北大荒参加生产建设兵团，那就已经觉得很光荣了。因为一开始说去兵团虽然艰苦，但配发武器，还能穿军装，出身有问题的人根本不让去，二学生的堂哥也是托了不少关系才被分到兵团，军装是没穿上,却真有荷枪实弹,因为中苏关系急剧恶化,1969年的时候,双方在乌苏里江主航道珍宝岛,发生了激烈的武装冲突,随着冲突持续升级,苏联已在边境线上陈兵百万,中国则全面进入了紧急战备状态。

二学生堂哥所在的生产建设兵团农机连,距离边境线很近,能切实感受到战争的阴云就笼罩在自己头顶,有一天晚上刚训练完回来睡下,被窝都还没焐热,就忽然拉响了警报,随后电台里说苏联已经出兵了,牡丹江、齐齐哈尔都遭到了轰炸。

大伙儿听到这个消息都极为震惊,情绪更是无比悲壮,老毛子都是机械化部队,这工夫说不定坦克集群都打到沈阳了,咱们已是孤悬敌后,只能先撤到山里打游击了,于是众人不顾冰天雪地,全副武装地拼命往山上跑。

农机连连夜进山,个个都累得精疲力竭,可刚到地方,就接到通知说是场演习,二学生的堂哥发了几句牢骚,哪有这么折腾人的?没想到当场被人揭发检举了,还好连长手下留情,没有把事情继续扩大,结果被从兵团开除撵回了老家。他回来后给二学生讲过在边境上修造三防工事的情况,其中便有这类双胆式结构的重型库房,可以抵挡轰炸和炮击,当然这也不算什么军事机密,因为《民兵训练手册》上就有图例,只是很少有人认真看过。

司马灰等人都经历过那个特殊时期,听二学生所言也确实有几分道理,看来这座"双胆式地下仓库",应该是备战备荒那几年,由某支工程兵部队在深山里秘密修建而成,但它的位置还是太特殊了,想象不出具体用途,更猜不透这里面到底有什么东西。

高思扬提醒众人说:"咱们未经批准,不能随便去看里面的东西。"

胜香邻推测说:"看样子这里已经废弃了,它虽然巧妙利用了岩脉交界处形成的天然洞穴,但其自身的结构却存在着重大缺陷,即使是坚固的钢筋混凝土,也抵挡不住山体内部岩隙间产生的张力,所以外部才会出现断裂,也许里面是个'空膛子'。"

可那个从山坟里爬出来的老蛇，为什么会盯上这座废弃的地下仓库？他为何会在封闭的深山木屋里消失了？地底下是不是储藏着某些重要物资？这究竟是敌特的破坏活动，还是跟阴峪海的古老秘密有关？

众人急于探明真相，商量几句之后，便以矿灯和手电筒照明，循着地面裂痕的延伸方向，在狭窄的夹层间逐步移动。

司马灰转过身，低声告诉罗大舌头和胜香邻，通信组的人员没有应变经验，又属临时拼凑，缺少必要的协同能力，如果突然遇到意外，肯定是一触即溃，所以得把他们盯紧点，千万别让队伍分散，只盼这件事情尽快告一段落，中间别再出现什么差错才好，到时候两个小组自然会分道扬镳，咱们也就该前往大神农架原始森林了。

不过司马灰说这些话的同时，又不免想到了墨菲定律——任何计划不管考虑得如何周密，在进行的时候，都一定会出现意外因素和错误，计划最后能否成功，只取决于错误的大小是否会影响到结果，也就是所谓的"人算不如天算"。

司马灰越想越觉得世事难料，算盘打得虽好，到头来却未必如愿，如今也只能走一步看一步了，于是收敛心神，紧跟在通信组后边，密切注意着周围的动静。

众人搜寻了一阵儿，终于找到了底层的裂缝，司马灰率先投石问路，听声音就知道下面没有多深，便让其余几人先别妄动，他随即纵身跃下。但矿灯用得时间久了，此时受到震动和颠簸，导致因接触不良而熄灭，眼前立刻变得漆黑如墨，除了自己的呼吸和心跳声，周围静得连根针掉地上也能听见。

司马灰正待检查灯头松紧想使之恢复照明，一抬手却摸到身前横着根冷冰冰、沉甸甸的大铁管子，不知道是个什么物体，他伸开手臂往两端摸索，也都探不到尽头，这种触觉让司马灰心里直打哆嗦："真是怕什么有什么。"

潘多拉的盒子

第三卷

第一章　双胆式军炮库

司马灰在黑暗中摸到那堆冰冷的钢铁，凭触感似乎是一门火炮，他脑海里立时浮现出从死人七窍中"咕咚咕咚"冒出黑血的情形，都是在缅甸那些战友被政府军重炮震破五脏的惨状，想到这些事，心里就像被狠狠揪了一把，但倘若是重炮，这炮筒子未免也太长了。

司马灰急于看个究竟，用手拧紧了松动的矿灯，将光束照向身前，不禁低声惊呼道："佛祖啊！"

这时罗大舌头等人见司马灰好半天没有动静，就跟着从裂缝中爬了下来，借着矿灯看到横卧在眼前的物体，也都当场呆住了。

其实司马灰先前的感觉没错，这就是一门大口径重炮，不过体积很大，形状也十分特殊，尤其是炮管子长得吓人，而且炮管角度几乎与地面平行，跟常见的山炮截然不同，在这狭窄有限的空间内，给人以极强的压迫感。

这种形状奇特的火炮，很像司马灰和罗大舌头在越南见过的苏联D-20式152毫米加榴炮，同时具备加农炮与榴弹炮特性，既可以进行远程火力压制，也能够直瞄射击，不过眼下发现的这门加榴炮，应该是中国仿照苏联生产的66式，口径规格与苏联完全一致，只是谁也没想到在大神农架主峰里，竟然隐蔽着一座"双胆式军炮库"。

高思扬虽是军医学院的学员，但毕竟不在野战部队，再说当兵的也未必各种枪炮都认识，她就从没见过"66式152毫米加榴炮"，甚至连听都没听过，这时不免对司马灰等人的身份产生了一些怀疑，普通人谁能准确识别出火炮型号和具体口径？

还好司马灰等人先前胡吹的时候打过埋伏，罗大舌头声称他老子是少将，他家在军区里住楼房，上厕所都不用出门，那见识过炮兵装备也就不算什么了。

众人四处环顾，发现周围除了另外几门重炮，还堆积着一箱箱炮弹，墙壁上涂有"建设强大的人民炮兵"语录。仔细观察这座双胆式军炮库的结构，应该是整体隐藏在山腹洞穴内部，洞中浇筑双重钢筋混凝土掩体，夹层能够有效抵御轰炸造成的冲击，中间设有通道连接，南北两端宽阔，分别布置四门66式加榴炮，它们可以居高临下，从南坡和北坡的洞口向外射击，此处射界开阔，位置隐蔽，从战术角度而言十分理想。

六十年代末期，中国领导人感受到了战争的威胁，开始进行大规模战略调整，湘、鄂、云、贵、川、藏等地被部署为战略纵深区域，各个单位和驻地基层部队，都接到了具有针对性的施工任务和训练项目，更有许多专门的军用设施对外严格保密，这座大山深处的双胆式军炮库就在此范畴之内，工程大概是从山腰处展开，而66式加榴炮的部件也是拆散了再运进来组装，所以连当地民兵都不知道山里还有这么个地方。

此时南北两侧的洞口已经堵死，使双胆式军炮库完全封闭在了山腹中，想来是因时局变迁，以及构造不合理导致壁壳崩裂，它才被临时放弃，但66式加榴炮移动不便，所以当时没有撤走，而是留在山里备用。

这是司马灰所能想到的唯一合理解释了，不过现在还有个更大的疑问，那采药者老蛇为何知道山峰里面有军事设施？要是想引爆弹药库进行破坏，在这没有人烟的深山腹地，也无法造成太大效果，如果不是这个原因，那就应该与山洞本身有关了。

众人推测双胆式军炮库废弃不过数年之久，这个洞穴却是年代古老得不可追溯，掩体边缘处多有崩裂，可以通往山腹深处。正要继续寻找线索，蓦然嗅到阴冷的空气里有股福尔马林的气味。

司马灰循着气味抬头一看,只见弹药箱后的墙体裂缝里,无声无息地探出半个身子,那人体格粗壮,细腰阔背,脸部似是某种早已灭绝的古猿,两个眼珠子白多黑少,浑身上下沾满了泥土,竟像是刚从坟里爬出来的僵尸一般。

司马灰一看那人的身材面目,就知道是民兵所说的采药者老蛇,对方先前应该是把自己埋在地洞子里,才遮掩了身上的怪异气息,并且成功躲过了搜索。但此人去年就已经死了,而且活人也不可能把自己埋在地洞的泥土中,以司马灰之敏锐,只要对方稍微吐口大气,都不至于察觉不到,即使此刻近距离对峙,也感觉不到这个人身上存在丝毫生气,但这种感觉又与"绿色坟墓"那个幽灵不同。

另外几人也没料到对方会忽然出现,心里都打了个突,而且看到老蛇手里拎了一盏点燃的煤油灯,还带着一捆开山用的土制炸药,倘若落在地上失火引起爆炸,那可不是响一声就能了账的事,因此都怔在原地无法采取行动,但民兵虎子已将土铳的枪口瞄准了对方。

老蛇声音嘶哑地说道:"那民兵伢子,你把土铳端稳了,要是走火打错了地方,可就别想从这儿走出去了。"

高思扬并不示弱,也举起土铳质问道:"你以为你又能跑到哪儿去?"

司马灰知道对方是有备而来,就对胜香邻和罗大舌头使了个眼色,示意:"见机行事,不要贸然上前。"

这时老蛇又对高思扬说:"我一个换六个,也不算亏本,不过咱们何苦要斗个两败俱伤?"

老蛇说他自己这些事情,其实也没什么可隐瞒的秘密,以前凭着一身绝技,在大神农架原始森林中哨鹿打猎,不管是珍禽异兽,还是成了形的何首乌、千年灵芝,只要他出手就从来没有走空的时候。可自从遇难毁了面容,他没处寻找人皮,只能剥了猴脸补上,又不得不敷药防止溃烂,从此身上多了股怪味,日子过得人不像人鬼不像鬼,人人避之唯恐不及,自己也觉得真是生不如死,不免动了邪念,对周围的人衔恨在心,打算找机会下手弄死几个,再寻两件大货,越境潜逃到南洋去。

整件事的起因,还得从民国初期说起,那时有一个美国地质生物学家塔宁夫,多次来到神农架进行考察,发现阴峪海是中纬度地区罕见的原始森林群落,栖息着很多早已灭绝的古生物,他组织了一支狩猎探险队,到高山密林中围捕罕见的野兽,并且搜集了大量的植物和昆虫标本。

老蛇当年的师父,在新中国成立前是个挖坟抠宝的土贼,曾给塔宁夫做过向导,那山里的土贼眼孔窄、见识浅,看塔宁夫身上带有金条,就在探险队发现了一个地底洞穴,返回来做准备的时候下了毒手,把那些人全给弄死了,总共就为了三根手指粗细的金条。

最后老蛇的师父得了场重病,他临死前把当年下黑手坏掉塔宁夫性命的经过,以及将探险队尸体和装备都藏在山腹里的事,全部告诉了自己的徒弟,不过也不是出于忏悔而是"后悔",后悔那时候眼界太低,就以为真金白银是钱,而且当时做贼心虚,别的东西都没顾得上掏。

师父告诉徒弟说:为师做了一辈子土贼,又有哨鹿采药的绝技,可到头来也就是个没见过世面的土鳖。塔宁夫要去寻找的那个地底洞穴,就在阴峪海原始森林下面,最深处通着阴山地脉。以往老郎们常说人死为鬼,若是生前德行败坏,死后便会被锁在阴山背后,万劫不得超生,多半就是指那个地方了。塔宁夫不信鬼神,他事先准备得很充分,地图武器一应俱全,探险队里的成员也都个顶个是好手,可惜那时候为师看见金条就心里动了大火,根本按捺不住贪念,否则等到塔宁夫从地底下抠出几件大货再把他们弄死,然后将东西带到南洋出手,那如今得是什么光景?

师父说完便死不瞑目地蹬腿儿归西了,从那时候起老蛇就开始惦记上这件事了,可始终没找到机会下手,后来他发现工程兵在山腹里修筑双胆式军炮库,更加难以轻易接近,直到他哨鹿时失了手,在林场子里混不下去了,便打定主意要找几件大货逃到南洋,于是着手准备,先是通过关系摸清了双胆式军炮库的结构,知道外壳出现了崩裂,可以从山上岩脉交界的地方打洞钻进去。

另外他还从林场里的知青嘴里探听到一些消息,知青里有不少人在大串联的时候去过广东沿海,据那些人讲:"从海上越境潜逃到香港是最常见的方式,不用担心风大浪急,更不会被边防军的巡逻快艇撞死,你稍微给渔民一点儿好处,他们就敢在深夜里带你出海,如果赶上天气好,即使不会游泳,抱个'充气枕头'漂也能直接漂到香港,那海面非常开阔,哪就这么倒霉被巡逻艇撞上?有很多家里受到冲击的右派子弟,都从这条途径跑到香港去了,说是打算到那边组织武装起义推翻殖民统治,可过去了不少人却始终没见动静,大概是都躲了起来,悄悄等待着世界革命的高潮到来。"

老蛇不敢轻易相信,既然跑到香港不是什么难事,当地那些渔民怎么不去?

林场子里山高皇帝远,那些知青也就毫不避讳地告诉他实际情况:"马克思早已指出资本主义的本质是人吃人,你是打鱼的到了那边仍是打鱼的,扛大包的去到那里也照旧扛大包,没钱没势的人在哪儿活着都不容易,唯一的区别就是有的人过去之后运气好一些,可普通平民百姓到哪儿不是过日子?所以除非到了走投无路的地步,大多数人还是愿意选择安于现状。"

老蛇毕竟没离开过山区,心里仍是觉得没底,他又听说深夜时分会有敌台广播,想事先听听那边的情况,不料被人发现检举了,虽然没有直接证据,可还是受到了严密控制,便诈死脱身躲到山里,直至3号林场发生火情,人们都被调去挖防火沟了,便趁机摸到通信所,里面守林的民兵以前整过他,他对此怀恨已久,下手毫不留情,随后立刻开始掏洞子,但一个人做这种大活儿确实有些力不从心,时间不免拖得久了些。眼看就快得手了,但前来恢复无线电联络的通信组也到了门口,他在窗口看见有人到了,只好暂时躲在地洞里,没想到这组人头脑清醒,行事异常严谨,眼看着再搜索下去,随时都可能发现埋藏塔宁夫探险队尸骨的洞穴，所以他再也沉不住气了，便试图跟通信组谈个条件。

老蛇把话说得很清楚，如果通信组不放过他，他就当场引爆炮药，大伙儿一同命赴黄泉，若肯睁一只眼闭一只眼，让他将塔宁夫探险队的地图带走，通信组就立刻原路退出去，双方只当是谁也没见过谁……

可这番话早惹得民兵虎子气炸了胸膛，他仗着自己猎户出身，有一手打狍子的好枪法，不等对方把话说完，就出其不意扣下了扳机，双方本就离得不远，老蛇正在土铳轰击范围之内，只听"砰"的一声枪响，电光石火之际又哪里躲避得开，当时就被贯胸射倒，煤油灯摔在了弹药箱上打得粉碎，火苗子呼地蹿起半人多高。

第二章 塔宁夫探险队

司马灰一时想不明白老蛇怎么能够死而复生，对方早在众目睽睽之下被当成尸体埋到坟里，此刻竟又出现在深山通信所中，并且躲藏在地洞泥土中完全没有呼吸，这可都不是活人应有的迹象。

司马灰也看出老蛇只是个深山里的土贼，虽然同他师父一样残忍阴狠，平日不知坏过多少人的性命，却是器量狭窄，也没什么心机谋略，完全可以先把对方稳住再动手。

但司马灰没考虑到附近还有别的不确定因素，那民兵虎子便是性情严急，像一团烈火，半句话说得不合心意，略触着他的性子，便会暴跳如雷，恨不得扑上去咬几口才肯罢休，此时再也忍耐不住，突然端起土铳袭击，老蛇被当场撂倒在地，摔碎的煤油灯立刻引燃了弹药箱，那里面装的全是炮弹，煤油灯里的燃料虽然不多，迸溅开来也搞得四处是火，土炸药同时掉落在地，纸捻子引信碰到火星就开始急速燃烧，"哧哧"冒出白烟。

司马灰眼见情况危急，抢身蹿过去抱住那捆土制炸药，就地一滚避开火势，随即掐灭了捻信，再看那捻信只剩半寸就炸了，不禁出了一层冷汗，这地方如果发生了爆炸，几百发炮弹就得在山腹里来个天女散花。

罗大舌头等人分别上前扑火，民兵虎子却红了眼直奔老蛇，一看死尸胸前都被土铳打烂了，便狠狠踢了一脚："我真是信了你的邪……"但他忽觉脚脖子一紧，似被铁钳牢牢箍住，疼得直入骨髓，竟是被地上的死尸伸手抓住了。

民兵虎子以前就知道老蛇手上都是又粗又硬的老茧，足有一指多厚，这是在深山老林里磨出来的，平时爬树上山有助攀缘，指甲也是奇长无比，更有一股怪力，能够徒手剥掉鹿皮。眼下他见对方被土铳放倒才敢上前，没想到老蛇突起发难，不禁骇得面无人色，当时就被捏碎了踝骨，疼得他一声惨叫向前栽倒。

对方不容民兵虎子倒地，又将五指攥成蛇首之形，对准他心窝子猛戳过去，来如风，去如电，动作快得难以想象。民兵虎子顿觉胸口像被铁锤击中，眼前一阵发黑，因踝骨碎裂发出的惨叫戛然而止，嘴里再也发不出半点儿声音。老蛇又趁势一口咬在他的脸颊上，连着皮活生生扯下手掌般大的一块肉来，嚼在嘴里"吧唧吧唧"地咂着血水。

这些情况与司马灰扑灭土制炸药，以及其余几人上前扑火，全部发生在一瞬之间，等到众人发觉，老蛇已拖着全身血淋淋的民兵虎子，快速向军炮库地面的裂缝中退去。

众人见老蛇身上没有半分活人气息，被土铳击中后仍然行动自如，实不知是什么精怪，都着实吃了一惊，可事到如今，也只得壮着胆子上前抢人。

谁知民兵虎子本已昏死过去，脸上撕裂的剧痛又使他醒转过来，感觉自己脸上黏黏糊糊、眼前一片漆黑，并且身体后仰，被人不断拖动，心中恐惧无比，但完全丧失了抵抗能力，只能伸着两只手四处乱抓，揪住了身边一门66式加榴炮的拉火索。

世上的事往往是越怕什么越有什么，这门66式152毫米加榴炮的膛子里，居然安装了引火管，还顶着实弹，这座地下双胆式军炮库，是六十年代末期所建，当时部队里完全按照战备值班任务要求，每天都要反复装填拆卸实弹训练，也许是在掩体内部发生了崩塌，人员撤离的时候由于疏忽，竟没打开炮闩检查，导致加榴炮处于随时都能发射的战斗状态。

司马灰等人置身在黑暗当中，并没有看见民兵虎子拽动了拉火索，蓦然一声巨响，加榴炮从后边炸了膛，原来弹药在阴冷的空间内长期暴露，难免有些发潮，使爆炸并不充分，但威力同样不小，在近乎封闭的双胆式军炮库中听来格外沉闷，无异于震地雷鸣，众人猝不及防，都被气浪掼倒在地，眼前金圈飞舞，牙花子麻酥酥的，脑子里嗡嗡轰响。

等众人摇摇晃晃地爬起身来，用矿灯和手电筒向前照视，就见那门战斗全重数千斤的66式152毫米加榴炮，已被膛里的爆炸掀动，斜刺里躺倒在了墙上，后边整个给炸豁了嘴，而四周并没有老蛇和民兵虎子的踪影，估计是在爆炸的时候，都滚落到裂缝深处去了。

这座双胆式军炮库虽是钢筋混凝土结构，但位置设计很不合理，岩脉交界处的天然张力不断施压，使它内部产生了很多崩裂，此时被重炮一撞，破碎的墙体纷纷塌落，司马灰两耳嗡鸣，也能听到头顶钢筋发出断裂般的异常声响，心道："糟糕，再不撤离就得被活埋在山里了。"

司马灰这个念头也就刚在脑中出现，忽闻一片响声，那动静非同小可，是整片墙体向下沉陷，急忙打手势让其余四人躲进加榴炮旁的地缝里避难，大量的钢筋混凝土随即倾砸下来，霎时间尘埃四起，把地裂堵了个严丝合缝。

从民兵虎子用土铳击倒老蛇引燃了土制炸药，再到无意间拽开拉火索致加榴炮炸膛，军炮库发生崩塌，只不过短短的一分多钟，众人却已由生到死走了几个来回，浓密的烟尘中不能见物，也无法停下来喘气，不得不摸索着两侧的岩壁继续向下移动。

众人发现双胆式军炮库下面是个岩层间的大豁子，也就是山腹里的一道深涧，越向下越是宽阔，其中淤积着泥土，生满了潮湿深厚的苍苔，形成了多重悬空的土台，把两侧的洞穴都掩盖住了。司马灰听到不远处有些响动，将矿灯光束照过去的时候，恰好看到老蛇正拖着生死不明的虎子爬进一个洞口，距离众人还不到十几米远。

高思扬救人心切，端起土铳朝空放了一枪，老蛇似乎没料到司马灰等人这么快就跟了过来,听得枪响也是心慌,急忙往旁一躲,不料踩塌了岩缝间的上壳,连同民兵虎子一同坠向了山腹深处。

众人心头也都跟着一沉,俯视山腹里的裂缝,渊涧之中冷风凄然,黑茫茫的幽深莫测,这大神农架主峰海拔两千多米,如果山体内的缝隙直通到底,那就是铜皮铁骨掉下去也得摔成一堆烂泥了,塔宁夫探险队当年选择从这里出发,此处很可能通着原始森林下面的地底洞穴。

高思扬心急如焚,当时就想觅路下去,但四周黑得好像抹了锅底灰,连东西南北都辨认不出。

司马灰见地势险要,忙拦住高思扬说:"我可不是给你泼冷水,你觉得从这儿摔下去还能活吗?"

罗大舌头也道:"我看就是不摔下去,那人也没救了……"

胜香邻说:"总不能视而不见,得想法子下去仔细搜寻,活要见人,死要见尸。"说完又向高思扬和二学生询问情况,"如今上面的洞口已被彻底填死了,林场子几时才能派人来实施救援?"

高思扬和二学生两个人冷静下来想想,眼下还要面对一个极其残酷却又不能回避的事实,深山里的无线电联络至今未能恢复,等林场子发现通信组失踪,再派人过来察看,那一来一回至少需要五天时间,就算能动员部队前来救援,等挖到这地方起码也需要一两个月,这还是尽量往好处想,"文革"时期各行政部门名存实亡,最大的可能就是直接认为通信组在山里遇难了,而不会采取任何措施,留在这儿等待救援和死亡没什么区别,自己找办法脱困的可能性也几乎为零。

胜香邻不想看着通信组的两个幸存者在此送命,便询问司马灰是否能带这两个人一同行动。

司马灰寻思高思扬是军医学院的学员,担任卫生员绰绰有余,她本身也是胆大心细,行事果决,值得信任;别看那个二学生体格单薄,却懂得无线电通信技术,啃的书本多,纸上谈兵的理论也非常丰富,说不准什么时候还用得着他。带上这两个成员倒也不算累赘,只是自己这三人携带的食物和装备不多，仅能维持最低限度的生存所需，可以说是利弊均衡。

司马灰直接告诉高思扬："你和二学生除了留下来等候救援，还有一个选择就是跟着考古队一起走，但我们除了会设法搜寻老蛇和民兵虎子的尸体，还有一个更为重要的任务——要设法穿过山腹，深入阴峪海原始森林下的地底世界，不过具体情况不便透露，生还的希望也很渺茫，所以咱得把话说在头里，选择走这条路你们就必须把'恐惧、疑虑'这些东西统统抛在脑后，凡事听我指挥，尽量别给我添麻烦，我这儿什么都缺，就是不缺麻烦。"

高思扬十分清楚现在的处境，救援是指望不上了，民兵虎子也是有死无生了，可那个老蛇却很难用"生死"两字揣摩，只凭自己和二学生未必对付得了，与其活活困死在山腹中，倒不如冒险跟着考古队一同行动，还可顺便搜捕老蛇，当即点头应允，但她不满司马灰言语冷酷、不近人情，说道："还不知道谁拖累谁。"

二学生更是个蔫大胆儿，早就对自己的前途不抱希望了，又觉得这事可比在林场子里干活儿刺激多了，何况组长都已做出决定，他还能有什么意见？

众人说话的时候，罗大舌头已爬进那个被老蛇扒开的洞穴探察，不久便爬回来报告情况："没想到除了塔宁夫探险队的十几具枯骨，还有一件大货！"

第三章　潘多拉的盒子

司马灰心想：塔宁夫探险队刚集结到出发地点就遇害了，哪儿来的什么大货？但老蛇想找的地图应该还在某具尸骨身上，就跟着进去看个究竟。

那洞窟里面很是狭窄，缝隙中栖息着很多岩鼠，受到惊动便四处乱窜，地上横倒竖卧着十几具枯骨，头上都戴着类似于"Pith Helmet"的软木凉盔。

司马灰知道民国年间来自英、美、沙俄等地的冒险家，经常打着地理考察的名义，到处搜掠古物或是捕捉珍禽异兽，运气不好客死异乡的也大有人在。神农架原始森林中蕴藏着大量罕见的野生动植物，如果能逮到活生生的"野人、驴头狼、鸡冠蛇、棺材兽"，回归本国之后，名声财富之类的东西自然唾手可得，哪怕是死了制成标本卖给博物馆，也足够发上一笔横财。塔宁夫这伙人大概就是干这行的，没想到被做向导的土贼所害，不明不白地屈死在了山腹之中。

罗大舌头从枯骨旁拖出一个沉重的帆布口袋，原来这就是他刚才所说的大货。

司马灰看那帆布口袋的形状和分量，就明白里面装着枪械，打开来一看，果然都是油布包裹的枪支，还有几个大铁盒子里装满了子弹，两人急于看清都是些什么洋货，迫不及待地揭开捆扎防潮的绳子，就见其中有几条枪形状非常奇怪,枪托像是普通步枪或猎枪,但枪身却短了三分之一,扳机下部还有个剪刀形的手柄套环。司马灰毕竟在被称为"万国武器陈列馆"的缅甸混了多年,识得这是装填 12 号口径弹药的"温彻斯特 1887 型杠杆式连发枪",这种枪的生产年代较远,但便于携带,构造简单易于分解,足以适应各种恶劣环境,它利用杠杆原理退弹上弹,能装填六发 12 号口径猎枪霰弹,射速和杀伤力颇为理想。袋子里还有一支打熊用的"大口径双筒后膛猎枪",使用 8 号弹药,是加拿大生产的重型猎枪,另有一柄德国造"瓦尔特 P38 手枪"。

司马灰暗觉侥幸,这也算是天公有眼,要是被老蛇抢先一步找到塔宁夫的尸骨,自己这伙人现在全是枪下亡魂了。他先捡了两顶软木盔,让高思扬和二学生戴在脑袋上,又告诉众人要各自带上枪支弹药防身:"其实塔宁夫探险队就是伙儿强盗,和山里的土贼没什么区别,洋落儿不捡白不捡,咱跟他们没必要客气。"

罗大舌头早已挑了后膛猎熊枪,又将 P38 手枪挎在身边备用,司马灰和高思扬、胜香邻三人则选取了轻便的 1887 型杠杆式连发枪。二学生也想跟着拿支杠杆式连发枪,司马灰看他是个高度近视,握枪的架势也是个生手,搞不好再把自己人给伤了,就吩咐他仍旧用那条从林场子里带来的土铳:"能给你自己壮胆就足够了,咱是有多大锅下多少米,千万别有多余的想法。"

塔宁夫探险队的枯骨旁还有若干背囊,里面大多数东西都已不能使用,司马灰逐个儿翻了一遍,让高思扬看看有没有能用的急救品,都装在她的军用挎包里带走。司马灰又找出几捆火把,那是些事先削好的木棍,粗细长短相近,顶端缠着混有固体鱼脂油膏的布条,外边缠着胶皮套筒,使用的时候摘下套筒就可以点燃,燃烧时间很长,也不用担心挥发受潮,这东西在洞穴里不仅能够照明,更可用于防身,就捡了个破背囊装进去,还多塞了两大盒子弹药,都让二学生背在身上。

胜香邻见高思扬身边只有一支手电筒,也没有备用的电池,便给了她一盏电石灯用来照明。

高思扬谢过接在手里，急着问司马灰："现在有了枪支和火把，是不是该下到山腹深处搜捕老蛇了？"

司马灰说："且慢，那土贼要真是个成了气候的尸怪，杠杆式连发枪也未必对付得了它。"

高思扬道："你究竟是不是在考古队工作，怎么满脑子迷信思想，这世上哪儿会有能说人言的僵尸？"

司马灰说："我刚想起来旧时挖坟抠宝的土贼们有种绝技，叫作'僵尸功'，练就了之后是半人半尸，可以不呼不吸蛰伏在地下许多天，被活埋了还能自行挖洞爬出来，却只能昼伏夜出，据说早已失传了上百年，也不知道是真是假。我寻思那老蛇身怀妖术，常年在深山老林里采药哨鹿，没少吃过野鹿衔来的灵芝肉芝，说不定就会这路邪法，而且此人生性孤僻，手段极为凶残，被土铳轰击后浑然不觉，更是不合常理，如果掉在深涧下都没把他摔死，就肯定是找地方躲了起来，这山豁子里深不见底，咱们总共只有五个人，根本没机会找到他的踪迹，何况拉网式的分散搜索过于冒险，若是在落单的情况下碰上'点子'，只怕谁也讨不到半分便宜。不过主动权还在咱们手里，这个老蛇打算找到探险队留下的地图，到地底下抠件大货潜逃境外，否则唯有死路一条，只要咱们先把'地图'拿到手，就等于断了他的生路，不愁那土贼不自投罗网。"

众人均觉司马灰所言在理，老蛇身上那股子酷似福尔马林的味道，正是其最大的弱点，除非埋在土里，否则根本遮掩不住，倘若对方主动接近，便很容易暴露目标，到时候乱枪齐发，即使真是铜皮铁骨也能给他射成一副筛子。当下就在洞穴里逐个翻检那一具具枯骨，终于找出一个两只烟盒大小的羊皮本子，历年既久，纸张都已泛黄，其中绘满了各种动物植物的图形，还有一些山脉森林的标记。

司马灰等人仔细翻看记事本，他们不懂那一串串英文注释，但看图猜意，也能明白一多半。记事本里的素描，多是探险队在深山里发现的各种野兽和植物，末页是幅简易地图，还夹着几张模糊不清的黑白照片，好像是拍摄了某些古墓里的壁画。

照片里的壁画，应该就是这幅地图的主要依据，地图起始于一座山峰，路线穿过山腹下幽深曲折的地谷，每隔一段就标有一个黑点，尽头是地脉交汇形成的盆地，那地方大概就是塔宁夫想去寻找的"地底洞穴"，地形和山海图上的记载如出一辙，只是抹去了浓重的神异色彩，加入由外围勘测获得的坐标，使地图更具实用性。

不过当中还有个很难理解的标记，是一个绘有大骷髅的盒子，虽只是简单勾勒，却显得鬼气森然，看上去有种不祥之感。

高思扬问司马灰："地图中的这个标记是什么意思？"

司马灰没有头绪，乱猜说："八成是装着古尸的棺椁。"

胜香邻摇头道："不像是棺椁，西方人习惯用这种符号代指'黑盒子'，也就是'潘多拉的盒子'，它预示着一旦揭开秘密，就会出现灾祸和死亡。"

司马灰觉得潘多拉的盒子这种假设应该没错，综合记事本里的各种线索来看，也许塔宁夫探险队发现了古楚国遗留下来的壁画，拍成照片后经过分析考证，绘制成了这份地图，并想以此作为依据，去寻找这个不为人知的秘境，民间传说那地方是锁鬼的阴山，也有楚幽王时期埋下的重宝，至少两千年没人进去过了。塔宁夫探险队自恃装备精良，但也感到此行吉凶难料，难免会心生畏惧，在地图中标注了潘多拉的盒子，可能正是他们对未知危险的一种评估。

司马灰原想翻过燕子垭到阴峪海，再设法由隧洞进入地下，探寻山海图上记载的天瓯，可途中出现了很多意外，最后被闷在了山豁子里，不得不临时调整计划，改为依照塔宁夫探险队留下的地图行进，也许天瓯就在潘多拉的盒子中。

司马灰将羊皮记事本和照片装进防水袋，与从罗布泊望远镜里带回的笔记放在一起，他推测塔宁夫能够得到地图，并组织探险队来到神农架，并不是一个孤立事件，肯定还有不少跟这伙人一样的亡命徒，只不过始终没人成功，或许那潘多拉的盒子里真有诅咒存在，途中的凶险可想而知，只怕又是一趟"签子活儿"。

众人眼见再无所获，就经岩层间的裂隙攀缘下行，幽壑里谷深壁陡，云雾压着云雾，忽而狭窄忽而宽阔，黑洞洞、湿漉漉的不知深浅，连下脚处都不好找，山腹底部是条往西北延伸的地谷，司马灰到此已是一昼夜未曾合眼，在附近搜寻了半天，也不见老蛇和民兵的尸体，只得先让大伙儿找个稳妥的所在宿营，但没人睡得安稳。随后再利用指北针和地图辨别方位而行，又走了整整一天，最终在地谷边缘的岩壁间，找到了一条狭窄的三角形缝隙，里面都已经被苍苔和泥土堵塞了，地面有倒塌断裂的石柱，如果没有地图上标出的记号，在一片漆黑的山腹里，谁也不会注意到这里有条通道。

罗大舌头扒开苍苔在前开路，五人一个接一个穿过深达数百米的裂缝，地势越行越低，随后又逐渐开阔起来，复向前行，空气里潮气更加浓重，地上腐坏枯萎的落叶深得可以埋过小腿，齐腰粗的朽木一踏上去就会完全碎裂。周围密密匝匝，尽是十几二十米粗的大树，挺拔如箭，与深山老林里的任何树木都不相同，若以直径来估计，少说也有近百米高，外形很像西方的圣诞树，树叶呈现大而宽阔的长矛状，树身上皆遍布苔痕，十米以下绝少旁枝侧叶，常有枯藤绕树而上，也有些倒伏的大树，加上虬结于地的树根，横亘犹如山丘，有的依然枝繁叶茂，有的已经死了，上面长满了菌类和湿苔，使地表形成了又深又厚的腐殖层，踩在上面像海绵一样，不时散发出幽蓝色的微光。

高思扬又惊又奇："山腹深处哪儿来这么粗的古树？"

二学生也看得目瞪口呆，他在林场里整天伐木，砍过不少生长了成百上千年的参天大树，可跟这株古树相比，却是不值一提了，这才是真正的神农古杉，材积大得无法想象，人在它的面前犹如虫蚁般渺小，在矿灯照明范围里的所观所见，无非一隅而已。

胜香邻用猎刀剥落一片树皮察看,推测说:"大神农架在几亿年前还处在海底,后来板块抬升才形成了高山,所以地下蕴藏着丰富的古生物化石,看这情形应该是密布森林的岛屿发生过沉降,那时候气候温暖,地貌和植物与现在完全不同,这些早该灭绝的远古树木密度很大,虽然埋在地下上亿年,早已停止生长,躯干里却仍有养分存留,因此不朽不枯,能像僵尸一样保持着原貌。"

司马灰第一次听说古树还能以僵尸状态存在,正想走上前去看个究竟,却听旁边的罗大舌头突然叫道:"娘爷,什么鸟东西在此?"

第四章　史前子遗

这片史前森林,在地底遗存了亿年之久,那时的动物和植物多数由于体形过大而灭绝,因此所有的一切都像被显微镜放大了几十上百倍。

二学生初来此地,两只眼睛都不够用了,不免既是亢奋又是紧张,他冷不丁听罗大舌头来了这么一嗓子,还以为是有危险情况发生,当即端起土铳转身就打。

司马灰忽见二学生那黑洞洞的铳口直对着自己,急忙挥手隔挡,就听"砰"的一声硝烟弥漫,铅丸铁沙擦着"Pith Helmet"打到了上方。

众人看司马灰差点儿被走火的土铳打死,心里都是"扑通扑通"乱跳,幸好土铳击发步骤迟缓,司马灰又是反应机敏,要不然脑袋就得被当场轰没了。

二学生见状吓得脸色发白,十分尴尬地说:"对不起对不起,这地方实在太黑了,我这眼神也真该死……"

司马灰在缅甸打仗都打油了,早看出二学生根本不是用枪的料,此时责怪他也没意义,就说:"得亏没让你带那条1887型连发快枪,否则我现在已经横尸就地了,你眼神不好就在脑袋里给自己上道保险,发现目标之后先数一二三,不数到三不许搂火。"

罗大舌头对司马灰说:"行了行了,咱这队伍里都是人民和人民,你死谁手里不是死呀,反正也没便宜外人。"

司马灰骂道："罗大舌头我日你先人，要不是你一惊一乍的，老子刚才也不至于挨这下鬼剃头，你到底瞧见什么了？"

罗大舌头瞪目道："我这好心好意劝你们几句，倒被反咬一口！我瞧见什么了……我瞧见我后脑勺了行不行？"

胜香邻用矿灯照向罗大舌头身后，低声说道："先别练嘴皮子了，这附近确实有些东西……"

众人循着光束望去，就见附近几片枯叶奇大如床，叶脉经络皆有一握粗细，枯叶和各种怪异奇特的菌苔丛中，半遮半掩一个黑乎乎的物体，那物体似人非人，有眼、有眉、有翅，身下还有只趴伏的硕大蟾蜍。

高思扬不知道这是何物，惊道："这是人还是山鬼？"

二学生也吃惊地说："可从没听说神农架原始森林里有这种异兽出没。"

罗大舌头端着猎枪说："这事你们得问司马灰，他是生物专家，熟悉鸟兽习性，连甲虫脑子里想什么都知道。"

司马灰上前拂去泥土，发现是尊玉俑，看质地近于枯骨，表面金彩已然剥落，纹路也都模糊不清，存世至少在两千年以上了，便告诉众人道："我在考古队混了这么多年，铲子底下刮出的泥都能堆成山了，自然识得此物，这不过是个'瓦爷'，也就是俑，分别有玉、金、石、铜、木之分，可地下的这尊玉俑形状古怪，辨不清它究竟是人还是禽鸟，但其来历绝不寻常，据说春秋时的楚国，最崇信巫鬼之事，认为阴间之神，状皆鸟首而人面，可将死人的魂魄带往阴间，依靠在地下吃死人脑为生，古时候曾说阴峪海底下锁着厉鬼，楚人在周围放置玉俑镇邪，以防阴魂从中逃脱，所以在附近发现玉俑不足为奇，随着逐步接近塔宁夫探险队在地图上标有潘多拉的盒子的区域，这类东西将会越来越多，用不着少见多怪，反正是个死物。"

此时罗大舌头也瞧清楚了，奇道："哎……我刚才怎么看到这尊玉俑活了？"

司马灰不信："你就别自己给自己找台阶下了，刚才已经让大伙儿虚惊了一场，现在还敢谎报军情？"

罗大舌头叫道："天地良心啊！你让大伙儿评评，我罗大舌头是那号人吗？我真瞧见这边有东西在动……"边说边用猎枪在枯叶丛中乱戳，就看那腐苔里有株形状酷似皂荚的植物，罗大舌头说："这八成是会动的食人草！"

二学生凑近看了看说："这就是种半菌类半浆果的史前子遗植物，专在地下生长，林场子附近的山洞里也有，不过体形可要小得多了，扒开外皮后里面的果实可以食用，有的略如鱼髓蟹脂，有的内瓤清脆柔滑，吃起来就像黄瓜一样。"说着上前揪了下来想要尝尝味道。

罗大舌头一听这东西还能吃，连忙抢过来往自己嘴里塞，嚼得汁水淋漓，还批评二学生说："话可不敢乱讲，别忘了'破四旧'的时候，就因为黄瓜占了个'黄'字，被改名为青瓜了，我看凭你这没心没肺的模样，大概万万没有想到原来一根小小的黄瓜里面也会有阶级斗争，所以今后千万别再整这词儿了，咱是迷途知返，为时不晚，顽固到底，死路一条啊！"

这时司马灰同胜香邻、高思扬开始用矿灯照着地图辨认位置，推测图中黑点是条隐秘曲折的路线，而此处已是阴峪海地下，高约百米的古树，多为"水杉、珙桐、水松、秃杉、银杏、红豆杉、香果树、鹅掌楸"等子遗植物之祖，冠盖相互支撑依附结成了洞窟顶壁，内部似无边无际，到处充满了阴郁潮腐的气息，一层覆盖着一层的腐烂枯叶下尽是死水泡子，人陷下去就别想再爬出来。在阴峪海的深山密林中，至今还栖息着许多早已灭绝的大型古代生物，地下看似沉寂，却也是危机暗伏，说不定途中会遇到什么意想不到的东西，如果没有地图中以黑点标注的路线作为引导，根本无法穿越这片规模惊人的史前植物群落，但这份地图并没有实地勘验，因此未必足够精确，也只能作为参照。

高思扬问司马灰："你怎么只顾着往深处走，不去搜捕老蛇了吗？"

司马灰说："那土贼坠落到山腹里之后，就他娘的譬如云中之鸟，一去无踪迹了,活不见人死不见尸,如今又能上哪儿找去?不过只要对方还能行动,就一定会紧紧尾随着考古队不放,迟早还得露头,咱们提高警惕,随机应变就是。"他见路途艰险,更不知要在地下穿行多久,才能开启潘多拉的盒子,心中也有些忐忑难安,当即招呼罗大舌头和二学生准备动身。

二学生接连在枯叶下找到几枚浆果,却都被罗大舌头抢去吃了,他心有不甘,还待继续找寻,忽听旁边有些细微的声响,听起来竟像是那尊玉俑在动,二学生心里纳闷儿,推了推架在鼻梁上的眼镜,站起身来仔细打量玉俑。

此时司马灰也察觉到了异动,看二学生面对面站在玉俑跟前,心知要坏,可是已经来不及出声提醒了,借着矿灯光束,只见玉俑口中忽然喷出一道黑气,二学生大骇,"啊"的一声惊呼,那缕黑气快如鬼魅,直接钻进了他的嘴中。

谁都没看清楚玉俑里出现的东西是什么,二学生更是吓得怔在当场,半天才回过神来,觉得腐气难挡,接连咳了几声。

高思扬见状上前将他拽离玉俑,问道:"你没事吧?"

二学生摆了摆手,表示没觉得身体有什么异常。

胜香邻也对二学生说:"我好像看到有些东西钻到你嘴里去了,你真不要紧吗?"

二学生有点儿紧张:"你们别吓我了,真的没什么,就是被那玉俑里积的尘土呛了一下而已……"半句话还没说完,竟觉两腿无力,周身寒战不可忍耐,不由自主跪在了地上。

司马灰见二学生脸色越来越白,身上青筋凸显,整个人气息奄奄,知道一定是被异物钻进了腹中,刚才罗大舌头发现玉俑身上有东西在动,可能正是此物,不过到底是什么还很难说,若不想办法尽快取出来,这条性命就保不住了。

罗大舌头想起拔除"柬埔寨食人水蛭"的情形,可阴峪海地下好像没有巨蟒，再说这二学生说不行就不行了，跟在缅甸野人山遇上的情况不太一样。"我瞧见有个黑乎乎的东西钻到他嘴里去了，记得东北那边有种虫叫蚰蜒，类似蜈蚣，夜里等人睡着了，就会钻进人耳食人脑髓，大概是玉俑里的蚰蜒钻到他腹中去了，这得立刻灌猫尿，用生姜擦猫耳，能急取猫尿。"

司马灰说："这地方哪儿会有猫？何况玉俑里那道黑气似乎有形有质，能走五官通七窍，怎么看也不像蚰蜒，但那异物钻入体内的时间很短，抢救及时或许还能保命。"他眉头一纵，计上心来，当下不由分说，拖死狗似的拽着二学生，径往地势低洼的区域行去。

高思扬阻拦不及，只得拎起二学生掉下的帆布背囊，加快脚步在后跟随。

司马灰看前边的参天古树盘根错节，几条枯藤在树根间横空而过，就让胜香邻帮忙照明，他和罗大舌头用绳子将二学生倒悬起来，并把各窍闭塞，仅留嘴巴。

高思扬见状就要解开绳索："通信组的三个人已经没了一个，再这么折腾下去还得出人命。"

司马灰拦住高思扬说："前些年我迷路走进了一片坟地，听那老坟里有些响动，大着胆子走过去一看，你猜瞧见什么了？原来是只狐狸在坟包子上打洞，它从棺材里抠出一本古书，然后对着月光逐页翻看，一面看还一面挤眉弄眼、嘿嘿发笑，我那头发根子当时就竖起来了，寻思这不是撞上妖怪了吗？可咱傻小子睡凉炕——全凭火力壮，火壮胆就粗，哪能让它给镇唬住了？拿块石头扔过去把狐狸打跑了，然后捡起书来一看，里面都是些起死回生的金石方术，从那以后我就自学成才了……"

高思扬听出司马灰是为了稳住自己，喝止道："你还有心思胡说，快给我把人放下来！"

这时胜香邻已把矿灯摘下来握在手里，照着二学生的脸部观察动静，她提醒众人道:"快看,有东西要出来了……"

司马灰等人定睛看去,就见二学生被绑住手脚悬挂在枯藤上,全身血液倒流,原本苍白的脸孔憋涨得通红,只能张大了嘴透气,有一物莫辨其形,正从其喉咙中缓缓探出,看上去血艳血艳的极其骇人,罗大舌头急欲提取,却因太滑,一时不及措手,忽又缩回腹中。

第五章　微观世界

司马灰见罗大舌头失手,心说糟糕透顶,看来二学生腹内确实吸入了异物,又涵养于血中未死,此刻人体内血气渐枯,且倒悬已久,那东西一旦缩回去,必定不肯再出,除非开膛破肚才能取出了。

司马灰应变迅速,抬手直戳二学生的肋骨,两肋处有皮无肉,最是敏感不过,二学生又被蒙着眼倒吊起来,忽然被手指戳中,顿时一声惊叫,又将刚缩进喉咙里的东西吐了出来,这回被罗大舌头死死钳住,顺手抛在地上。

司马灰按住矿灯跟踪照视,就见那物仅有一指来长,半指来粗,身体扁平,两侧生有六个短肢,肢上都是吸盘,满身是血,口吐黑雾,发出"咯咯哒哒"的声音,生性极是活泼,溜滑无比,落地后行动极速,一晃就爬到枯叶缝隙间没影了。

罗大舌头以为刚才就把它捏死了,没想到还活着,再想用脚去踩,那物儿却早已经倏然远遁,他暗觉纳罕,问司马灰道:"那是个什么玩意儿?麻蛇子?"

司马灰觉得不像麻蛇子,栖息在丛林里的麻蛇子只有四肢,更不能凌空而动,而玉俑中的生物更接近"旋龙",那是大荒里的一种原始生物,能短距离飞行,习惯寄身于潮湿阴暗之地,最大者只不过身如银针,据说灭绝已久,晋代之后便不再有相关记载,可刚才所见竟是手指粗细的

"古种"，阴峪海地下与世隔绝，特殊的环境亘古不变，还不知会隐匿着多少罕见罕闻的可怕物种。

高思扬见司马灰手段精绝，心下暗觉惊叹，她和胜香邻两人上前动手，把二学生从古藤上放了下来，解开绑缚活动血脉。

司马灰心知二学生能捡回性命实属侥幸，虽然伤了元气，但还不至于留下什么隐患，也多亏那异物是雄，若是雌物散子于血中，就算华佗、扁鹊再世，也找不到解救之术了。他看二学生手脚发软，土铳也丢了，就捡起一段坚韧粗大的松枝，用猎刀削出矛尖缠上绳索，交给二学生探路防身，又命其跟紧了队伍，下次可不见得还能这么走运。

众人从地图上看不出距离潘多拉的盒子还有多远，也不敢在危机四伏的环境中多做停留，稍事整顿便按图中标出的方位前行，可刚走出不远，前路却被几株缠抱在一起的古树遮挡，怪异的树根像章鱼触手似的穿过其他树木底部，周围五颜六色、形态各异的云芝菌类植物，就像层层叠叠堆砌的伞盖，从古树躯干上顺着地面绵延铺展，挤得密不透风。

阴峪海底下的树木，直径最小也有二十余米，人行其中，无异于以蝼蚁之躯观测微观世界，如果从两侧迂回过去，就偏离了路线，不知道会转去什么地方，也很容易陷入枯枝败叶下的淤泥。

司马灰只好打个手势，让众人先停下脚步，取出罗盘反复对照地图。

这时高思扬迅速把枪从肩上摘下，提醒司马灰道："这附近有人……有很多人……"

司马灰没听到周围有什么动静，心想：你瞧见鬼了不成，这亿万年不见天日的地底下，哪儿来的很多人？

跟在高思扬身后的二学生问道："又发现玉俑了吗？还是离那些东西远一点儿为好，凡事安全第一啊！"

高思扬没有立刻回答，她一手端着枪支，一手提着电石灯照向身侧的地面，示意众人过来观看。

司马灰等人围拢上前，向高思扬所照之处望去，果然看到一个十分清晰的脚印，是赤着脚采到苍苔上留下的足印。

阴峪海地下渗水严重，寄附在树木上的植物非常密集，闷热潮湿而无风，总是显得雾气蒸腾，而地面潮湿的树叶层下，尽是又滑又软的泥浆和腐烂的木头，无论发生过什么，丛林很快就会把留下的痕迹掩盖掉，所以这脚印应该是刚留下不久。

众人知道在地底发现一个脚印并不奇怪，毕竟这里除了考古队，很可能还有那个行尸般下落不明的老蛇存在，但腐苔上的足印不止一个，将电石灯举高了照向周围，就会发现附近还有更多，都是一串串的印痕，要么全是左足，要么全是右足，一个足迹紧挨着一个足迹，好像步幅极小，而常人行走时留下的脚印，必然是左右交替才对。

罗大舌头低头看了看自己的两条腿，实在琢磨不出究竟要怎么迈步，才能留下这样的脚印。

高思扬更不敢放松警惕："林场应该不可能这么快就知道通信组出事了，阴峪海地下怎么会突然出现这么多人？"

胜香邻对众人道："你们看……"她说着用枪托戳下去，表面留下足印的苍苔"喀喇"一声，立刻向下陷进一个窟窿，原来苔层覆盖的是段朽木，半点儿也受不住力，这说明如果有人抬脚踏上去，只会因自重踩穿朽木，却绝不可能只留下一个足印。

司马灰半蹲在地上仔细观察，足印的脚趾、脚弓、前后脚掌清晰可见，但分布得太诡异了，也许根本就不是人类的足迹。

众人思之皆感不寒而栗，连口大气也不敢出，只盼趁着还未发生变故，尽快离开此地为妙。

司马灰拿过塔宁夫探险队的地图，继续寻找附近的参照物，以期尽快找到路径离开，不过地图是根据楚幽王时期的古墓壁画绘制，神农架是数亿年前的大海，阴峪海深林下这片茂密的史前植物群落，则是一处发生沉陷的古岛，岛中某个区域被标注为"潘多拉的盒子"，估计也是放置天瓯的地方，具体的历史还无从考证，现在唯一的指引，就只有这份古老的地图而已，奈何地底环境复杂恶劣，如果不按路线前进，最终只会迷失在死亡的深渊，可是时移物换，滋生的腐苔和地菌，早已改变了原本的地貌。

司马灰虽是备感焦躁，一时间却也无计可施，不得不带着其余几人，踩踏着松软的大型云芝菌向上攀爬，拨开那一团团的藤蔓和乱七八糟匍匐的植物，尽量接近图中标有记号的地点。

司马灰刚接应同伴攀上一段树藤，忽感阵阵阴风袭来，不觉打了一个寒战，浑身上下起了层鸡皮疙瘩，心想：地下空气潮湿而又沉闷，怎么会有风？

他这念头一动，已知是半空中有东西接近，立即调整矿灯往高处照，地底虽然潮湿闷热，许多地方又有雾，但也存在着苔藓产生的微光，并不是绝对黑暗，因为光线质量还算理想，矿灯照明范围能达到二十米开外。

司马灰将光圈投到身后的虚空中，隐约见到有几片枯叶飘落而至，暗道：真是邪性了，这里尽是古木巨树，枯萎的树叶幅宽也将近一米，要有多大的气流才能把它卷起来？他发觉情况不对，低声提醒其余几人："留神了！"

罗大舌头也已察觉到恶风不善，抬眼观瞧的工夫，那些枯叶又近了数米，忙端起手中的大口径后膛猎枪，左手如托满月，右手似揽婴儿，朝着距离最近的一团枯叶扣下了扳机。这条猎枪发射的是"8号弹药"，所谓8号弹药，是一个铅块制成枪弹时要分解成八颗铅珠，12号即是能够分解成十二颗铅珠，标号越小杀伤力越大。一般来说发射8号弹药的就属于重型猎枪了，杀伤力非同小可，由加拿大制造，枪托上刻着一个狰狞的熊头，可能是专门为了在落基山脉中猎杀巨熊而设计，此刻"砰"的一枪击出，那团枯叶顿时翻滚坠下，直接摔落在众人身前。

司马灰等人俯身察看，发现那是一只体长过米的"枯叶蝶"，应该属于天蛾当中的一种，躯体像层斑驳晦暗的外衣，和横七竖八的朽木简直一模一样，连眼睛的颜色也完全相同，通过如此伪装，使它与周围环境完全融为一体，只有在近距离仔细观察，才能看出这团枯叶是有生之物。而这掉落在地的枯叶蝶，几乎被8号弹药撕成了两半，身体内流出大量黄色的汁液，但还没有彻底死亡，仍在不住蠕动，躯干上密密麻麻的触毛比钢针还要锋利，碰上了足以致人死命。

罗大舌头又开枪射杀了另一只枯叶蝶，其余几只扑落到密集的云芝丛里看不见了，但高处阴风飒然，显然还有更多的同类在附近盘旋。

司马灰让高思扬先把电石灯灭掉："有道是飞蛾扑火，我估计这些枯叶蝶，多半是奔着灯光扑过来的……"

二学生看得心里发毛，问司马灰："组长同志，你说这些东西会伤人吗？"

司马灰认为这种事很难讲，大神农架历来以"奇洞异穴、白化生物、奇花异草、珍禽异兽"闻名，作为北纬30度地带中唯一遗留至今的原始森林，那些深厚茂密的植被涵养着充足的水分，像是一座多重的大型供氧舱，因此空气里的含氧量高得惊人，阴峪海地下洞穴中的史前植物群落，虽然已经彻底死亡，但受环境影响，还如同僵尸一般保持着原貌，使得依附其表面的腐殖层中，生长出无数木菌和云芝，有些尚未灭绝的冷血生物，躲过了天翻地覆的劫难，逐渐适应了地底的生存环境，并以某种奇特而又神秘的方式，一直维系着脆弱的平衡。所以他告诉众人："这地底下的古老物种大多没人见过，即使见识过也只是与之类似的分支异脉，无法用常识去判断，为了确保安全，当然是宁可信其有，不可信其无，应该尽量避免接触才是。"

司马灰说到这里，隐约听到附近飞扑过来的枯叶蝶已经越来越多，而在远处好像还有另一种极其异常的声响，似乎是密集迅速的脚步声。

第六章 围 捕

司马灰脸上微微变色，那脚步声密集杂沓，何止是几千几万条腿，阴峪海地下近乎与外界隔绝，当然不可能突然出现这么多人，什么东西能有这么多腿？会不会是蛰伏在地底的大蜈蚣？司马灰脑子里浮现出一条长满了人腿的蜈蚣，可他很快打消了这个恐怖的念头，因为在苍苔上留下足迹的生物不止一个，应该是某种成群出没的东西，从足迹推想，这种生物的体形不小，而且轻捷如飞，所以才不至踏碎朽木，现在听动静离得还远，但来者不善，估计过不了多久就会迫近到跟前。

其余几人也陆续察觉到了那阵声响，心里都有种莫名的压迫感，罗大舌头焦躁起来，用枪托将死掉的枯叶蝶推下云芝，一边给双管猎枪装填弹药，一边对司马灰说："那死蛾子有什么好看，瞧见它我就浑身不舒服，咱们赶紧走吧……"

司马灰看附近木菌丛生，形状就像山里的灵芝，只不过都生长在朽木中，团团簇簇绵延紧密，高度参差错落，最低矮的也在半米左右，高的能达到三五米，厚大的云团形芝盖色彩斑斓，可以禁得住数人同时踩踏，地图上标出的路线，也许就在这片云芝丛林覆盖下的古树躯干中，但具体位置不详，如果在木菌和藤蔓层层纠缠下逐步搜寻，也不是一时片刻就能找到，如今形势危急，只能先找个树窟窿躲起来，再做理会，就带众人避过不断扑下来的枯叶蝶，尽快向木菌茂密处移动。

面前的云芝木菌高低落差很大，众人负重不轻，难以直接逾越，司马灰只好率先攀上去，然后由罗大舌头在底下作为人梯，将其余几人一一接应上来。

司马灰刚把二学生拽到芝盘顶部，正要俯身接应最后的罗大舌头，不想一只枯叶蝶无声无息地落下，正扑在罗大舌头背上，众人都在高处惊呼一声："小心！"

罗大舌头感觉到枯叶蝶的栉状触须直往脖子里钻，怎么甩也甩脱不开，他哪里还敢回头，奈何双管猎枪掉转不开，急切间只好拔出备用的手枪，在大腿上蹭开套筒，对准身后连开数枪，子弹却像射在了败革之中，那枯叶蝶受了惊，急欲抖翅起身，但腹下触刺戳到了背包上分离不开，竟把身高体壮的罗大舌头向后拖动，两个缠作一团，滚向芝盘边缘。

司马灰眼看罗大舌头势危，也来不及爬起身拿枪，倒蹿下去正待出手救援，忽听"砰"的一声枪响，罗大舌头身后的枯叶蝶已被射翻在地，罗大舌头也吓得一缩脖子，赶紧伸手摸了摸自己脑袋，所幸没被打个窟窿出来。

司马灰喝了声彩，他知道在如此混乱紧急的情况之下，能做到一枪命中目标，那真是说时容易做时难，除了射术出众和敏锐的反应神经，还必须有极其稳定的心理素质，胜香邻从来都不擅长使用枪械，二学生更不是那块料，谁还有这本事？

司马灰回头一望，只见高思扬正在扳动杠杆推弹上膛，双眼始终不离地上的目标，"温彻斯特1887"属于轻型猎枪，那枯叶蝶躯体甚大，又为了避开罗大舌头，所以第一发弹药并没有击中要害，还不足以致其毙命，转眼间已再次扑飞起来，此时高思扬迅速压上子弹，举枪瞄准的同时扣下扳机，枯叶蝶腹部被射穿了一个窟窿，翻滚着坠下芝盘。

司马灰和罗大舌头、胜香邻三人极为惊诧，眼见高思扬推膛举枪到瞄准射击之间，绝没有半点儿拖泥带水的多余动作，而且枪法奇准，军医学院又不是野战部队，她怎么会有如此快捷稳健的射术？

胜香邻把手伸下来接应，高思扬则收枪对司马灰说道："还不快上来，傻愣着看什么？你要是胆敢骗我，我下次就一枪崩了你的狗头！"

司马灰攀回上层云芝处，心想："我几时骗过你了？"随即醒悟过来，这次进山受通信所里的突发事件影响，临时改为由地下穿越阴峪海，先前在途中遇到死而复生的采药人老蛇，双胆式军炮库发生坍塌，直至发现塔宁夫探险队的遗骨，又找到标有"潘多拉的盒子"记号的地图，这些全都是意料之外的变故，随后通信组的高思扬和二学生被困在山腹中，不论原地等待救援还是自行寻找出路，生还的希望都属渺茫，司马灰寻思可以带上这二人同行，毕竟在那个代号"潘多拉的盒子"的地底洞穴附近，应该还有一条通往神农架原始森林的隧洞，这条路线虽然危险，但只要能支撑下来，也未尝不是一条生路。可高思扬身为军人，必然要受组织纪律约束，如果跟她实话实说，断然不会跟随司马灰等人同去，所以司马灰只好声称自己肩负着特殊使命，是受上级直接委派，要到"潘多拉的盒子"中完成一项光荣而又艰巨的任务，高思扬始终对此事将信将疑，所以才冒出刚才这么一句。

此刻远处绵密迅捷的脚步声已是越来越近，司马灰顾不得再同高思扬多做解释，等罗大舌头爬上来，便带队又向前行。

二学生紧跟在司马灰身后，气喘吁吁地说："高思扬生在军人世家，其父是1955年授衔的大校，别看是个姑娘，但有射击天赋，经常到靶场上开枪，跟随'三支两军'分队到山区的时候，找机会就借条运动步枪进山打猎，林场子附近的猎户也没她枪法好，谁提起来不得挑大拇指称赞啊！而我呢，是用不惯土铳，但前两年参加民兵训练的时候也摸过六三式，你看我这儿还有照片为证，能不能发给我一把手枪，我也可以作战，不会当累赘……"说着掏出一张四寸大小的照片，那还是他回城探亲时，找个熟人借了全副武装，手握钢枪在江边拍摄留念的照片，一直贴身收着，显得颇为珍视。

司马灰没料到高思扬还有这么层背景，向照片上瞥了一眼，为难地说：

"二学生同志,你考虑自身安全没错,可也得想想大伙儿的安全啊!我看你还是凑合用这根……这根扎枪好了,那罗大舌头是隋唐年间好汉罗成之后,回来我让他传授你几招枪法防身。"

罗大舌头问二学生道:"隋唐年间总共有一十八条好汉,你知道姓罗的排第几吗?"

二学生还没来得及回答,只听一片踩踏朽木的密集脚步声"空空"作响,那声音频率快得几无间隙,刚听到的时候还在百十米开外,转瞬间就到跟前了。

此时众人置身之处,已距那几株被云芝遮盖的古树很近,仅剩三五步之遥,忽听动静不对,立刻举枪回身,就看云芝丛里出现了一只奇形蜘蛛,蛛身大如脸盆,躯体扁平,背上顶着数个单眼,六对附肢和螯牙不停攒动,两侧的八条步足长度惊人,与其身体几乎不成比例,步足底部酷似脚掌,生有肉垫和倒刺,可以不分角度,直上直下甚至倒悬着任意爬动,爬行起来轻捷如飞,细长的腿和脚趾很容易支撑身体,虽不像水雉一样登萍渡水,但足以在沼泽上快速行动,这时踏在木菌上,不断发出"空楞空楞"的轻微声响,听得人心里头都跟着发颤。

"长脚蜘蛛"越行越快,在高低错落的木菌上爬动如履平地,飞也似的直奔众人扑来。

司马灰等人吃了一惊,发声呐喊乱枪齐射,1887型连发快枪并非真正意义上的连发,每打出一颗子弹,就需要扳动杠杆手柄完成退壳上膛,然后才能再次击发,射速与普通步枪相当,即使在熟练稳定的操控下,也必然会出现射击间隙,但三条1887型连发快枪,加上罗大舌头的双筒猎枪,相互弥补了空当儿,交织成了一道火力网,顿时将那长脚蜘蛛打得支离破碎,但其死而不僵,肚腹朝天,各足乱蹬乱挠,几只螯牙也仍然在不停伸动。

胜香邻用矿灯照到这蜘蛛脚下的奇异形状,低声惊呼道:"是鬼步蜘蛛!"

罗大舌头问胜香邻："我就知道丛林里有种捷足捕鸟蛛，那玩意儿连犀牛都能咬死，可什么……什么是鬼步蜘蛛？"

司马灰也想起曾在山海图中，看到地底有种长脚蜘蛛，图形旁边用夏朝龙印标注着"鬼步"二字，想来是有此一种异物，但当时并不知道那是什么意思，还以为只是蜘蛛的古老称谓，看图中身圆足长的外形，倒很像缅甸和越南丛林里的捷足捕鸟蛛。顾名思义，所谓捷足捕鸟蛛，体形甚大，腿长身短，爬行速度快捷无伦，更可张网捕捉飞鸟为食，毒性很强，非常凶悍好斗，就连热带丛林里横行霸道的巨蟒见了它，都得灰溜溜地赶快逃走。阴峪海下的鬼步蜘蛛，或许是捷足捕鸟蛛的异脉，但此物不会吐丝织网，也并非独来独往，听那涨潮般的脚步声，当是成群结队围捕猎物。

众人手中虽有枪支，却也只能勉强对付一两只鬼步蜘蛛，耳听黑暗深处踏动朽木之声异常密集，后面不知还有多少在围拢过来，哪里还敢停留，立即攀着枯树躯干里生出的云芝，竭力往高处攀爬，如今只得逃开一步算一步了。

不出司马灰所料，成百上千的鬼步蜘蛛自木菌丛下快速迫近，遇到落地的枯叶蝶就扑上去用螯牙将其麻痹，然后缓缓吸吮汁液，直到仅剩一片枯叶般的躯体才肯罢休。那些枯叶蝶皆是被追得远遁至此，早已筋疲力尽，除却少数还能稍作挣扎，大多无力反抗，唯有任凭宰割，这也使鬼步蜘蛛从四面八方围拢的速度有所减缓。

众人趁机攀到一片较高的芝盘上，这是几块从垂直树身上横向凸起的云芝，此时只听上下左右几个方位，都有催命般的脚步声在疾速逼近，四周已被鬼步蜘蛛合围。

司马灰和罗大舌头眼见走投无路了，一边装填弹药，一边咬牙切齿地抱怨道："咱这两条腿的活人，哪跑得过八条腿的东西啊？早知道出门的时候……就该在屁股后面装部发动机。"

第七章　眩　晕

　　司马灰等人耳听周围脚步之声纷至沓来，料是鬼步蜘蛛已将枯叶蝶消灭殆尽，此物生性凶悍冷血，追捕猎物时不死不休，为了自身生存以及维持种群数量，同类之间也往往相互残杀，而且螯牙里的毒素极其霸道，诸如熊狮虎豹一类的大兽被其咬中，都会立时全身麻痹，这种麻痹只是肌肉僵硬，体内神经却仍有知觉，甚至变得加倍敏感，也就是说会在头脑完全清醒的情况下，被鬼步蜘蛛活生生吸成一具干尸，死前要受尽惨痛折磨，如果真落到那个地步，肯定会后悔没给自己来个痛快了断。

　　高思扬对司马灰说："现在后悔有什么用，与其负隅顽抗，不如想个法子突围出去。"

　　二学生闻听此言连连点头，正要开口说话，忽然让司马灰拽住了衣领，立时被扯得扑倒在地。

　　二学生心中大骇，认为司马灰要把自己推下云芝，以便将围拢上来的鬼步蜘蛛引开，颤声道："你……你可真是太没有人性了！"这时却听枪声响于耳侧，一只从自己身后悄然抵近的鬼步蜘蛛腿部中弹失去重心，翻滚着落到树下，才知是司马灰在千钧一发之际将自己救了，想爬起来的时候，竟致一脚踏空，手忙脚乱好半天挣扎不起。

　　此刻其余的几只鬼步蜘蛛同时围了上来，众人高声呼喝，听到哪个方向的脚步声接近，就举枪朝哪个方向射击，枪声此起彼伏响成了一片。

那些逼近的鬼步蜘蛛虽在几乎垂直的树干上爬行，但轻捷如飞，移动速度丝毫不减，众人只能以矿灯照明各自为战，黑暗中放了不少空枪，1887型杠杆式连发快枪弹容量低的缺点也暴露无遗，这时是垂死挣扎，每个人都在不停地上弹射击，根本无暇喘息。

司马灰背后紧贴树干，半蹲着单手端枪上弹射击，另一只手揪住扑倒在地的二学生，将他从芝盘边缘拽了起来，无意间触到二学生身后的背囊，猛然想起其中除了装有两大盒12号弹药，还有数捆应急用的火把。

那些火把都是塔宁夫为地下探险行动特制而成，顶端涂有一层硝磷，受到剧烈摩擦就会立刻燃烧，鱼油燃点极低，持续照明时间很长，不需要的时候拿套筒压灭，以后仍可再次使用。

司马灰连忙抽出一根，踩在脚下扯掉胶皮套筒，将火把顶端在二学生的软木盔上用力擦过，火焰轰然燃起，将身前照得亮如白昼。

这时有只鬼步蜘蛛正爬到近前，司马灰挥手将火把直捅出去，重重戳在蜘蛛腹眼上，五行之中，以"火"最为无情，凡是有生之物，无不畏惧，那一片红霞烈焰，上能烧开天关，下可燎彻地户，蛰伏于地底的冷血生物从未遇过如此灼热，顿时缩成一团落下枯树，其余的鬼步蜘蛛也似退潮般向后移动，躲到火把照不到的黑暗处伺机而动。

司马灰等人见火把虽然暂时将鬼步蜘蛛逼退，但兀自围在附近不散，只等火势稍微减弱便会再次一拥而上，想到火把熄灭后将要面临的局面，任你英雄豪杰、杀人不眨眼的铁汉子，也不禁为之胆寒色变。

司马灰又抽出一根火把，点燃了交给胜香邻，以确保火光能够维持众人安全，其余的便不敢多用。

胜香邻道："咱们现在有了火把防身，总不至于守着干粮挨饿，应该找机会脱险，如果塔宁夫探险队留下的地图准确无误，也许那条通往'潘多拉的盒子'的秘径，就隐藏在这株古树里。"

众人点头称是，立即用矿灯和火把四处探照，按地图上标注的特征在附近寻觅路径，地底枯树直径都在二十米以上，峭立如壁，那些生长于树身上的木菌,则似一条条蜿蜒交错的栈道。

司马灰举着火把走在前头,发现高处有片黑影,在生满阴郁苍苔的树身上,显得颜色幽深、与众不同,仿佛是一大块黑蒙蒙的凹痕,攀上去见是枯树躯干中的一个窟窿,里面叠立着两尊鸟首人身的玉俑,顿时心下恍然,这才知道先前找错了方向,原来地图中所指的通道,并非位于古树底部,而是就在这枯木躯干当中。

司马灰接应其余几人进了树洞,然后举着火把钻了进去,又从背包里取出那罐松油,全部倾在洞口点燃,以阻止鬼步蜘蛛跟随而来,怎奈树洞里腐朽潮湿,松油难以充分燃烧,火势微弱暗淡,但这树窟窿里阴暗压抑,狭窄的地形更为有利。众人有了地势依托,悬着的心终于落下一半,如果在松油燃尽之前,尽量利用地底复杂潮湿的环境,应当可以摆脱通过感应振动捕捉猎物的鬼步蜘蛛。

可二学生却边走边对司马灰说:"咱们即使穿过这个树洞,恐怕也难以活命,我以前经常制作昆虫标本,也读过生物演化学,所以了解那些家伙的习性,我刚才观察过被枪弹打碎的蜘蛛残骸,发现这群蜘蛛头上生有白斑,那东西应该是个味囊,相当于一个'化学通信感应器'。"

罗大舌头很是不以为然:"从来只听说世界上有'物理通信',哪会有什么'化学通信'?看你小子鬼头蛤蟆眼可真是够二的,搞得清这两者之间的区别吗?"

高思扬心中暗怒,本想指责罗大舌头出言无度,但她也清楚罗大舌头嘴不饶人,平时净拣些鸡毛蒜皮的事来讲,专以人身攻击为主,上纲上线扣大帽子为辅,谁要跟这家伙对上那就算没个完了,况且现在生死攸关,哪有心思与之纠缠不清,还是少招惹此人为妙,只好装作没听见刚才那番话,说道:"别管有没有道理,你们先让他把话说完。"

二学生得到高思扬的指示,继续告诉众人:"所谓'化学通信'是以气味为信号,通过空气来传导接收,就像蚂蚁用触角相互交流,这种集群行动的鬼步蜘蛛生有味囊,可以通过自身分泌气味进行联络,对其他生物的气味也一定非常敏感，所以才能够适应如此恶劣的生存环境。除非咱们可以在一瞬间逃出几公里，否则永远别想摆脱追击。当然我说的几公里只是推测，至于这种气味感应的范围究竟有多远就很难讲了，直径或许是一两公里，或许还会更远。不过以咱们的移动速度来看，无论这段距离有多长，在理论上都不可能将鬼步蜘蛛甩掉，待到火把用尽，咱们的末日也就到了。"

胜香邻问道："有没有法子消除或伪装气味？"

二学生无可奈何地摇了摇头："昆虫的感应比人类灵敏百倍千倍，怎样也是逃不掉的。"

司马灰刚才察看过树窟里的玉俑，寻思二学生所言不假，楚人留在阴峪海下的玉俑，完全与地图中标注的路线对应，这些鸟首人身的镇鬼玉俑，除了某种令人难以理解的神秘意义之外，其内部中空，还可以置药石驱退鬼步蜘蛛，使这条秘径不遭物害，但过了两千多年，药石的气息早已消散，玉俑也沦为了旋龙栖身的洞穴。树窟的纵深不过几十米，穿过去之后仍然无法摆脱鬼步蜘蛛的围捕，附近难以逾越的沼泽对它们来说也不是障碍，五个人携带的枪支弹药和火把数量有限，总有用完的时候。

这时，罗大舌头看到身后燃烧的松油逐渐暗淡下来，提醒司马灰得赶紧挪个地方了。

胜香邻举着火把往前边照了照，惊见树洞尽头也有快速爬动的黑影，只是畏惧火光不敢欺近。

众人知道一旦离开树洞里的狭窄空间，就将再次被鬼步蜘蛛合围，也不能指望火把一直有效，等它们习惯了火光，随时都会扑上来把人撕成碎片，眼下唯一能想到的途径只有上到古树顶端。

司马灰摸得头顶有水滴落，于是率领其余四人，相继从树身躯干内部裂开的缝隙往上攀爬。这些参天古木高近百米，冠盖压覆重叠，层层交织如网，落差起伏巨大，最细的枝杈直径也有几十厘米，大多粗如梁柱，表面生满了苔藓和木菌，走在上面只觉脚下枯木发颤，一步一滑，险象环生，高处有从洞顶渗落的地下水，使湿气更重，火光也变得微弱，往下看黑咕隆咚，林雾滚滚。

司马灰虽是艺高胆大，到此也觉头晕目眩，知道掉下去就没个好，那古树苍郁，偃盖虬结，菌苔生长得深密繁厚，险要胜过蚕丛鸟道，只有大致方向，没有明确路标，不用猎刀劈斩几乎寸步难行，使顺着树干爬上来的鬼步蜘蛛无法轻易接近，全都倒悬在树枝底层紧随不舍。

众人慌不择路，又涉险而行、举步艰难，还要不时提防从空隙里钻过来的鬼步蜘蛛。而塔宁夫探险队绘制的地图，是以从地底穿越阴峪海的路线为主体，阴峪海下的这座古岛，自神农架群地层从深海崛起前就已存在，当时此地湖泊星罗棋布，森林茂密，生长着许多古代生物，亿万年来几经浮沉，地形却始终保持着原貌。但是地图路线以外的大部分区域，由古至今从未经任何勘测，所以谁都预计不出下一步会碰到什么。

如此提心吊胆地在高处穿行，对体力消耗极大，不多时都已感觉腿软脚麻，渐渐难以支撑，被迫停下来喘歇。

司马灰举着火把在前探路，看这古树冠偃盖低垂，周围林枝纵横，藤蔓交错，遍布奇形怪状的木菌，深处阴沉沉的迷雾缭绕，底下不知是什么东西的腐烂气息直撞人脑，料来不是善处，岂敢冒险停留，就让众人咬牙坚持，等找到稳妥之处再做道理。

看二学生累得实在不像样了，走在木枝上摇摇晃晃，司马灰便在树隙间挪动身体过去接应。

二学生等司马灰走到近前，上气不接下气地说道："我……我知道……'潘多拉的盒子'里有什么了！"

第八章　北纬 30 度地带

司马灰还以为自己听错了，奇怪地打量了一眼二学生。潘多拉的盒子源于古希腊神话，大意是指"人类抑制不住好奇心，打开了天神留下的盒子，从中释放出了无边的邪恶"，因此它在西方喻示带有诅咒的秘密。作为地图中标注的记号，则只是塔宁夫探险队给目标设置的一个代称。对司马灰来讲，潘多拉的盒子除了是阴峪海原始森林下的洞穴，还是春秋战国时代楚幽王锁鬼的背阴山，另外根据山海图中的记载，这个地底洞穴中还有某种更为惊人的秘密，找到它就相当于揭开了谜底。所以在这层意义上，潘多拉的盒子暗含的隐喻，倒是非常符合司马灰等人的行动，可二学生不过是在神农架林场插队的知青，又怎会知道潘多拉的盒子里有什么东西？

二学生显得有些激动，喘着粗气告诉司马灰等人："潘多拉的盒子一定与北纬 30 度之谜有关……"他以前在图书馆看过几本地理方面的书，"北纬 30 度地带"被称作世界上最神秘的轨迹，环绕"北纬 30 度上下各 5 度"的范围内怪异迭出，存在着许多地质地貌奇观，从海拔最高的珠穆朗玛峰，到最深的马里亚纳海沟，有死亡漩涡之称的百慕大三角，还有神农架和黑竹沟，该纬度不仅是地震最频繁最集中的区域，也是飞机、舰船失踪最多的区域，此外还有众多扑朔迷离的古迹，这些怪事是巧合还是冥冥之中的定数？似乎在这段纬度中，隐藏着一种神秘强大而又看不见的力量，世上有那么多神学家、哲学家、科学家，却没一个人能彻底解答"北纬30度之谜"，虽然提出了无数种假设，但假设并不等于真相。

二学生跟着司马灰一路走来，深感所见所遇皆是平生未有之奇，这段谜一般的纬度怪异虽多，但从未涉及神农架的地下洞穴，所以这里是北纬30度线上失落的地带，一定有许多不为人知的秘密。他认为司马灰等人是来神农架探寻"北纬30度"的一系列未解之谜，倘若果真如此，发现者必定会青史留名、显祖扬宗，那就算粉身碎骨也值了，与其默默无闻地在林场里砍一辈子木头，他宁愿选择前者，铁了心要跟着司马灰去做大事，百死不回。

胜香邻觉得二学生所言有些道理，大神农架毕竟处于变怪多发的"北纬30度线"，这里各种可知和不可知的因素很多，应当提前做好心理准备。

司马灰当初在缅甸之时，也曾听电台里播过一条消息："根据美国人统计，第二次世界大战期间穿越北纬30度线的美军潜艇，每五艘就有一艘由于非战斗因素失踪，具体原因不明，也没有任何一个生还者可以向世人讲述他们的遭遇。"

这类令人毛骨悚然的数据和传闻还有很多，不过北纬30度范围太大了，现在还无法预知会在潘多拉的盒子里发现什么。他让二学生不要胡乱猜测，赶紧跟着队伍往前走，此时此刻成功生存下去才是首要任务，人都吹灯拔蜡了，青史留名又顶个鸟用？正说话间，树隙深处忽然亮起一片刺目的白光，那是个奇异而又极其明亮的光团。

司马灰不知是哪里来的光团，但阴森惨白不像灯火，立刻按低身边的二学生，同时提醒罗大舌头等人注意。

众人见情况有异，各自举枪待敌，可还没来得及瞄准，那鬼火般飘忽不定的光团就到了面前，光团中是种很原始的有翅飞虫，生得近似蜻蜓，身体纤细近乎透明，前翅大后翅小，拖着三条丝状尾须，从顶端的复眼到尾须足有半尺多长，无声无息地从司马灰等人身边掠过。

这时周围又有不计其数的光团亮起，往来穿梭于树隙之间，全都精灵般寂静无声，众人从未看过这么大的古代蜻蜓，而且数量奇多，不由得屏声息气，凝神注视，手指搭在扳机上不敢放松。

司马灰观察了片刻说："不用担心，这是发光的原始树生蜉蝣，此物不饮不食，朝生暮死。"

高思扬有些不解，问道："朝生暮死……那是什么意思？"

司马灰说："世上原有五虫，分别是'蠃、鳞、毛、羽、昆'，蜉蝣为'昆'中最古之物，由生到死也不过几个小时，根本不知道天地间还有昼夜季节变化，也用不着摄取能量维持生命。有道是'鱼游乐深池，鸟栖欲高枝'，不知蜉蝣在如此短暂的生命里，会有什么追求？"

高思扬听得此言，心底莫名感到一阵怅然，望着黑暗中时隐时现的光团若有所失。

司马灰说："别替蜉蝣难过了，咱要是想比它们活得时间长，就得尽快穿过这片史前植物群落。"说罢便要拨藤寻路。

高思扬叫住司马灰说："我看香邻身体单薄，气色显得不大好，二学生先前也受过伤，还不知有没有涉及脏腑，他又背着火把弹药，已坚持在这么险恶艰难的地方攀行了许久，精神体力都到了极限。此处不比平地，再不缓口气非出事不可，况且这里植冠茂密，鬼步蜘蛛钻不进来，正可容人栖身，能不能让大伙儿停下来歇一会儿？"

司马灰说："不行，蜉蝣是速死之物，见者不祥，返回地图中标注的路线之前谁也不能停留。"

罗大舌头也觉得这地方阴气太重，千万不能多待，在缅甸、柬埔寨等地有蜉蝣聚集的地方，多是深湖大泽，常有怪蟒长蛇出没，水里甚至会有暹罗巨鲤，那巨鲤往往重达四五百斤，据说能一口吞下七八岁的小孩，可水下哪儿有那么多东西让暹罗巨鲤来吃？还不就是靠数以万计的蜉蝣为生，才长成如此庞然巨物，这树蜉虽不生在水域，但个头却要大得多了，难说这地底下有没有专吃它们的东西。

高思扬并不认同征兆之类的迷信言论，她也清楚罗大舌头向来跟司马灰一个鼻孔出气，专出坏主意，口中所言多是捕风捉影的小道消息，根本不能让人信服，但高思扬孤掌难鸣，也只得跟着司马灰等人继续往林木深密处行进。

此刻已有成百上千的蜉蝣，在众人置身的树隙间盘旋，不时有发光体由明变暗，死蜉蝣纷纷掉落在枯枝败叶上，很快铺满了一层。

司马灰见了蜉蝣便有不祥之感，他让胜香邻用罗盘校正了方位，举着火把往前探路。

高思扬见周围的蜉蝣并不构成威胁，不明白司马灰为什么会如此紧张。

胜香邻对她说："刚才司马灰和罗大舌头所言不错，原始蜉蝣朝生暮死，处于生物链最底层，天知道它们留下的死体会引来什么。"

高思扬领悟过来，心道原来如此，这时忽觉脚下一阵颤动，朽木上覆盖着厚厚的菌苔，极是湿滑，她立足不住，想要拽住旁边的枯藤稳住重心，谁知那藤条将断未断，被高思扬一拽之下立时脱落。

胜香邻见状急忙伸手援助，虽然反应迅速，可气力终究不足，不仅没拉住高思扬，反被下坠之势带动，也跟着坠向了树隙深处。

司马灰和罗大舌头同时叫了一声："不好！"赶紧俯身向下张望，借着蜉蝣发出的光雾，能看到高思扬和胜香邻撞折了两层枯枝，掉下去有十多米深，被几条交织纠缠的枯藤托在半空，好在苍苔深厚，才没有伤筋断骨，但两人都惊出了一身冷汗，心中"嗵嗵嗵"狂跳不止，想要挣扎着起身攀回原处，但悬在上不着天下不着地之处，稍有动作，那些藤萝便不住摇晃，发出"嘎吱嘎吱"的声响，随时都可能会断裂，处境危如累卵。

二学生也慌了神，可陡峭湿滑险状可畏，实在不知该怎么下去救人，他将绳索抛下去，但枝藤纵横，绳子被挂在了枝杈间，急切间竟扯不回来。

司马灰看了看地形，将火把交给二学生拿着，让他和罗大舌头留在上边接应，然后背上霰弹枪，凭着身手轻捷，从近乎垂直的树干上倒爬

147

下去，拨开身前的木菌，接近那片枯藤，示意胜香邻和高思扬别动，免得坠断了树藤，又仰起头打声呼哨，招呼罗大舌头快把绳索垂下来。

罗大舌头和司马灰久在一处，不用多说也知道该做什么，奈何那绳索缠得太死，不敢拼命扯动，割断了长度又不够，急得他额上冒汗。

司马灰刚想催促罗大舌头，树丛深处又是一阵颤动，他低头望去，就觉自己的头发根子全都竖了起来，有个几乎与枯树颜色混为一体的巨物探身而出，三角脑袋又扁又平，两眼浑圆向外凸起，比卡车前灯还大，但灰白无光。此物形如蟾蜍，两条前肢生有若干吸盘，支撑在朽木间匍匐爬行，张开血盆般的大嘴喷吐雾气，也不管是落地死亡还是在空中盘旋的蜉蝣，甚至那些钻在木隙中的鬼步蜘蛛，一概视如无物，只顾伸出长舌卷入腹中。

司马灰看其背上有"酥"，推测是生存在木窟窿里的树蟾。因为"酥"是一种有毒的分泌物，腐气撞脑，腥不可闻，只有两栖类的蟾蜍才有。若按相物之说，蟾身过尺为王，可这只大树蟾何止逾尺，见其首而不见其尾，密集的树丛藤萝根本挡不住它，俗传"蟾王有酥，专能克制五虫"，看来这话不假，鬼步蜘蛛的螯牙不但没对树蟾起到任何作用，反倒被酥毒毙命，填了它那无底洞般的肚子，其余没死的，早都四散逃了。

胜香邻和高思扬见那树蟾攀着朽木朝自己爬来，对方也不必接近这几条枯藤，只需用长舌一舔就能将人卷走，想要开枪射击，又恐被其挣断了老藤，或是有酥液喷溅而出，沾到身上立时腐烂透骨。两人眼睁睁看着树蟾逼近却无处可避，只能闭目待死。

第九章　地心掠食者

司马灰此时处在树蟾上方，他识得厉害，不敢开枪解围，催罗大舌头赶紧把绳子放下来。

罗大舌头心下焦躁，索性爬到高处，准备用猎刀砍断缠住绳子的枝杈，同时向下喊道："快了快了，你再坚持最后一分钟！"

司马灰急红了眼，叫道："罗大舌头你趁早别忙活了，几秒钟之后就等着收尸吧！"

这时，二学生也在俯身下窥，眼见高思扬和胜香邻情况危急，慌得手足无措，猛然记起地底生物大多惧火畏光，就打算故技重施，从背囊里抽出一根火把，投下去扔给司马灰。

司马灰抬手接住，在鞋底上蹭着了火把，烈焰骤然腾起，看树蟾硕大的躯体正从身下爬过，当即握住火把向下直戳过去。

谁知蟾王常年栖息于地下，遍体生酥，身上阴腐气息沉重，因此火把一触即灭，再也点不燃了。那树蟾只顾去吞挂在枯藤间的蜉蝣，可能在它看来，蜉蝣与人没什么区别，此刻发觉背后有异，便缓缓掉过头来望向司马灰。

司马灰没想到火把会灭，一看树蟾突然转过来对着自己，顿觉背心生凉，还没等他做出反应，就见树蟾忽地张开血盆大口。此物虽然蠢拙迟缓，但它那条血艳猩红的怪舌却诡变莫测，舌头前端分叉，舌根则在嘴前,倒着长回口中,翻出来捕食的速度疾如闪电,人眼根本看不清它如何行动。

司马灰只觉眼前一晃,一阵腥风从耳边掠过,身旁的几只蜉蝣已被卷到了树蟾腹中。眼见那树蟾又要张开怪口,司马灰不禁肝胆为之震颤。眼下他也只得硬着头皮死撑,立刻深吸了一口气,使出"蝎子倒爬城"的绝技,犹如猱升猿飞,仗着身轻足捷,绕在高树危藤间贴壁而走。

树蟾翻舌卷人的速度虽快,却不善转折,但这东西的舌端下从来不肯落空,喉咙中"咕咕"有声,一边张口吐雾,一边探身从后赶来,它稍一挪动躯体,整个树木都跟着摇颤。

司马灰感到身后恶风不善,又听朽木枯藤纷纷作响,哪敢停下来回头去看,当即提住气息,在枯树躯干上不停地攀爬躲闪,遇到粗枝巨藤之类的阻碍无不一纵而过,其余几人在各处看得惊心动魄,都捏了一把冷汗。

唯有罗大舌头久与司马灰混迹一处,知道这蝎子倒爬城虽到不了飞燕掠空、蜻蜓点水的地步,但"挂壁游墙"不在话下。只是地势太险,掉下去就得摔冒了泡。罗大舌头不敢怠慢,趁司马灰引开树蟾,拼命扯脱绳索,抛给悬挂在枯藤上的胜香邻和高思扬,奋力将二人拽起。

这时,司马灰躲避树蟾绕树爬回此处,忽觉身后动静停了,转头一望,就见那树蟾张口翻舌,对准悬在半空的两个人作势要吞。树蟾躯体庞大,皮似枯木,凭借1887型连发快枪无法将其射杀。而且此物身上有酥,溅到一星半点儿也不得了,只要它长舌一卷,立时就能将那两个大活人吞落入腹,与吞吸飞蜉无异。

司马灰刚才使出浑身解数才避开树蟾,接连不断地闪展腾挪之余,也已到了强弩之末。但见胜香邻和高思扬命悬一线,蓦地生出股子狠劲儿,双足在树上一蹬,宛如一只黑鹫般合身扑下,抱住那二人,借着惯性向前荡去。只觉一股巨大无比的力道从后涌来,原来那树蟾舌端落空,便顺势向前爬来,几根枯藤虽粗却承受不住它的重量,齐声断裂。树蟾躯体前倾，发觉失去重心，再想退可退不回去了，"呼"地向下坠落，隔了半天才听到一声闷响，那声音就像摔破了一个猪尿泡。

罗大舌头虽然力壮如牛，绳索也极为结实，可拽着三个人，再加上背包和枪支，钟摆似的在空中晃动不止，那是何等的分量？他两手都被勒出了血口子，牙关咬得"咯嘣咯嘣"响，连吃奶的力气都使出来了。多亏又有二学生跟着帮忙，才勉强拖住。

司马灰担心坠断了树枝，伸手抓住下垂的藤萝，攀到稳妥之处稳住身形，这才发觉冷汗早已湿透衣背。

高思扬和胜香邻掉在枯藤上的时候，也都受了些磕碰擦刮之伤。高思扬惊魂稍定，就着手给众人处理包扎。

二学生以前很喜欢美国作家巴勒斯的冒险小说，刚才看司马灰履险如夷，心中满是惊讶佩服，觉得比"人猿泰山"还要矫健。

罗大舌头奇道："我怎么没听说……山东地面上出过这么一条好汉？"

司马灰说："其实这个人物的出处在《水浒》里头。《水浒》有一回讲个善使相扑的壮士，此人姓任名原，生来力大无穷，身高丈二，眼赛铜铃，曾在泰山脚下设擂比武。他就是所谓的'泰山任原'了。结果引来燕青打擂，黑旋风力劈任原。你别看黑旋风李逵提着两把板斧逮谁剁谁，唯独就怕燕青，因为燕青相扑之技天下无双，那任原岂是对手？想不到此人在美国倒挺出风头，居然还专门给他著书立说了，可凭他那点儿萤烛之光，怎能比我这天边皓月，比罗大舌头还差不多。"

罗大舌头不服气："嘿，要不是有我罗大舌头力挽狂澜，你这天边皓月早他妈掉到阴沟里摔扁乎了。"

二学生自知刚才说走了嘴，毕竟"文革"前偷看美国小说也是很严重的政治问题，心里颇为后悔，听司马灰跟罗大舌头胡解一通，却不敢再多议论。

这时，胜香邻提醒众人："附近危险万分，成群结队出没的鬼步蜘蛛已足够令人头疼，想不到它们遇到树蟾，竟没有半分挣扎抵抗的余地。前些年有地质队在内蒙古发现过树蟾王的化石，世人才知道曾有种栖息在地底枯木化石中的可怕生物，将它称为'地心掠食者'。咱们近距离遇到它还能活下来，实属侥幸万分。可在这地下深处，也许还有更为恐怖的东西存在。大伙儿理应勠力同心求生存，别再为那些鸡毛蒜皮的小事争个不停了。"

司马灰知道胜香邻所说的都是实情，当即闭口不言，只待高思扬替二学生裹好伤口，就要起身探路。

二学生同罗大舌头拖拽绳索之时，手上也被勒破了口子，伤得不算太深。不过司马灰眼尖，他发现高思扬在看到二学生手掌的时候，神色显得有些惊恐。

司马灰心下大奇，高思扬在医学院里连尸体都解剖过，胆气不凡，二学生这点儿皮肉轻伤又算得了什么，她为什么会显出惊惧绝望之意？司马灰在旁看了一阵儿，却没发现二学生手上有何异常，就问高思扬是怎么回事。

二学生见高思扬沉吟不答，叹道："没什么，我心里早就有数了……这是克山症。"

司马灰等人这才看到二学生手指骨节都突了起来，确实与正常人不同，问道："什么是克山症？"

高思扬转过身低声对司马灰说："山区里最要命的是克山症和拐柳病。这种症状最早出现于黑龙江省克山县，因而得名，后来发现鄂西也有。此症使人关节肿大，甚至佝偻着身子，过两年就会感觉心跳无力，全身都出虚汗，吐几口黄水人就完了。在林场插队的知青里有些人也出现了这种症状，基本上得了克山症便无可解救，送到医院里也没办法，迟早是个死。"

二学生早在半年前就已经发现自己得了克山症，心里感到绝望，对前途不抱任何希望。林场里的生活条件苦得难以想象，当地老乡里最体面的事是抽旱烟，蹲在树桩子上卷支蛤蟆头，掏出些火石，垫上块火绒，神气十足地用火镰"咔咔"打着，比钻木取火强点有限。可谁要能整天抽蛤蟆头，那就算富到头哩。二学生很悲观地认为这深山沟子里实在太穷了，真要是在这地方窝一辈子，还不如早些死掉，也是种解脱。想到这儿他也就坦然了许多，所以并不惧怕死亡，也没打算活着返回林场，只想跟着司马灰去寻找"潘多拉的盒子"，亲眼看看北纬30度下究竟有着怎样惊人的秘密。

众人得知此事，心里均有黯然之感，但此时置身险地，谁也没有再多说什么。他们仅有最基本的技术和装备，必须依靠地图和罗盘，不能偏离既定路线太远，当即从高约百米的古树上返回地面。

地下到处是积水和泥沼，不时有发着微光的蜉蝣从面前飞过。这上亿年前沉埋在地底的古岛，范围大得无法探测，遍布着大量早已灭绝的古代树种，地形复杂多变。史前植物群落下覆盖着许多峡谷洞窟，多为水流切割侵蚀而成，属于喀斯特地貌，洞穴里空间奇大，结构怪异。有的层层叠岩，洞中套洞；有的水波荡漾，迂回通幽；有的石柱擎天，奇幻神秘，人掉到洞里就别想再爬出来。

众人胆量再大，也不敢往深处乱走了，胜香邻以火照罗盘辨识方位，带队行到一处水流平缓的暗河前，以塔宁夫探险队的地图作为参照，推测穿过这片被地下水淹没的区域，应当可以返回那条通往"潘多拉的盒子"的路线。

司马灰等人没有渡水载具，更不知河水深浅，眼见水面甚是宽阔，附近无路可绕，便各自将背包和枪支弹药顶在头上，一个紧挨一个涉水而行。在阴冷刺骨的地下水中走出数十米，水浅的地方到膝盖，深处可及胸口。

奋力蹚水涉过河流，循着路线进入了一条木菌云芝丛生的深谷，先找了一处隐蔽干燥的树洞，堵住洞口，笼起火堆烘干衣物。胜香邻取出干粮分给众人食用，轮流执哨休息，倒也平安无事。然后又按地图指引，径直往一条峡谷深处行进。

众人吸取了教训,尽量选择安全地带蹑足潜行。这峡谷曾是古岛上的山峰,地质运动和风雨剥蚀使它演变成了无数巨型岩块,既孤立又连贯,分峙迭出,错落起伏。管状木菌生长得比丛林还要茂密,地下水流充沛,山体间悬挂着大大小小的瀑布,如同白练蜿蜒倒垂。潮湿压抑的环境也使人窒息,深谷中云缠雾绕,没地图很容易迷路。

众人勉强打起精神,用猎刀、火把开路向前。

途中二学生又以先前之事询问司马灰。

司马灰几个月前也曾在缅甸丛林受到化学落叶剂灼伤,因此他完全能够理解二学生的想法,就说:"反正这天是社会主义的天,地是社会主义的地,死到哪儿不是一死?你要真是个胆大不要命的,权且算你一个无妨。不过,你能不能活着见到'潘多拉的盒子'里的东西,我现在可没法保证,那要看你自己的造化了。"

高思扬对司马灰的怀疑并未减少,又听其言语冷漠,好像根本不把人命当一回事,忍不住说道:"司马灰,你可真是个冷血之人。"

司马灰忽然停下脚步,压低声音说道:"现在没时间谈论我的优点了,这里好像有些什么东西。"

众人闻言向前望去,发现木菌丛中卧着两只无头的大石龟,看样子都是重达千斤。说它们是石龟,也只是体形相似,因为脑袋掉了,所以不知究竟是个什么石兽。背上没有负碑,光秃秃的生满了苔痕。拨开挡在身前的木菌,赫然是个由山体内垂直下陷的圆形深坑,规模大得骇人,地势也非常突兀怪异。借着微光用罗盘测距仪观察,直径至少在百米以上。里面有雾气,看不到底部状况,而周围的形状则十分齐整,每层都有无数大小相连的洞窟,燕子巢似的紧紧依附在山壁上。洞口的条条凿痕和斑斑斧迹还隐约可见。从高处垂下的古树根脉,顺着地势缠绕盘旋,将那些废墟般的洞穴遮蔽了大半,幽闭神秘的气氛难以言喻。

阴峪海

/ 第四卷 /

第一章 魔 盒

众人对照地图看了一阵儿,推测此地即是图中的"潘多拉的盒子",但里面的情况还无从想象,得下去探到底才见分晓。

司马灰让众人暂作休整,然后对高思扬说:"从这附近的古树爬上去,应该能找到一条通往地面的隧洞。如果里面没有发生坍塌,你和二学生也许还有机会回去。"

二学生连忙摇头,表示坚决跟司马灰等人一条道走到黑,只是手里攥着根木头棍子,觉得胆气不足。

罗大舌头说:"二学生你小子也算有种。告诉你,跟着我保准不会吃亏。你可别小瞧这根棍子,新中国成立前在关东有路放山的老客,说白了就是在山上挖人参的参帮,钻到不见天日的老林子里,身边宁可不带土铳,手里也得握着一根棒子。那叫'索宝棍',上边还得拴俩老钱,年份是越吉利越好,像什么康熙通宝、乾隆通宝都成。只要这索宝棍在手,自然是逢凶化吉、遇难呈祥。"

司马灰没空听罗大舌头胡说八道,告诉高思扬和二学生:"这个代号'潘多拉的盒子'的地方,很可能是个极深的地下洞穴。我不知道其中有什么危险,只知道它肯定会有危险。你们通信组剩下的两个幸存者,能活到现在也算命大。但每个人的命只有一条,你们可得仔细掂量掂量再决定。"

高思扬心中也早有打算，通往地面的隧洞位置在哪儿，以及内部是否发生过坍塌，全都无从得知。如果没有胜香邻这样的专业测绘人员，即使手中有罗盘和地图，也根本找不到路，再说就算返回了地面，也仍是置身在阴峪海莽莽无边的原始森林，凶禽大兽出没无常，谁能活着走得出去？现在唯一生存下去的希望，就是跟司马灰一起行动。只要众人紧密协同、各施所长，哪怕当真是万丈深渊，也不见得有去无回。

司马灰见高思扬表明心迹，到了这个地步也就不能再全盘隐瞒，于是大致说了自己的情况。当初跑到缅甸参加世界革命，游击队溃散之后，逃至野人山裂谷遇到"绿色坟墓"，身边同伴死的死亡的亡。返回国内后为了揭开"绿色坟墓"的真面目，又跟着宋地球参加了一支考古队，穿过苏联人钻掘的罗布泊望远镜，并在地底极渊中得知"绿色坟墓"这个境外的地下组织，妄图潜入地心寻找某个巨大的秘密。关于这个秘密，几千年来有着各种不同的说法，有说是神庙，有说是黑洞，也有说它是"古代敌人"，它就像是一切灾难与恐怖的根源。不论"绿色坟墓"的企图如何，追根溯源总是由司马灰等人而起，他们的命运也早已同这些谜团纠缠在一起。唯一生存下去的意义，便是去寻找终极的答案。此时通往谜底的潘多拉的盒子就在眼前，但这只是一个开始，接下来的路途则充满了未知与死亡。

司马灰简单说了整个事件的来龙去脉，至于"古城密室中的幽灵电波"、"失踪的苏军潜水艇"、"极渊中的时间匣子"、"行踪诡秘的赵老憨"之类内情则只字未提。毕竟这些事极为离奇古怪，又事关重大，他不想轻易吐露。

高思扬和二学生没想到这件事牵扯如此之深，对方有所隐瞒也合乎情理，但高思扬还不敢轻信"绿色坟墓"与潘多拉的盒子有什么关系。

司马灰知道此事终究绕不过去，就说："夏代洪荒泛滥，禹王开川导河，将内陆洪水引入禹墟，又把拜蛇人视为神物的一块石板沉入地心深渊，后世称此物为'禹王碑'。拜蛇人则妄想重新掘出石碑，从而摆脱被夏王朝奴役驱使的命运，所以在禹墟里存有大量神秘诡异的记载。考古队破解了夏朝龙印之后，得知深山洞窟中埋有天瓩，那东西早在神农氏架木为巢之时就已经有了，只有找到它才能进入深渊。但我也不清楚天瓩究竟为何物。如今掌握的线索仍是有限，仅知道天瓩可能就在阴峪海下的洞窟里。春秋战国时楚人崇巫信鬼，认为这洞窟通着地脉，底下是锁鬼的背阴山。这些环壁重叠的洞穴，大概都是楚幽王时期开凿而成，据说埋有古楚国重宝秘器。看其形势阴森险陡，仿佛真是通往地狱的大门，那些幽冥之事虽然难辨虚实，可一旦选择进入潘多拉的盒子，即使没有阴魂恶鬼，也肯定要遭遇许多难以预想的危险。生命的终点是死亡，这条路却未必会有终点。"

高思扬对禹王碑之类的事情并不了解，此时不用问也知道司马灰是擅自行动。她沉吟片刻，仍决定跟随众人深入地底，对司马灰说道："我现在是回不去了，何况我这条命是你救下来的，因此不论前路如何艰险，我都愿意助你一臂之力。但愿你所言属实。"

众人见高思扬愿意同行，无不深感振奋。司马灰当即着手部署，吩咐众人各自检查枪支弹药。配备1887型杠杆连发枪的队员，此前都携带六十发12号弹药，沿途已使用过半，他就从二学生的背囊中，取出备用弹药进行补充。罗大舌头那条加拿大猎熊枪，口径大、射速慢、耗弹量低，他自己带的四十发8号弹药已足够使用，而火把却只剩下三分之二。司马灰觉得消耗过快，就让二学生负责将烧尽的火把留下，如果途中发现可燃物，还可以重新利用。最后，他又把胜香邻的猎刀分给二学生防身。

胜香邻检视了一遍物资装备，有些担心地对司马灰说："矿灯的电池还很充足，而且利用电石发光照明远比火把持久，又能探测地下空气质量。我估计剩余的电石至少可以持续照明二十天，取暖的毡筒子只有三套，轮流使用也可应对，这些事都不成问题，可咱们携带的干粮有限，仅能够维持数日所需。"

司马灰想了想说："这也没什么，必要时可以采集云芝木菌为食。最大的麻烦是地图到此就没有用了……"说话间他攀上半米多粗的树根，向洞窟深处窥探，忽听底下传来一阵怪叫，声若龙吟。

司马灰听得身上起了层鸡皮疙瘩，其余几人还在整理枪支火把，听到这鬼哭狼嚎也均是悚然。

罗大舌头倒吸了一口凉气："我听这动静……八成是锁在背阴山下的恶鬼！"

司马灰想再听个清楚，却又沉寂无声了，不禁奇道："我怎么觉得像是夜猫子？"

罗大舌头道："据说夜猫子叫和鬼哭一样，不过地底下有鬼的可能性，远比有夜猫子大得多了。况且，听到夜猫子叫也不是什么好兆头，它那是躲在黑暗中数人眉毛呢，数清了就要有阴魂前来索命了……"

司马灰道："你不危言耸听就得死是不是？咱们从现在开始应该坚持一条原则，别管遇着什么变怪离奇，千万不能以知之论不知，凡事都必须眼见为实。"

胜香邻说："这个地底洞穴的历史何止万年，早在神农架山脉还未从汪洋中崛起，它就已存在于古岛之下。那时候别说有鬼了，连人也没有，所以阴山锁鬼之说并不属实。不过地底不明之物极多，还是点燃火把探路才算稳妥。"

众人闻言纷纷点头。罗大舌头为了给自己找台阶下，就说："想我罗大舌头前半辈子那也是为解放全人类而斗争的，追求的全是真理，谈论的都是主义，死都不怕，还怕鬼不成？"说完就用手指蘸了点儿唾沫，涂到自己的眉毛上，挎上加拿大猎熊枪，打开矿灯走在前边探路下行。

司马灰见状就让二学生点起一支火把，位于队伍中间策应安全。这洞窟本是山里的岩洞，直径超过百米，走势陡峭，几近垂直，内部孔穴密布，看起来倒像是古罗马斗兽场的外壁。而那些史前树种的根脉极粗、极长，最细的也如抱柱一般，伸展附着到石缝里，早与洞壁生为一体，缠绕在周围的藤萝木菌更是连绵如网。

众人踏着倾斜延伸的树根，逐步攀缘向下。司马灰经过身侧的洞口，就用猎刀劈开遮挡的云芝，探身到其中搜索察看。那些洞穴都不算深，但地下无风，洞内空气很难流通，所以里面古彩斑斓的壁画还依稀可辨，但也是少眼缺鼻，残脚断臂，难觅完整形象。洞中还有枯骨累累，分不清是人是兽。

其中一孔石窟里的壁画保存较为完整，描绘着浓雾中有恶鬼攫人而食的情形。遇难者下半身还是血肉之躯，上半身已被吃成了森森白骨，壁画色彩鲜艳逼真。

司马灰知道这些战国时期的壁画，留存有许多宝贵信息，但其中的内容恐怖残忍，血淋淋的景象让人脊背发冷。他心里疑惑，不免多看了几眼，却发现壁画中还绘有一个很大的盒子，盒盖半开，从中露出一具骷髅，盒身四周布以张口露牙的伏龙纹饰。司马灰心里猛地一动，这不就是"潘多拉的盒子"？

其余几人也跟着停下脚步打量壁画。"潘多拉的盒子"是西方传说，隐喻因为人类好奇心而带来的危险。也许世上根本没有实物，更不会出现在这个地下洞穴中。此前众人以为塔宁夫探险队在地图上标注该符号，只是用"潘多拉的盒子"作为行动代称，却没想到两千多年前的古楚国壁画中，还真就有这么个神秘的盒子。

第二章 骷 髅

　　众人又惊又奇，奈何洞中阴气太盛，电石灯闪烁着幽蓝色的光芒，只得站在洞口向里面观瞧。

　　那些古彩斑斓的壁画，突然接触到外部流通的空气，鲜活的色彩开始变得灰暗，但线条轮廓尚存，还可勉强辨认。

　　壁画中的内容似乎有叙事之意，盒子旁边有个人形，身着蟒袍玉带，其后有凤纹华盖，俨然是王者之姿。对面还站立一人，头戴三眼面具，两人好像正对着盒中大骷髅低声密语，其上就是恶鬼吃人的恐怖情形。

　　高思扬问司马灰："你能看懂这壁画里的内容是什么意思吗？"

　　司马灰自称是考古队的，可肚子里却没装多少材料，只是看壁画内容阴郁离奇，就说这大概是楚王在同大臣谈论幽冥之事，世间烟云易逝，纵然贵为王侯，到头来也免不了化为白骨的命运。

　　罗大舌头也跟着解释道："楚王是担心他死后到了阴间，会被恶鬼生吞活剥。"

　　二学生奇道："大臣脸上怎么还戴着面具？盒子里的那具骷髅又是什么？"

　　司马灰和罗大舌头都说不出个所以然，毕竟这是两千多年以前的古老壁画，谁知道那时候的人脑子里想些什么。

　　胜香邻说："楚幽王深信巫鬼之术，常有头戴青铜面具的通天巫者随

161

侍左右，所以，那蟒袍玉带的人物应该就是楚幽王了。可这壁画里描绘的事情从未见于史册，以咱们的所知所见没办法凭空揣测。"

司马灰对楚幽王的事迹倒是略知一些。据说当年武王伐纣，丰功伟业沛乎，充塞于天地之间，定下周王朝八百年基业。那时候还没有中央集权的概念，而是把领地分封给诸侯国管辖，一共封了七十二国，其中就有楚国。传到春秋时期诸侯割据，楚国已是地广五千里，拜玄鸟为神，势力十分强盛。而楚幽王掌国时已是末期，他死后没多少年楚国就被大秦所灭。楚幽王墓在民国年间被军阀勾结洋人盗毁，大量古物流入民间。可能塔宁夫探险队那伙人也曾参与过盗掘此墓，所以他们才从楚幽王墓的壁画中，发现了阴峪海下的洞窟。而这个装有大骷髅的盒子，在古楚国壁画中多次出现，显得非同寻常。但司马灰等人一时之间也看不出什么头绪，只好又去其余的洞穴中察看。

岩洞中的壁画剥落损毁严重，能够辨认的仅有一小半。不过壁画内容相互有关，看到两头也不难猜出中间的部分。只是其中记载的事件却极尽谲怪莫测，除了楚幽王之外，还有一个体态婀娜的年轻女子最为引人注目，此女细腰高髻、宽袖长裙，另有几幅壁画绘有她的尸体和棺椁。

这些壁画的内容扑朔迷离，以司马灰的理解，似乎是记述了楚幽王问卜于那个"装有骷髅的大盒子"，被戴着青铜面具的巫者告之大祸将至，会有无数阴魂前来索命。楚幽王深感畏惧，整年不敢外出。

某天有人在江中捕获了一条罕见的白鱼，带进宫来献给楚幽王。楚幽王听说白鱼乃龙蛇变化，食之能长生不死，便命人将白鱼烹熟，自己先吃了一半，另一半则给了女儿。但楚幽王的女儿见了半条白鱼，不由得羞愤交加，发怒道："父王把吃掉一半的鱼给我，是侮辱我，我还有何面目活在世上？"随即上吊自杀了。

楚幽王丧女后十分悲痛，把女儿葬在国都的西门外，以天然生有花纹的石材做棺椁，石椁外嵌以金玉，银樽珠襦各类奇珍异宝为陪葬。但对此事秘而不宣，又命在城中放置白鹤，让百姓跟随观看，引着鹤与男女无数一同进入墓道，突然启动机关放下千斤石门，将所有人不分良贱，全都掩埋在墓中，用这些活人殉葬了死人。

此后楚幽王晚上只要一闭眼，就会见到那些屈死的冤魂找上门来，惊得寝食难安。按照巫鬼之说："人死后而僵，僵而血脉竭，竭而精气灭，灭而形体朽，朽而成尘埃，唯有阴魂不散，化为异物，潜于九重之渊。"

为什么说人死之后，阴魂会潜于九重之渊？因为古时候认为地下有泉，也就是逐层分布的地下水，最深的地方要穿过九道泉。秦始皇的陵墓修得很深，据史书记载是"穿三泉而置椁"，那是说放棺椁的地方，已经深得挖透了三层地下水。而九重之渊，也不见得真有九层地下水，九是数中之极，在这里是指深得不能再深了，那是活人进不去，只有亡魂才能抵达的幽冥。以前人常说"死后在九泉之下也能瞑目"，"九泉"即是九重之渊。

相传这阴峪海下有个洞窟，最深处一直通往地脉，楚幽王相信那里就是九重之渊。如今梦到不祥之兆，可能是要有恶鬼从地底出来索命，他想起前事不免后悔莫及，就将各类重宝悉数沉入洞中镇鬼。可没过多久，这位楚幽王还是一命归阴了。

司马灰把自己的分析告之其余几人，那楚幽王若非执迷于巫鬼之事，多半还不会这么快死，其实天下岂有未卜先知的异术？这无非是怕什么来什么，越担心越出事，墨菲定律而已。

罗大舌头切齿道："把那么多活人引到墓中活埋殉葬，可也真够阴损歹毒了，我罗大舌头还从没见过这么损的！"

高思扬以为司马灰只是添油加醋地乱说，因为这件事不太合乎情理，楚幽王舍不得把白鱼全吃了，还给女儿留下一半，这是父亲关爱子女之心，那女儿怎么反倒自杀了？世界上会有这么不懂好歹的人吗？

罗大舌头一听高思扬说的有些道理，忽然想起他那蹲牛棚的老爹罗万山，不禁感叹道："如果我们家老爷子还在，他就是把鱼都吃了，只剩根鱼骨头留给我，那我心里边也高兴……"

胜香邻却觉得司马灰所言不错，即便不是全盘吻合，也与事实相去不远。那壁画里描绘的情形毕竟发生在两千多年以前，古代的制度与价值观跟现今大不相同，春秋战国时尊卑为重，生死为轻，贵族怎么肯像奴隶一样去吃残羹？

司马灰道："还是我妹子说到点子上了，清代距今不过几十年，那时候的女人，还都得讲究个三从四德、大门不出二门不迈呢！可你们看以阿庆嫂和江姐为代表的大多数革命妇女，她们什么时候为柴米油盐的家务事操过心？"

胜香邻见司马灰又把话扯远了，就说："其实壁画里有关'楚幽王食白鱼、引诱活人殉葬'之事并不重要。真正像谜一般的东西，是装有骷髅的盒子，我感觉那具骷髅不像人骨。"

众人一边低声议论，一边向下探路，发现了多处残留至今的壁画，内容断断续续，"神灵鬼怪、飞禽走兽、草木虫蛇"等诸多事物都有涉及，各有善恶之状，也看不过来那许多了。而出现盒子的壁画不在少数，这个神秘的盒子似乎是件楚国重宝，也是件极其重要的祭器，就连楚幽王墓地宫的壁画中，都有它的身影出现，却在历史上没有任何记载，这更使之显得怪诞诡异。

盒子里面装了一具骷髅，立起来大概要比楚幽王高出半截。正如胜香邻所说，这具骷髅怎么看也不像是人类。头骨眉峭分外突出，颅顶多出一个纵目，那装着骷髅的盒子更不是棺椁形制，好像从内到外都带有某种无法破解的含义。但若说这骷髅不是人类，它生前又会是何方神圣？为什么它的骨骸能成为楚国秘器？

众人脑中接连画出无数巨大的问号，这些疑问在壁画里找不到答案。古楚国壁画风格诡谲、题材离奇，许多内容今人都无法参透。不过"楚幽王的盒子"很可能确有其物，并且它就在阴峪海地下深处。

二学生认为，这座古岛上的古代树种大多都已枯死，只同干尸一样保持着原来的形貌，附着在其表面的木兰芫芝等物，却生长得异常茂密，这个现象实在是太难理解了。难道是那个盒子里有种神秘的力量能够赋予生命？他越想越是激动，加上眼神不好，迎面撞上了悬在半空的一条枯藤，险些从绝壁上摔下去，赶紧揽住身旁的树根，失手掉落了火把。

地洞深处雾气氤氲，火把掉入雾中即刻失去光亮，但听"哗"的一声水响，好像落到水里熄灭了。

司马灰听动静发觉置身之地距离水面很近，多说也不过十几米，奇道："下面是个水潭？"

众人当即攀着树藤迤逦而下，穿过薄雾抵近坑底，就见下方地势凹凸，低洼里是从高处渗落的积水。水中斜卧着一尊兽耳金罍，器形体积巨大，表面挂满了铜蚀和绿苔，两耳各呈虎形，被地下水淹没了一半。附近隆起的粗大树根上，散落着无数尊盘、剑戈等物，还有鸟兽爬龙之形的青铜重器。深远处水雾缥缈，矿灯的光束照不过去。

司马灰避开水面，纵身跃到树根上落脚。他想起先前听到这里有怪声发出，提醒随后跟过来的高思扬多加小心。

高思扬点了点头，为了便于行动，将电石灯挂在了背囊侧面，端着枪察看周围地形。可刚一回身，不知看见了什么，竟险些呼出声来，她忙伸手捂住了自己的嘴。

司马灰也觉身后有异，转回头一看，不禁有些讶异。原来在枯藤后露出三四米高的方形人面，看起来似人非人，似兽非兽，饰以鳞羽夔龙之纹，面目惶怒可畏，充满了震慑恫吓之意。

司马灰看出这是尊鬼面雕像，终究不是活的，又有什么可怕？

这时，高思扬抬手指过去，低声说："你看到……那个东西了吗？"

司马灰顺着她手指一看，只见在树藤与岩石的间隙中，有个白惨惨的东西，轮廓近似人形头颅，脸上眼耳口鼻俱全，也看不到身体四肢，好像只有个脑袋浮在空中。

第三章 照 幽

司马灰全身毛发竖起，想要定睛再看，那颗头颅却突然隐入了雾中。他跟上去拨开挡在面前的枯藤，就见树藤后是片阴冷漆黑的积水，水面平静，上下空旷，根本没有立足之地。他心想：那东西难不成是"飞头蛮"？当初在缅甸丛林里，有许多土人抓到俘虏便割下首级，并把死人脑袋插在尖木桩子上风化。据说那些头颅到夜里就会飞出来咬人，连那些英法殖民者也谈之色变。但古楚国并没有这类飞头蛮的传说。

高思扬没有辨明目标，不敢开枪射击。她向来不信鬼怪，但刚才所见之物不容置疑地出现在眼前，让人百思不得其解。

这时，其余三人分别攀藤下来，问明情况之后也同样吃惊。

司马灰没看清那东西长什么样，让二学生重新点了支火把照明，告诉大伙儿这地方不会有人，发现情形不对可以立刻开枪。此刻有枪支、火把防身，就算附近真有什么不干净的东西，它识相的话也得退避三舍。

众人不敢掉以轻心，缓步走到鬼面雕像底部，用火把矿灯向四周探照。这洞窟好像是个祭祀坑，直径超过百米，从上到下落差也在百米左右，规模大得令人咋舌。但薄雾蒙蒙，充满了阴郁之气。坑底甚是宽阔，树根枯藤依附在洞壁上紧密纠缠，边缘全是幽深的积水；高耸的雕像遥相对峙，仿佛在凝固的黑暗中沉默无声地守护着什么；各种形状离奇的青铜金玉之器随处可见，脚下也有刻着卷云纹饰的石板，但分辨不出是什么东西。

二学生觉得自己这双眼都快不够用了,似乎每一处微不足道的痕迹背后,都隐藏着无穷的奥秘,不禁感叹道:"楚国都已经没了两千余年,这些古物却仍在地底沉眠,真是其兴也勃焉,其亡也忽焉……"

罗大舌头道:"胳膊根子再粗,也阻挡不了历史的车轮滚滚向前,你就别操那份儿闲心了。"他又问司马灰:"这洞穴不是通着地脉吗?怎么……怎么这就到底了?"

司马灰举目四望,周围虽有些化合物发出的微光,可能见度非常有限,矿灯火把则只能照明一隅之地。若是逐步摸索搜寻,还不知要多久才能搞清状况,但也没有别的法子可想。他对罗大舌头说:"大概还有洞穴通往更深的地方,咱是宁落一座山,不落一块砖,先看清楚地形再说。"

众人见洞底边缘多被积水淹没,于是踩着树根往中间走,没走出几步,就看身前水面中露出数根形状奇特的柱形物体。那石柱上尖下粗,长短高低不等,但每根都至少有合抱粗细,表面带有鳞纹,雕镂精细,当中围着一个石台,另有两条形态凶恶的螭虎缘柱而下。

司马灰以矿灯照视,心想:这几根形状奇异的石柱,却似某尊巨兽雕像的爪子,此物半沉水下,体积大得骇人,矿灯和火把的照明范围与之相比,简直就像萤火虫似的微不足道……

这时,司马灰忽觉沉寂的水面上微波荡漾,当即低头察看。只见水底有个人在仰面与自己对视,地下水清澈透明,但在不见天日的地洞中,则显得漆黑幽深。他知道那肯定不是自己在水面的投影,不由得猫下腰,缓缓贴近水面,想看得更清楚一些。那头颅的外形轮廓越来越清晰,像是个没长开的白色侏儒,但只见其头脸而不见其身体四肢,很像此前悬浮在树藤后的那颗头颅。忽地,那物体张口露牙,从水底飞到半空,直扑司马灰面门而来。

司马灰没想到水里的东西还能飞出来,不免大为骇异。见其来势凌厉,仓促间已不及闪身躲避,他正好端着1887型杠杆式连发枪,急以枪托挡

167

在面前。只听"喀吱吱"一声,像是獠牙利齿重重咬在木制枪托上。

众人听到响动,才看到司马灰的枪托上多了一个白森森的东西。那物有死人头颅般大,似鱼非鱼,阔口短鳃,嘴里有数排密集的尖锥形细齿,后半截近似纺锤,身上无鳞,皮如甲胄,鳃后各生有两对鳍翼,可以离开水面凭空飞行。此时它咬住枪身木托,倒刺般的利齿深陷其中,竭力鼓鳃扬鳍,却咬得太死甩脱不开,而且力道惊人,司马灰手中的枪险些被它扯到水里。

司马灰看过禹王鼎上的山海图,见这怪鱼双鳍如翼,估计是栖息在地下静水中的狼鳍飞鱼,能够跃出水面掠食,性情凶残嗜血。此时突然遇到活生生的狼鳍鱼,才知道这东西生得如此狰狞可怖,要不是自己挡得迅速,身上早被它撕掉一大块皮肉了。

司马灰把枪托按在地上,招呼二学生用木矛戳穿狼鳍鱼,用力将其扯下。

胜香邻见此情形,立即生出一种不安的预感:"这洞穴底下有食人飞鱼,看来不是死水……"这句话还未落地,不远处的水里"嗖"地又蹿出一条飞鱼,此时众人有所防备,罗大舌头立刻举枪扣动扳机,那8号弹药杀伤范围颇广,狼鳍飞鱼正撞到枪口上,还在空中就被打成了碎片。

这时,另有数尾飞鱼从水底游出,原来洞中环境闭塞,那些狼鳍鱼都是被向下的水流带到此处,以地底蜉蝣为食。此物产卵迅速,数量不断繁衍增加,但蜉蝣毕竟有限,洞中的其余生灵也早已被其蚕食殆尽。那些狼鳍鱼始终处于极度饥饿状态,此刻成群飞出水面,狂风暴雨般向着司马灰等人袭来。

众人置身在狭窄湿滑的树根上,周围暴露无遗,就觉四面八方都有怪鱼飞撞而至,如今突遇变故,也只得奋力抵御,远处的用枪射,离近了便以枪托格挡。

高思扬枪下弹无虚发,接连射杀了数条食人飞鱼。她正待给枪支装填弹药,却发觉身后被什么东西撞到,背囊的重量陡然增加。她身子向前一倾，差点儿滑到水中，转头一看，竟有两条狼鳍飞鱼咬在了背囊上，扑棱棱摆动躯体不肯松嘴，嘴中发出"喊哧咔嚓"的乱响。

司马灰发现高思扬情况不妙，顺手拽出猎刀向下挥落，立时将那两条食人飞鱼削成四段，他却因此露出空隙，只觉臂上猛然一凉，虽是躲避得快，也被从身旁急速掠过的狼鳍鱼扯了个口子，血流不止，但疲于招架之际，根本顾不上裹扎伤口。

狼鳍鱼的鲜血混合着人血，顿时将多半个水面都染红了。众人还想故技重施，利用火把脱困，但地洞中非常潮湿，水底之物也从不畏惧火性，仅凭火把和猎枪根本抵挡不住。司马灰忽然发觉眼前一黑，装在"Pith Helmet"上的矿灯被什么东西遮挡住了，他用手一抹，湿漉黏稠，满是腥红，高处正有大量鲜血流下。

司马灰大骇："上边哪儿来的这么多血？"侧身闪过一条扑到面前的食人飞鱼，就势抬头往上看，就见高处黑沉沉横着个庞然大物。那物伸着个三角形的脑袋，像蟒又像蝾螈，头大尾细，身体扁平，生有粗壮的四肢，具有古代两栖爬行动物的明显特点。司马灰也认不出它到底是引螈、始螈、鱼石螈中的哪一种，因为这东西虽然还活着，可全身上下血肉模糊，多半边脑袋都露出了白骨，直接就能看到它嘴里的颌骨，还有巨大尖锐的迷齿式利齿，在体形上同鱼石螈更为接近。

这生有迷齿式利齿的鱼石螈，或许是从岩缝里误入洞底，并遭到了狼鳍飞鱼的袭击，凭借皮肉坚实，竟在被活活啃成一堆白骨前，缘着树根爬到了较高的所在。它虽然暂时脱困，但受伤很重，眼看着活不成了，可这种古生物脑部并不发达，也可能是饿红了眼，此时见到有人经过，就用四肢撑住树藤，向下探出身子，鲜血顺着只剩下一半的三角脑袋不住地滴落，血水流到了司马灰的"Pith Helmet"上，霎时间就将整个帽子都染遍了。

司马灰突然跟那鱼石螈脸对脸打了个照面，矿灯光圈所照之处正是血淋淋的颌骨，迷齿式构造的尖锐牙齿距离自己还不到半米，惊骇之下无暇多顾，立刻将手中所持的霰弹枪向上射击。黑暗中藤萝遮挡，也不知命中了什么部位，那鱼石螈沉重庞大的躯体翻落下来，挣扎着坠入水中，粗长有力的尾部横扫到树根上，当场就将司马灰掀了个跟头。合抱粗细的树根从中断裂，附近的狼鳍飞鱼都被惊散了。

罗大舌头趁乱摸出挂在身后的壁虎钩子，抛出去搭在岩柱上，在众人的掩护下奋力扯动绳索，使脚下断裂的树根移向石台，涉水跃上实地。此时有了耸立的岩柱作为依托，狼鳍鱼纵然能离水飞行，周围结构复杂的障碍物也会使之受到很大限制。

众人倚在岩柱上呼呼喘着粗气，耳听黑暗中水面纷乱，那条五六米长、重达千斤的鱼石螈，迅速被啃成了一副骨架，估计身上连半丝血肉都剩不下了。想到胆寒处，众人脸色都如死灰一般，谁也不敢探出身去张望。

司马灰手臂伤势流血虽多，却没伤到筋骨，也算是不幸之中的万幸了，让高思扬做了应急的包扎，便可以行动自如。

罗大舌头说："这点儿小伤顶多算被蚊子咬了一口，你刚才要是掉到水里，那可真是黄鼠狼烤火——爪干毛净了！"

胜香邻见司马灰无事，也终于放下心来，她拧开行军水壶，冲洗了司马灰的衣袖，以及"Pith Helmet"上的血迹。

司马灰借机打量这处石台，发现岩柱旁放着件铜质苍绿斑驳的树形器物，每根树枝上，都托举着一个大缶般的铜器。缶身上铸有子母孔，通体饰以蟠螭弦纹。司马灰曾在壁画中见过，知道这是用来在地底照明的铜灯，古称"照幽"，立即起身上前拨开子母孔上的铜盖，将火把伸进去试试能否点燃。

据说春秋战国时代，有种常年不灭的燃料叫"龙髓"，专供为王侯修筑地下陵寝的照幽铜灯使用，比落地为珠的鲛人眼泪还要难得，但其来源与真实成分如今早已不可知晓了。树形铜灯里大概就装有这类龙髓，此时被明火一引，立刻熊熊燃烧，光焰明亮异常，能照到数十步开外。

众人眼前顿时一亮，就见身边那几根岩柱，确实是某种石兽向上托举的爪子，足有六七米高的树形铜灯，只是其掌中之物，侧面被一处直上直下的岩壁遮挡，很难想象这尊巨兽的躯体如何之大。

司马灰站在树形铜灯旁，伸手便可触摸到冰冷的石壁，再凝目观瞧，才看出那是个刻满鬼怪图案的长方形石函，山岳般压在手捧树形铜灯的石兽身上，规模也是大得异乎寻常，而那份使人惊心动魄的沉重背后，则承载着更加巨大的悬念。

第四章　楚　载

那"石函"是利用地层中的沉积岩开凿而成，与其下的神兽合为一体，表面上分布着无数条裂痕，又被枯藤苍苔覆盖，呈现出阴郁的深绿色。众人站在原位，也仅能从固定角度窥探到一个局部，惊异且神秘的感觉油然而生。

二学生把眼镜片上的湿气抹掉，瞪大了眼睛仔细观瞧，怔怔地道："这就是楚幽王的盒子了？"

司马灰同样感到惊奇，那石函显然中空，内部可以容物，但世上哪有这么大的盒子？这又不像是放置尸体的石椁。他忽然想起了先前在洞穴中看过的壁画，那些两千年前留下的古老壁画中，经常出现一种体如鼋龙的异兽，有头无面，在混沌中手捧灯烛，背上压着轮盘形状的器物，形态近似负碑的"赑屃"，可能就与这石函下的异兽完全一样，只是没想到竟有如此巨大。

胜香邻道："古代有'函载'之说，在混沌中爬行的怪物叫'载'，它身上的盒子是'函'。"

罗大舌头等人不解其意："宰什么东西？宰人还是宰牛？"

胜香邻说："是载重卡车的'载'，它只是一个并不存在的怪物，或者说是种神兽，其形状近乎鼋龙，背负天地万物，运行古往今来。以现在的观点来看，'载'代表了古人对时间的理解，一载代表一年。古代崇信鬼神，认为时间只会向前不停地流逝，却不能倒退，是因为有个怪物驮着天地乾坤，在混沌中不停向前爬行，所以过去的时间就永远过去了。"

二学生若有所悟："以前经常听到千年万载之类的话，但司空见惯了，反倒没有仔细想过，原来还有这种典故存在……"

司马灰寻思"载"这种怪物从不存在于世，那只是古人的想象，但其象征了运行万物的未知力量，由它背负的石函上雕满了鬼怪图案，又压在这个通着阴山地脉的洞穴之下，所以一定非常重要，楚幽王的盒子或许也在这里了。

高思扬问司马灰："考古队要找地底的天瓯，与这阴气森森的石函有什么相干？"

司马灰眼下还无法预知石函中有些什么，只能暂且认为这里面隐匿着继续深入地底的途径。他当即让二学生收集龙髓，都装到以前放松油的罐子里，作为火把的补充燃料，随后利用密集的枯藤树根作为掩护，摸到附近的函壁边缘。

司马灰推测洞底的树形铜灯不止一处，但行动范围毕竟有限，也无法全部点燃。众人仅有猎枪、火把、罗盘之类的基本装备，可是在残酷复杂、条件恶劣的地下洞穴中，却比那些容易出现故障的先进器械更为实用。此时又有石壁作为依托，也就不必惧怕水中有飞鱼突然袭来。不过这岩壁下的水面却静得出奇，司马灰跟在队伍末尾，心里正感到有些蹊跷，忽觉身后恶风不善，还不等他反应过来，身后猛然一紧，霎时间双足离地，竟被一股很大的力量拖到了半空。

司马灰知道洞底有许多被困住的掠食生物，不管遇上的究竟是个什么，凭它能将活人攫上半空的力气，这东西的个头儿也小不了。幸好有背包挡了一下，不然真被它拖走了就别想活命了。虽是猝然受制，可司马灰临危不乱，眼见回身不得，翻转手中所持枪支向后射击，也不知有没有命中目标，就觉抓住他背包的东西厉声尖叫，声如龙吟，显是受惊不小。

司马灰未及扳动手柄给霰弹枪上弹，身体便忽地一沉，从高处跌落下来。他急忙双手抱头，两肘夹住膝盖，以防摔断了筋骨。"会摔"和"不会摔"的人，区别就在于此。他落地后就势打个滚，翻身而起，除了皮肉疼痛也没受什么重伤。

由于事发极为突然，其余几人听到枪响才察觉到情况不对。这石函下都是树形铜灯的照明范围，就见有只蜥蜴般的东西在面前倏然掠过。此物半米多长，龙趾鸟喙，翼窄尾长，滑翔之际悄无声息，眨眼间就已没入黑暗。

众人大惊失色，立即将司马灰拽到函壁下。二学生又多点了两根火把以防有变。

司马灰疼得不住咧嘴，看到自己背包上的帆布被撕豁了几条口子，也不禁心有余悸，翻出胶带，在背包上贴了块补丁。

高思扬道："这东西神出鬼没，实在令人难以防备，好像是某种猛禽。"

二学生给高思扬分析道："从技术上说……这东西翼窄尾长，并不能真正飞行，只是借助奔走俯冲之力滑翔而已。它趾爪强劲，应该可以在陡峭垂直的洞壁间攀缘，所以不能称之为飞禽。"

罗大舌头道："我看多半是喜马拉雅雪鹫，听说那东西能把牦牛抓到天上去！"

胜香邻说："这里可是鄂西深山腹地，距离喜马拉雅山有多远？再说地下洞穴里怎么会有栖息在雪线以上的生物？"

司马灰接过一根火把说："二学生讲的还算靠谱。此物半龙半鸟，可能是古翼鸟之类的分支，来去无声是因为其骨骼中空。它常年居于地下，双眼已经退化，因此不惧火光。这附近没有一处安全，随时随地都会有危险和意外出现。咱们还是先找条道路进到石函里再说。"

众人不敢托大，顺着墙根儿向前搜寻，可那石壁上裂痕虽多，却都非常狭窄，能钻进人的地方也全是死路，直摸索到树形铜灯光照不及之处，发觉石壁向内凹陷。

司马灰高举火把观望，就见石函在此出现一个窟窿，外部是隆起的浮雕，看轮廓似乎是张兽面，嘴部就是那大得吓人的洞口，直接穿过了厚重的函壁，但走势并不规则。洞里黑咕隆咚，很是深邃，就像曾有蛟龙一头撞去，岩壁被撞开了一个大窟窿，却没见蛟龙再从里边钻出来。两壁雕有无数似龙似虎的走兽之形，都比常人高出半截，在火光映照下显出神秘的阴影。

司马灰让罗大舌头持枪断后，随即投石问路，看里面静悄悄的，没有什么动静，便当先钻入石函上的洞口，其余几人陆续跟进。函壁间那些古老的痕迹，并没有被漫长的岁月磨灭，却又是历史记载中缺失的一个环节，处处都透着幽暗诡秘之感。冷飕飕的阴风从岩洞深处吹出来，也令人心缩胆寒。

众人不知深浅，进来之后不由得放缓了脚步。司马灰用猎刀剥去墙上的苔痕，见那些石雕除了凶禽猛兽一类的精怪，更多的则是楚幽王祭祀鬼神之举，旁边还刻着些鸟迹古篆。他手中虽有破解夏朝龙印的密码本，但对春秋战国时期的古篆却一字不识，也不耐烦仔细辨认，只是看这洞穴无遮无拦地直通石函内部，不免有些意外。这座负于"鼗"上的大石函，可以说是巫楚秘密的核心所在，其中必定有许多不曾出世的重宝，怎会让人如此轻而易举地进去？莫非这石函里有什么陷阱？

二学生想起楚幽王引活人殉葬之事，提醒众人："这石函里面会不会有机关？万一触到机括，就会有断龙石放下，把大伙儿全给活埋在里头！"

胜香邻说："这里封闭在阴峪海下两千多年，即便有断龙石之类的机关也早该失效了。可是楚人历来相信鬼神之力，据传秦兵南下攻楚，一度大破楚军，楚王也只是在马鬼岭雕刻大量石俑，想将阵亡的将士从阴间召回抵御强秦。所以比起机关埋伏，大伙儿应该多提防别的东西。"

二学生奇道："什么是……别的东西？难道真有千年不散的阴魂？"他倒不怎么怕鬼，毕竟无从证实，只是对司马灰提到的事情感到无比好奇。

古往今来有无数考古学家、地质学家，乃至研究神秘主义的组织，都绞尽脑汁想要探求其中的真相，似乎都无可奈何；一批又一批探险者被那些充满死亡气息的谜团吸引，却始终没人能够触及它的秘密。人类是一种天性好奇的生物，越是难以理解的未知事物，就越想弄个明白。如今这支"考古队"，成员包括两个参加过缅共游击队的亡命徒，一名测绘分队的技术员，一名军医学院的学员，还有他这个林场知青，有机会接近那个永远不可能到达的地方吗？

司马灰见二学生心神不宁，就说："用不着想太多，你只当自己脖子上扛的是个丸子，那就什么都不在乎了。"

这函壁厚得会使人误认为里面没有空间，说着话行到一处，两边各有一根石柱，分别刻有鸟面人身的镇鬼神灵，充满了浓重的巫楚色彩，再往深处则是一片黑漆开阔的空间。

司马灰打手势示意众人停下，他向前举火照视，只见石柱下有几具头戴青铜面罩的古尸，高冠博袍覆满了尘土，说是古尸可能也仅剩残骸了。但怪异的青铜面具上圆目内凹，眼珠鼓突，唇部薄而微张，还留有口缝，使人感觉它们会突然站起身来，揭掉面具，用谁都听不懂的语言，讲述一些生者难以想象的事情。

第五章　天在地中

司马灰看到眼前这几具古尸，似乎全是楚人中的巫者。根据洞中壁画描绘的情形，楚幽王卜问吉凶之际，便会有头戴青铜面具的巫者把自己幻视里出现的情形告诉楚幽王，以此来"洞悉前后、决断行止"。在迷信鬼神的春秋战国时代，巫者不仅跟人熟，跟鬼更熟，只有他们能够同无影无形的神秘力量进行沟通，因此地位极高，往往只言片语就可以左右兴衰。既然这些古尸出现在石函中，楚幽王的盒子肯定也在里面了。

罗大舌头自言自语道："死都死了，还戴着面具装神弄鬼，盯得老子浑身都不自在……"说着上前想摘下面具，可那尸骨早已枯朽，用手一碰立时化为了尘土，青铜面具"当啷"一声掉落在地，这突如其来的动静把他自己吓了一跳，急忙跳起来向后闪躲。

高思扬险些被他撞倒，忍不住说："凭你这副毛手毛脚的样子，哪像参加过考古队的人？"

罗大舌头嘴上从不服软："考古队才多大个庙，能装得下我罗大舌头吗？你也不打听打听……"

司马灰知道罗大舌头接下去又要吹嘘个人经历，倒腾些陈芝麻烂谷子的英雄事迹来讲，于是止住二人说："这石函深处似有冷风涌出，里面一切情况不明，大伙儿多留点儿神，可别让阴魂恶鬼拖了去。"随后就摸索着岩壁向深处走去。

穿过函壁间的洞穴，地势陡然开阔，变得上凹下陷。被凿刻为内弧形的岩层间，雕有许多带状"图言"，头顶上和脚底下都有。所谓图言，即用连贯图形替代文字记事，使之通达幽冥，并不是给活人看的，故此不用古篆。

罗大舌头刚才没说痛快，跟在后边还想寻个借口接茬儿再说，可一看地形古怪，就把先前之事忘在了脑后："哎……我发现楚国人很精通几何啊！这外方内圆的想搞什么名堂？"

司马灰说："从前有天圆地方的概念，这石函外方内圆，可能是天在地中的意思，可天空怎么可能在大地中呢？"

胜香邻道："载上之函大多是圆轮形状，因为地在天中。而外方内圆确属罕见，它应该暗喻地底世界。"

司马灰稍加思索，觉得这种分析十分合理。地壳下存在着"极渊"这样没有边际的空洞，与之相比，曾经进入罗布泊望远镜的考察队渺小如尘。倘若用天一样大来形容它，似乎也不为过。

二学生问道："楚幽王留下这座石函，又有什么具体意义？"

司马灰说："此处净是些壁刻石雕，内容无非是楚幽王想传递给鬼神的信息。不过，咱连蒙带唬也看不懂多少，不如把招子放亮点儿四处找找，可能另有发现。"

众人为了节省电池，同时点燃三支火把就舍不得再用矿灯了，在忽明忽暗的火光下继续往前探寻。石函的每个方向都有洞口，洞内除了雕凿壁刻，还列有数排铜人铜兽，楚幽王的盒子却不在其中。众人且看且走，穿过侧面的函壁，又步入枯藤树根垂布的祭坑底部，脚下有道极宽的石梁，鳞纹大如城砖，竟是转到了"载"的兽首。

那能够背负乾坤的"楚载"，形貌有些接近鼍龙巨龟，但神异色彩更重。两端有头颅，有首无面，多臂多足，一半朝上捧着照幽巨烛，一半往下在地支撑爬行，顶部卧着两尊铜虎，口衔人臂粗细的铜环，锁着一个青铜盒子，体积能装进两个人去。

众人见果然有这个神秘的盒子，不由得心弦紧扣，当即走上前，想揭开来看个究竟。司马灰和罗大舌头刚伸出手去，胜香邻却突然拦住说："盒子里的东西不能看，谁看了谁死。"

罗大舌头奇道："这里面不就是有几根死人骨头吗？它就算是颗地震炸弹，那也不至于看一眼就整炸了。"

胜香邻举起火把照向盒子："你们看这上面的图案……"

司马灰看此处地势虽高，但周围的枯藤间漆黑一片，恐怕会有不测发生，所以始终保持戒备，没来得及仔细端详那铜盒。此时听胜香邻一说，只见盒身铜蚀斑驳，也镂铸着很多图案，其中竟有厉鬼攫人之形。似乎谁敢窥探盒子中的事物，就会立刻被恶鬼带往阴间，不知是诅咒还是恫吓。

众人又发现铜盒上还铸有活剥人皮的图案，显得十分残忍诡异，都不禁暗暗皱眉。

二学生告诉众人，以前在欧洲有种非常古老的邪教仪式，就是用酷刑折磨处女，其残忍程度远不是常人所能想象。在经历了极限恐惧与痛苦的情况下，被行刑者能看到一些唯有死人才会看到的东西，折磨到最后就是在地洞里活剥人皮，把皮剥下来之后那女子还没断气，嘴里会断断续续说出眼中所见之事，只有宗主才有资格附耳去听，听到的内容全都属于机密，绝不会让普通人知道。这倒与"楚幽王问鬼"的方法殊途同归。

高思扬问道："古老的西方邪教酷刑与楚幽王盒子上的巫术有什么关系？"

二学生猜想说："大概都是为了接收来自……深渊的信息。"

司马灰心有所感："人们对诞生方式一直缺乏创造力，但对死亡方式的创造力真是无穷无尽。不过咱们对楚幽王的盒子所知甚少，凡事小心为上。"说罢继续端详铜盒上其余的图案，发现其中记载的内容匪夷所思，真是看在眼中，惊在心里。

众人根据铜盒上的图案加以推测，早在还没有楚国的年代，大约是神农氏架木为巢之际，一伙儿头上戴有角冠的古人为了追赶麋鹿，无意间发现了这个洞穴。洞穴最深处通着一处山脉，山后有个神秘的圆坛状物体，形状就像个大腹坛子。他们从中发现了一具尸骸，但这尸骸全然不似人间之物，使人颇感稀奇，便将其从地底带出。可想要再次下去探寻的时候，那山脉却已经消失不见了，只剩下黑茫茫的无底深渊。

传到春秋战国时期，楚幽王视此物为宝骸，来自阴山之下，常命左右以巫鬼之事占问。直到楚幽王葬女引来冤魂索命，才把装有宝骸的铜盒放入地下镇住阴山。洞底有恶鬼看护，外来者胆敢开启此盒，立时便会被它们拖进深渊，打到阴山背后，万劫不得超生。

司马灰等人深觉莫名其妙，挖出宝骸的地方显然就是天匦，但深渊里的山脉怎么会突然消失了？如果铜盒里的宝骸不是人类，又会是什么生物所留？阴峪海原始森林里史前生物化石很多，倘若它属于某种动物的骨骼化石，除非是极其罕见特殊，举世再也找不出第二个了，否则古人不可能将其如此看重。另外，开启楚幽王的盒子之后真会有恶鬼出现吗？众人对这些谜团无从猜测，却又仅能猜测。

铜盒上铸造的图案神乎其神，具有浓重的巫楚色彩，虚虚实实让人难以琢磨。众人心里的疑问越多，就越急着想要知道这具古人从地底找到的遗骸到底属于哪种生物，它究竟有着怎样奇异的身份。如今虽然到了决局之时，但对楚幽王留下的诅咒也不能视而不见，毕竟谁都没有前后眼，预测不到打开盒子之后的情形。

高思扬是个坚定的唯物主义战士，率性果敢，又是学医，所以对鬼神诅咒之说并不以为然："要照你们说的，这盒子附近就有鬼了，可此处静得出奇，哪有什么异常？"

胜香邻也不相信神怪，但跟司马灰从罗布泊望远镜一路走到现在，见了太多诡异莫测之事，加上她行事谨慎，言必有据，便认真地说："铜盒上的图案是有人看到遗骸后，才会被恶鬼拖走，我感觉这地方有些邪门儿，凡事不可不防。"

高思扬大咧咧地说:"别信楚幽王那套鬼话,把这盒子打开看看不就全清楚了吗?"

二学生点头说:"盒子上恶鬼吃人的图案不可能是天气预报,未必真会应验。我觉得那是一种对于命运的深沉遐思,也可以说是古代人蒙昧无知的想法。"

司马灰虽然早将生死置之度外,但绝不等于活腻了要赶着去找死。他知道大意不得,先观察了一下地形,看楚载兽首附近一片漆黑,距离洞底的积水有十几米高,食人飞鱼很难接近此处,周围枯藤倒垂、沉寂无声,就决定让其余几人退到铜兽后面加以掩护,由他独自开启楚幽王的盒子,万一有不测发生,也不至于全军覆没。

胜香邻心生不祥之感。她是个外冷内热的人,这些日子跟司马灰朝夕相处,见识了他的本事,了解了他的为人,又数度被他救过性命,心里早有了依赖。她知道这伙儿人里唯独不能缺了司马灰,便低声对他说:"还是由我来打开铜盒好了,我死总好过你死。"

罗大舌头插言道:"香邻你这是什么话,这堵枪眼、滚地雷的事有我罗大舌头在怎么也轮不到你啊!不过我万一要是光荣了,可不想跟宋地球一样把骨灰撒在这不见天日的地洞里。你们尽量把我的骨灰带回去埋了,可别让我做了背阴山下的孤魂野鬼。咱老家那边特别讲究这些事……"

高思扬看几人争来抢去,心中暗觉好笑,不相信看了盒子中的遗骸就会当场死亡,又听罗大舌头啰唆起来没完,搞得像是交代后事一般,有些不耐烦,就想直接上前撬开铜盒。

司马灰拦住众人说:"谁都别争了,咱还是按原计划行事,老子活了二十来年,签子活儿武差事没少做,到如今汗毛也不曾短了一根,想来是八字够硬,就不信今天还能让恶鬼吃了。待会儿如有凶险,凭我的手段也自可脱身。"当下不容分说,挥手让其余几人躲在一旁,然后将火把插在铜虎口中,摸索寻找盒身缝隙。

众人只得向后退开,看到兽首两侧的怪手托着树形巨烛,各有石梁相连，就分别用火把引燃，顿时将周围照如白昼，随即伏在铜灯旁持枪掩护。

这时，司马灰已摸清了铜盒的结构，其外部氧化严重，铜性已消，凭猎刀就能撬开盒盖。他寻思：楚幽王盒子里的遗骸来历不明，据说地脉岩层间会存在天然放射性元素，深渊里也或许有某些不为人知的细菌，这些东西都足以致人死命。于是，他将枪支倒背在身后，摸出"鲨鱼鳃式防化呼吸器"套在脸上，又戴了手套，这才用猎刀撬动铜盖。

谁知那铜盒里面又有个玉盒，上面饰有描金彩绘，但封存了两千多年，骤然接触外部空气，还不等司马灰看清那些图案，就已倏然暗淡，迅速消失在了眼前。司马灰又以猎刀剔去盒缝间的蜡质，轻轻将玉盒揭了道窄窄的缝隙，心弦紧扣，屏息凝神向内窥探。只见盒中果然卧着一具遗骸，可随着盒盖向上揭开，遗骸竟突然睁开了二目。

第六章 遗 骸

司马灰在照幽铜灯之下揭开盒子，只往里面瞧了一眼，就知道那具遗骸绝对不是人骨，看轮廓就不像。可还没等他看清楚，却见骷髅头漆黑深陷的眼窝子里，突然射出两道寒光。司马灰心中一惊，赶紧把玉盒用力扣上。这铜函玉匣虽不是棺椁，但铜蚀斑驳，从来没有开启过的痕迹，盒中的遗骸至少被封存了两千年，怎么可能还有生命迹象？

众人此前发现的壁画中，虽描绘了楚幽王盒子里的遗骸，但春秋战国时代的绘画神异色彩浓重，很少运用写实技法，无法让人参透其中奥秘。另外，铜盒表面铸刻的图案，也记载着盒中遗骸的来历，那些早已湮灭在古老岁月中的历史，还有预言般必死的诅咒，更使遗骸的身份显得扑朔迷离。其余几人见司马灰如触蛇蝎，刚揭开盒子却又重新盖上，也不知他刚才那一瞬间看到了什么，皆是惴惴不安，忍不住想要上前看个究竟。

司马灰摆手示意众人不要妄动，随后附在盒身上倾听了一阵儿，也没发觉有任何声响。他虽是胆大包天，行事却不鲁莽，眼下诸事未明，岂敢掉以轻心，当即深吸了一口气，轻舒双臂再次揭开盒盖。这回有了心理准备，借着铜灯的光芒打量盒中之物。不过，他眼前看得清楚，心头却似被重重迷雾遮蔽。因为楚幽王盒子里的东西，实在是太过出人意料了。

那盒中遗骸身长两米有余，形貌似人非人，四肢具备，但它既不是人骨，也不属于任何一种有生之物。遗骸的头颅到足骨皆是黄金，内脏则是玛瑙、琥珀、水晶等物。骷髅颅前有一纵目深陷，两个眼窝中放有两颗黑色玉珠，此乃煤精所化之玉，类似于古时"悬黎"、"氒尘"一类，被照幽铜灯映得寒光四射。整具遗骸都像是天然生就，看不出任何雕琢过的痕迹。秦汉之时的阿房宫、未央宫枉称纳尽天下奇珍，恐怕也凑不出如此一具"尸骸"，可谓无价之宝。

司马灰心有所悟，大概是古人从地底山脉中找到了这些黄金水晶。那时候的人们还不懂自然界有鬼斧神工之力，留传到春秋战国时代，就被楚幽王视为宝骸，秘藏在宫中对其行巫问鬼，推测祸福休咎。可当时楚国衰亡在即，楚幽王以为得罪了凶神恶煞，就想以此物镇住阴山。这足以说明阴峪海下还有着更深的洞穴，那地方就是楚人传说中锁着无数恶鬼的背阴山。这"黄金水晶遗骸"或许就是从那里带回来的。可是根据铜盒上的记载，阴山里并没有金脉存在，那遗骸是古人发现于形如大腹坛子的天匦之中，天匦究竟为何物？它是从哪里来的？深渊里的山脉又为何时隐时现？

各种疑问纷至沓来，值得庆幸的是线索还没有中断。脑子里稍一走神，就忘了"接触到遗骸立刻会死"的谜咒，幸而自始至终也没有什么异常状况出现。司马灰估计那只是对付土贼的恫吓震慑而已，悬着的心也就放下了一半，便将盒盖完全揭开。正要招呼罗大舌头等人过来观看，忽觉身后阴风骤起，有只冷冰冰的手搭在了肩头，他顿觉恶寒袭身，止不住毛发竖立、遍体战栗。

司马灰察觉到情况不妙，似乎有个阴魂出现在了身后，心里明白只要一回头命就没了，忙把两手撑着盒壁，提气从黄金水晶遗骸上纵身跃过，落地就势向前翻滚，在电光石火之间，已蹿到十余米开外。随即他端枪向后瞄准，只见枪口所指处无声无息地站着个人，那人头上戴着装有矿灯的"Pith Helmet"，脸上罩了副"鲨鱼鳃式防化呼吸器"，竟和司马灰自身的装束一模一样。

司马灰见那人就如倒影一般，从头到脚都跟自己毫无区别，肯定不是另外的潜伏者。毕竟司马灰身上的装备属于东拼西凑的"万国牌"，如果不是进入过罗布泊望远镜和神农架阴峪海原始森林，那苏联制造的"鲨鱼鳃式防化呼吸器"、法国人的"Pith Helmet"软木盔，还有塔宁夫探险队留下的"温彻斯特1887型杠杆式连发枪"，如何得以集中使用？先后参加过这两次行动的人只有三个，那专供地下作业及夜间狩猎使用的"6V6W 氙气矿灯"虽是常见，可为了防止灯头在行动中受到碰撞，己方三人的矿灯前端事先都拿铁丝箍了，这个特征却是模仿不来的。所以，即使是脸上戴着防化呼吸器，司马灰对于其余两人的身形特征也能一眼认出，但对面出现的人显然不是罗大舌头或胜香邻，那除了他自己还会是谁呢？

司马灰当然知道自己不可能遇到自己，除非是镜花水月之类的光学作用，但那虚影却不与实体左右相反，刚才身后那阵冰冷阴森的触感也非凭空而来，倒似三魂七魄之一被拽离了躯壳。司马灰平生屡逢奇险，自问还没遇上过如此怪异的情形，不免首先想到"打开铜盒会有恶鬼出现"的诅咒。

所谓的恶鬼也就是厉鬼了，据说人死为鬼，死逢阴年阴月阴时即成厉鬼，厉鬼久炼成形，能够托化为人，想变成什么样就是什么样了。司马灰对这种说法并不深信，因为他是金点真传，那金不换秘诀是相物古术的根本，世间无物不辨，但其中有句话讲得好："鬼神无凭，唯人是依；一犬吠形，百犬吠声；众口铄金，曾参杀人；明贤智士，亦所疑惑。"这是说幽冥之事都属虚无，谁也无法确定是否有鬼，那些"神迹"和"鬼事"大都是人们臆想出来的。不过也不能就此确定它没有，因为阴魂并非实体，不能以实论虚，所以很难用相物之术加以辨识。如今这情形太过诡异，司马灰不知对面那身影究竟是恶鬼所化，还是自己的魂魄已被拽离了躯壳，一时间又惊又疑，真跟掉了魂似的。

这么眨眼的工夫，两旁的照幽铜灯紧跟着暗了下来，对面那个脸上罩着"鲨鱼鳃式防化呼吸器"的身影，就像一团烟雾四散开来，被抻长扭曲，逐渐消失在了黑暗深处。

与此同时，另外几人都察觉到不对，立刻上前接应，但视线被司马灰挡住了，没看到铜盒旁边发生的诡异现象。

司马灰实不知该如何解释，但他也明白刚才要不是自己逃得快，此刻早已横尸就地了。只觉那阵阴风所过，灯烛旋即熄灭，吹得人肌肤起栗。眼看黑暗即将吞没楚幽王的盒子，他急忙摘掉防化呼吸器，正想让胜香邻等人迅速后撤，谁知这时高处的枯藤一阵晃动，从藤上爬下一个人来，如飞一般直扑到铜盒旁边，那人虎背熊腰，脸似苍猿，身上散发着一股强烈的腐尸气味，正是那采药的"老蛇"。

司马灰所料不错，土贼老蛇生来异禀，又常年在密林中哨鹿采药，千年灵芝与成了形的何首乌也不知吞过多少，还跟他那挖坟抠宝的师父练过僵尸功，擅使龟息闭气之术。当年在林场每天的一举一动都被人监视，他就是通过挺尸装死，被埋进土里之后徒手抠洞逃脱，遁入深山老林藏匿，渴饮山泉、饥餐野果。好不容易等到机会潜入大神农架通信所挖掘地道，妄想找到塔宁夫探险队遗留的物资和地图，从而探寻阴峪海下的楚国古物，谁知半道杀出个程咬金，反被司马灰等人抢了先机，坏了他暗中筹划的大事。

老蛇自知凭借拳勇难敌快枪，所以此前掉下山隙之后，就先找地方躲了起来，他估计过不了几天，通信组这伙人便会被活活困死在山里。而自己三五天不沾水米也不打紧，实在饿了还可以割那民兵尸体的肉吃，耗也能把那几个人耗死了。怎知司马灰等人竟按照地图深入阴峪海地下，找到了古楚人镇鬼的祭祀坑，看这些人的动向，倒似有备而来，要找什么东西。

老蛇以为司马灰等人也是伙儿寻宝的土贼，就悄悄跟随而来，一路上衔恨已久，只是始终找不到机会下手，又唯恐身上气味暴露行迹，也不敢跟得太近。直到司马灰揭开了楚幽王的盒子，现出里面那具罕见的黄金水晶遗骸，老蛇躲避在树藤间看得眼内动火，又看"楚载"下有阵阴风卷着愁云惨雾涌了上来，其中似有鬼物出没，眼瞅着那铜盒就要没入漆黑，说不定会被阴魂恶鬼就此带走。他贪图重宝，竟舍身下来抢夺遗骸。

司马灰等人虽预计到老蛇手段诡秘，远非常人所及，在没把这土贼锉骨扬灰之前，绝不能认定他就此了账，因此无时不在提防。但此刻的注意力都被铜盒吸引，没想到老蛇会突然出现。司马灰知道这老蛇很不简单，这次进山如果没有塔宁夫探险队的地图，还不知会有多少周折险阻，对方偏赶这个时候出现在通信所，这一切仅仅是巧合吗？司马灰隐隐感觉到这一系列的事件有些蹊跷，不免想起在缅甸野人山裂谷里听到的那句至理名言："对逻辑研究的越深，就越是应当珍惜巧合。"

猎户使用的土铳虽然原始落后，杀伤力和射程都比不得1887型连发枪，但抵近射击也足以将狍子放倒。练过僵尸功的土贼终究还是血肉之躯，为什么此人被土铳击中后仍然行动如初？另外对方的意图，难道真像他自己说的那么简单，只是在穷途末路之际，打算找件大货逃往境外？这个土贼身上好像也有许多秘密，他会不会与"绿色坟墓"有关？

当然，这些念头都是司马灰先前所想，由于找不到什么头绪，所以没对任何人讲过。眼下对方在此出现，他也顾不得再去思索，当即举枪射击。但老蛇身法奇快，早已蹿至铜盒旁的射击死角，伸手拽动遗骸。这时，照幽铜灯上的灯烛又让阴风吹灭了两盏，那土贼的身影转瞬间就被一团黑气罩住，再也看不到了。

第七章 狐 疑

司马灰见"楚载"下涌出的黑气已遮住了铜盒，老蛇连同那具遗骸都被吞没，铜盒与函壁之间的巨烛熄灭了一半，不知那阵阴风中出没的东西究竟为何物，只好招呼从后赶来的其余几人立刻退后。

高思扬看到老蛇出现，报仇心切不退反进，可眼前灯烛无光、漆黑一团，只听里面有人喉咙中咯咯作响，当即将枪抵在肩头，对准声音传来的方向扣下了扳机。可就在枪响的同时，一阵阴风忽然卷至，令高思扬毛骨悚然，那感觉就像有恶鬼站在对面吹出一道寒气。她发现情况不对，慌忙转身后撤，没想到二学生急于帮忙，从后跟得太近，两人撞在一处绊倒在地。

此时，楚载兽首附近越来越黑，司马灰和胜香邻已看不见同伴所在，只有罗大舌头察觉到有人在身旁摔倒，他仗着一时血涌，忙把猎熊枪往后背起，伸出胳膊一手揪起一个。那两人身上都有背囊和枪支，分量何等沉重，匆忙中也顾不上解掉装备。罗大舌头发现自己那盏"防爆矿灯"短路似的闪了几闪就灭掉了，眼前黑漆漆的看不到任何光亮，心说要糟。凭着在缅甸丛林翻山越岭的本事，他只要向前一纵就能脱身，可生死关头的一瞬间，脑海里浮现出惨死在野人山和罗布泊荒漠里那些同伴的面孔，不想扔下另外两人独自逃生，当即浑身筋突，使出蛮牛般的力气，虎吼声中晃动双膀，分别将那两人向前掷出。随后，他撒开两条腿也想往外逃跑，忽觉背上有股恶寒袭来，惊得真魂冒出，下意识地转头去看身后情形，可后面却黑茫茫的什么也没有……

这时，司马灰发现有同伴掉队，正想设法救应，却见高思扬和二学生两个人从半空中落到了跟前，膝盖和手肘都擦破了，摔得着实不轻。

司马灰听到声音，知道是罗大舌头还没脱身。楚载兽首的石梁已有大半陷入黑暗，他心急如焚，立刻就要过去寻找罗大舌头。谁知身前突然蹿出一人，竟是那拖着遗骸的老蛇。司马灰分明见到老蛇处在罗大舌头身后，怎么这土贼先从一片漆黑的铜盒旁逃了出来，却没被阴魂恶鬼拖去，他到底是死人还是活人？

双方均是一怔，几乎是同时意识到狭路相逢，不是你死便是我亡，绝不容手下留情，因此分外眼红。司马灰想以霰弹枪迎头射击，怎知他身手虽快，对方动得更快，忽觉右臂一阵酸麻，顿时疼彻心头，原来手腕上的"寸关尺脉门"已被那土贼扣住。

大神农架山区的猎户，自古以来多习拳勇。老蛇更是怪力无穷，擅长模仿虎、蛇、熊、猿、鸟等野兽扑击的"五禽操"，能够徒手格毙虎豹。此刻他一手捏住对方脉门，另一只手却舍不得放下那具遗骸，只想再加些力气捏碎了司马灰的腕骨，然后将其拽倒在地，一脚踹碎胸腔。

司马灰却是身经百战、临危不乱，发觉自己脉门被死死扣住，便顺势翻身卸力，同时反托对方手肘，脚下连环腿向前踢出。老蛇没料到司马灰应变如此迅捷，心窝子接连被踢中两脚，被迫撒手后撤。司马灰则疼得抽了一口冷气，除了手腕子，两脚趾骨也都差点儿断了，这才知道那土贼身上穿着皮甲，还挂有护心铜镜，不知是从哪个坟包子里抠出来的古董，难怪被上铳打中后浑然无事。

二人都没能将对方置于死地，不过司马灰骨头都快被老蛇捏断了，显然是落了下风。但至此也终于确认老蛇虽有龟息蛇眼之法，终究还是血肉之躯。可如果接近楚幽王盒子里的遗骸，就会引来阴魂索命，这土贼为什么会平安无事，此前险些将自己魂魄揪走的东西是什么？

从司马灰揭开铜盒，看到里面那具神秘的遗骸，再到发觉背后有鬼，急忙逃离铜盒，又有阴风吹灭照幽巨烛，铜盒旁显出妖异，直至遭遇老蛇，互以性命相搏，这些变故都是接连不断地发生，整个过程十分短暂，他完全没有时间多想。眼看与这土贼拉开了距离，枪支还在自己手中，司马灰就打算先将此人毙在枪下，解决掉心腹大患，可右臂腕骨疼痛欲裂，半分力气也使不出来，根本无法扣动扳机。

老蛇对着黑洞洞的枪口也难免有几分忌惮，当即夹起铜盒中的遗骸，退到石梁边缘反身攀壁而下，迂回逃进了楚载上的洞穴。

司马灰看着对方从眼皮子底下逃掉，却也无可奈何。他一瞥眼看见其余三人正合力拖动绳索，拖死狗似的将罗大舌头拽了回来。看情形应该是罗大舌头遇险时甩出了挂在身边的壁虎钩子，胜香邻等人忙于接应，也没顾得上阻截老蛇。司马灰上前协助，使出吃奶的力气才把罗大舌头拽到身边，却见其脸色煞白，双目紧闭，身体僵硬，从头到脚一动不动，也不知道是死是活。

这时，照幽上的最后两盏铜灯也即将被阴风吹灭，四下里都黑得跟抹了锅底灰一般。众人惊惧莫名，只好抬起罗大舌头，向后退进了函壁上的洞内，并推倒石俑挡住了洞口。但楚载上的洞穴通往各个方向，堵住一个洞口根本没什么意义，如果真有阴魂从后跟来，即便石壁坚厚，恐怕也起不到什么作用。可事到如今，唯有尽己所能，然后听天由命罢了。

众人看罗大舌头始终没有动静，不祥之感油然而生，一摸他心口冰冷，气息已绝，原来早就死去多时了，现在只剩下一具没有生命的躯壳。谁都没想到死亡会来得这么突然，不禁怔在当场默然无声，周围的空气都仿佛凝固住了。也许你越是清楚死亡的可怕，就越不知道它什么时候降临。不过司马灰却有种很怪的感觉，不知道出于什么缘故，他觉得眼前这具尸体根本就不是罗大舌头，或者说这并不是一具死尸，而是打开楚幽王铜盒后才出现的某种东西。

司马灰耳听四周寂然无声，就把自己揭开铜盒后出现的种种情形，跟其余三人说了一遍。他相信"一个人绝不可能在真实中遇到另一个自己",但这种诡异的现象确实发生了,因此面前这具尸体未必就是真正的罗大舌头。

高思扬和二学生均是摇头不信,劝司马灰接受事实,人死如灯灭,胡思乱想也于事无补。

胜香邻听司马灰描述了先前所遇,认为铜盒旁出现的人影并非实体,而是某种残像,就像雾一样,所以才会迅速消失。若不是司马灰逃得快,如今也得变成一具冰冷的尸体了。

这道理司马灰何尝不懂,只是心里还抱有万分之一的侥幸。他想起宋地球、玉飞燕、阿脆、穆营长、通信班长刘江河、Karaweik 等人,都是在探寻"绿色坟墓"之谜的过程中逐个死亡,凡是与这些秘密扯上关系的人,似乎全都受到了命运的诅咒,谁先谁后死只是迟早而已。而死亡又是不能预测的,众人既然没有选择逃避命运,就对死亡有足够的思想准备。可罗大舌头仍是死得过于突然,身上也没有明显的外伤,临死的一瞬间究竟遇到了什么?想到这些,往昔的时光全都涌上心来,司马灰暗道:罗大舌头,没想到那么多次枪林弹雨、天塌地陷的劫数你都躲过来了,结果不明不白地死在了神农架。招呼也不同老子打一个就匆匆忙忙地走了,未免太没义气。你如英灵不泯,就到九泉之下等着,我过几天也就来了……

这时,深处的铜兽附近突然发出一阵轻响。司马灰闻到一股腐尸的气味,知道是先前逃进函洞的老蛇未曾远遁,忙把矿灯照过去。他果然看见老蛇抱着遗骸缓步逼近,离着十步开外便停住不动,躲在铜兽身后,只露出布满血丝的双眼凝视着众人。

高思扬恨极了老蛇,手中的枪支立即瞄准,只等对方稍一露头就开枪射击。司马灰也知此人极难对付,如今他自己暴露在射程之内,便应该立刻除掉,以免留下后顾之忧,于是收摄心神,持枪待敌。

老蛇见状"嘿"了一声,用嘶哑的嗓音问道:"不知打头的这位……

191

怎么称呼？"他认定司马灰等人跟自己一样都是进山抠宝的土贼，按道上的规矩，即便是土贼，也不能问另一个土贼尊姓大名，一问对方就该起疑心了："你要拿我怎么着？"所以得问怎么称呼，一般报个字号就算通了姓名。

司马灰心中满是杀机，虽对此人的来历疑惑很多，现在却没心思多问，所以并未回应。

老蛇又说："你们可别逼人太甚，起初要不是那民兵伢子先开枪打我，我也不会下手弄死他。我如今末路穷途，就是想出来问你一句，你为什么要骗我来找这具遗骸？"

司马灰等人闻言都感到脑袋有些大了，实不知这话从何说起。对方不就是妄图从阴峪海下抠件大货，从而潜逃境外吗？虽然也曾隐隐感到有些蹊跷，因为老蛇在通信所挖掘地洞的时间很是古怪，巧合得让人感到不安。塔宁夫探险队遇害至今，已埋骨在深山数十年之久，为什么老蛇早不来晚不来，偏要赶在这几天下手？结果不但没有成功，探险队留下的地图和武器反倒成全了司马灰这伙人。

司马灰虽然看不透这些事件背后的真相，可事先也绝对没有让老蛇到这祭祀洞里寻找遗骸。他以前甚至不知道阴峪海下还有个楚幽王的盒子。不过，那土贼更不可能凭空冒出这么句话，此言看似波澜不惊，可仔细往深处想想，就会感受到其中包含着一个不可破解的巨大悬疑。

第八章　暗　号

如果事情有可能变得更糟，那就一定会变得更糟，只不过暂时还没有发生而已。司马灰对这冷酷的墨菲定律感到十分怵头，担心不祥的预感会变成现实。可整个事件云山雾罩，一时半会儿他也想不清楚自己究竟在怕些什么。

高思扬低声对司马灰说："别上当，这土贼一定是在拖延时间，怎么可能是你让他到阴峪海下来找遗骸？"

司马灰对高思扬使了个眼色，示意她沉住气先别声张，且听老蛇接下来是怎么说的，毕竟事关重大，不论对方所言是虚是实，都得听到底了。

老蛇耳音敏锐，能够闻风辨形，他听到高思扬的话，也明白众人不做回应的用意，便道出整件事情的经过。

原来老蛇本家姓佘，山民讹传为蛇。大山里的猎户有姓无名，又因爹娘早亡，因此从来没个大号。后来跟个采药的师父哨鹿采药，也常做些损阴德的勾当，师父习惯将他呼为"蛇山子"。在师父快咽气的时候，老蛇终于知道师父早年间加入过地下组织，还接受过密电训练，是个潜伏在神农架山区的特务，这个组织很早就有了，首脑被称为"绿色坟墓"。

老蛇的师父临终前，除了说出塔宁夫探险队的情况，还告诉他另一件大事：组织要寻找进入地心深渊的通道。至于原因，只有首脑才清楚。这条通道究竟在哪儿，始终没人知道，甚至没个具体目标。对地底的探测谈何容易，所以，除了该组织独立的探索行动，凡是得知有可能存在深入地底洞穴的区域，附近必定有"绿色坟墓"的成员暗中监视。大神农架阴峪海原始森林下的洞窟即是其中之一。传说楚幽王曾在此埋宝镇鬼，最深处有阴山地脉，也不知是真是假。当年有支装备精良的塔宁夫探险队，意图进山寻找那些失落的秘宝，结果被老蛇的师父混进队伍冒充向导，全给害死在了神农顶。但这件事并未引起首脑的重视，因为已知的最深洞窟是在罗布泊荒漠。

师父把密电本交代给老蛇，嘱咐他顶替自己继续等候命令，说到这儿一口气转不过来，就此呜呼哀哉，魂归那世去了。

老蛇这才知道师父以前传授给自己的暗语代号，还有密电联络方法，都是为了用于跟境外的地下组织通信。但他心里很是不以为然，也想不明白师父何以对首脑如此死心塌地地效忠。要知道胳膊拧不过大腿，如今已经解放这么多年了，就算还有几个没被揪出来逮捕的特务，又能成得了多大气候？如今那地下组织是否还存在都不好说了，师父大概让鬼迷了心窍，一辈子窝在深山老林里，从没见他受用过什么，想那光阴瞬息，岁月如流，这是何苦来着？

老蛇暗中思量：如今世道变了，再也不会有以前那般无法无天的年月了。山外的肃反、镇反运动一次接着一次，我师徒二人没少做过谋财害命、挖坟抠宝的事情，何况师父又是地下组织的特务，随便哪一件被人知道了捅出去，都免不了得吃颗枪子，还是夹起尾巴做人为妙。

于是，老蛇就到林场子里找了个活儿干，有时候仍去山里猎鹿采药，直到遇上毒菌毁了容貌，自己剥了自己的脸皮，走到哪儿都被人视为怪物。他心胸狭窄，听到谁议论自己就想方设法除掉对方性命，然后毁尸灭迹。山里失踪的人越来越多，引起了公安部门的重视，他知道自己这事遮不住，早晚得被人揪出来处以极刑。绝望之余，他就打算试试师父死前留下的联络暗号，如果找机会潜逃出去，或许还能得到组织接应。

老蛇计较已定，却始终没有得到组织的任何回应，还以为这个地下组织早就土崩瓦解不复存在了。谁知收听敌台的时候又被人撞见，引起了林场子里的怀疑，走投无路只好挺尸装死，以此打消了地方上对他的怀疑。摆脱监视后，他像野人一般躲在山里，从此再也不敢露面。可他仍不死心，不时潜入瞭望塔通信所，使用里面的短波电台发报，试图与组织取得联系。直到1974年秋季，终于收到了来自首脑的直接指令——找到塔宁夫探险队留下的地图。

通信组的两名成员也就罢了，司马灰同胜香邻却听得面面相觑，均是作声不得。看来此事果然与"绿色坟墓"有关。这土贼所言涉及许多隐秘细节，不可能是凭空捏造，但如果这些话属实，又会得出一个什么样的结论？

按老蛇所说的时间推算，司马灰是从夏季"浮屠"风团入侵缅甸之时，加入探险队到野人山裂谷搜寻蚊式特种运输机，然后越境回国被关押在砖瓦场，再跟宋地球深入距离地表万米的极渊沙海，如今又到神农架原始森林。这时候已经时值深秋，而老蛇显然是在考古队的幸存者逃离罗布泊望远镜之后，才知道进入地底深渊的通道就在大神农架阴峪海之下。难道"绿色坟墓"根本没有在黄金蜘蛛城里接收到幽灵电波？那会是谁泄露了这个至关重要的情报？

司马灰等人是在极渊尽头找到了破解夏朝龙印的笔记，这才得以知晓禹王鼎山海图上的秘密，推测阴峪海下存在一个被称为"天瓯"的物体，即是通往地心深渊的大门，其余的一切仍然是谜。可从罗布泊望远镜里活着走出来的只有三个人而已。司马灰寻思：在进入神农架之前，除了提供经费的刘坏水多少了解一些，再没有第五个人知道详情。倘若是刘坏水通敌，自己这伙人早在火车上就没命了，所以这种可能性应该被排除掉。以我相物阅人之能，虽不敢说到了"瓦砾丛中辨金石、衣冠队里别鱼龙"的地步，但身边的人若有异常，我也绝不可能毫无察觉。那土贼又为何说是我让他来寻找遗骸，我自己做过什么，难道自己还不清楚吗？在揭开楚幽王的铜盒之前，我就连那里面到底有什么东西都不

195

确定……

自从司马灰第一次遇到"绿色坟墓"以来,经历了无数匪夷所思的变故,感觉自己身边的谜团越来越多,就像被浓雾遮住了视线,看不到一丝光明。此刻他一面听着老蛇继续往下述说,一面脑子里飞速旋转,分辨着隐匿在这些事件之后的模糊线索。

老蛇说他接到了首脑的指令,以为只要听命行事,就能得到潜逃出境的机会,于是在林场里偷着放了把火,吸引了民兵的注意力,使整个山区为之一空。随即摸入瞭望塔通信所弄死了护林员,循着方位从地窖里往深处挖掘,没想到这时候司马灰等人突然出现。当时老蛇认为这伙人的身份,应该是前来修复无线电联络的通信小组,眼看自己的所作所为要被发现了,只好设法阻挠,又被通信组抢先找到了塔宁夫探险队遇难的地点。

最开始的时候,老蛇还有些做贼心虚,通信组来的人有五六个之多,他能看出其中至少有两人身手了得,若非出其不意,想同时弄死这几个人可不容易,因此没有贸然动手。结果是一步不着,步步不着,不仅失去了先机,还眼睁睁看着地图、枪支落于人手。更没想到通信组拿了地图,就直接前往阴峪海下的洞穴,他至此恍然醒悟,原来这伙人也是土贼,这可真是贼吃贼——越吃越肥了。他只得凭着在深山里哨鹿采药的丰富经验,在后面一路跟踪而来。

老蛇毕竟是有眼的土贼,看到楚幽王的铜盒里,竟装着一具来历神秘莫测的遗骸,此物宝气蚀天、举世罕见,心中立时生出一股子贪婪的念头,再也按捺不住。这时突然卷起一阵阴风,有道黑气从洞底涌出,铜盒附近的灯烛顷刻熄灭,司马灰不得不匆匆退开。老蛇见时机到来,当即上前抢夺遗骸,不过他也察觉到有个什么东西正从身后逼近。挖坟抠宝的土贼从来不信鬼神,但那种毛骨悚然的感觉前所未有,一片漆黑中似乎有无数只大手将他抓住。老蛇虽是杀人如麻、心狠手辣,至此也不由得心里发慌,寻思好死不如赖活着,总不能为了这具遗骸把命搭上。

他仗着擅长闭气行尸之法,当即就想纵身逃脱,这时却听身前有个人低声说话,内容十分简短,是让老蛇将遗骸带到函洞里去,并且说出了一个暗号。

当年老蛇从他那个死掉的土贼师父口中,得到过密电本和联络暗号。"绿色坟墓"控制下的组织结构像是一把雨伞,每人各有一个房间编号。暗号虽然极为简单,但内容只有首脑和该成员自己清楚,完全使用单线联络,由首脑直接下达指令,成员与成员之间无法相互接触。此时说出暗号的人除了首脑之外,还能有谁?老蛇万没想到首脑就在附近,他不敢违逆,急忙拽上遗骸跟着那人向前逃窜,结果迎头撞到了司马灰的枪口上,见对方想要举枪射杀自己,不免愤恨交集,杀心陡起。

司马灰越听越奇,后面的事他就清楚了,双方都未能将对方置于死地,最后又在函洞中相遇,但对这土贼说出暗号的人是谁?

第九章　箱中女仙

按照老蛇口中的说法，先前的情形是照幽灯烛飘忽欲灭，洞底有阵阴风裹着一道黑气涌出，铜盒周围转瞬间就变得伸手不见五指，在函洞前的灯烛却仍然亮着。老蛇在黑暗中遇到了一个说出暗号的人，只得舍命抢出遗骸，可从一团漆黑的地方逃到光亮处，当时距离他最近的人就是司马灰，此外绝不会有其余的人存在。老蛇以为自己一直被组织利用，然后又要被除掉灭口，不禁恼羞成怒。但他察觉打开楚幽王的铜盒之后，一定出现了什么要命的东西，当即忍了口气，先行逃到函洞里避祸。他说到此处，便沉默不语，只伏在兽俑后边紧紧盯着司马灰，似是在等待回应。漆黑的楚载洞室内顿时陷入了寂静。

司马灰寻思前后经过，如果老蛇所言不假，在铜盒附近发出暗号的人应该是"绿色坟墓"。因为这种诡异的情形他在黄金蜘蛛城也遇到过，只是没想到由缅甸丛林到神农架洞穴，竟从未摆脱掉这个幽灵。不过，楚幽王铜盒里的遗骸，其实就是一些地脉深处蕴藏的黄金水晶，"绿色坟墓"为什么会指引土贼把遗骸带到这里？铜盒上的诅咒表明凡是窥探遗骸之人都会立刻死亡，揭开铜盒后也的确像有阴魂出现，罗大舌头就因此猝然而死。可为什么函洞里静得出奇，莫非这楚载真能镇鬼？

自从打开铜盒之后，各种怪事便接二连三地出现。司马灰找不到任何头绪，恰似置身于重重迷雾之中。眼下唯一能够确定的就是大致方向没错：古人从地底发掘出遗骸的神秘物体，必然是接触谜底的大门。如今只有设法夺回遗骸，再从楚载函洞中脱身，继而寻找进入阴山地脉的途径。但前提是得先解决掉这个犹如行尸的土贼。司马灰心知此人手段高强，此时大敌当前，他不敢稍有放松，也盯住了对方的身形。

二学生看出局势将变，唯恐众人在黑暗中行动不便，急忙点了根火把，将洞室内的铜灯引燃。

老蛇虽然身怀异术，却毕竟是个一辈子没离开过深山老林的采药人，眼光见识甚为短浅，认定发出暗号之人就是司马灰，又见对方始终一声不响，更以为是默认了，不免恨得咬牙切齿。他心知此番在劫难逃，可就算所有人都得困死在地下，也得亲手掐死这几个才闭得上眼，于是暗运气息，只听他头颈、胸腰、肩臂、肘弯、腿膝、足踝之间，陆续发出"噼噼啪啪"的轻微响声，一股尸气自上到下行遍了全身。

司马灰等人知道一场殊死搏斗迫在眉睫。他此前见识过这土贼的身手，对方精壮彪悍，行动之际舒展如鹰、矫捷如猿，如果无法用枪支将其迅速射杀，则很难避免己方出现伤亡。

众人皆是全身紧绷，同时退后几步，背倚函壁作为依托。司马灰刚退到函洞边缘，忽觉脖梗子汗毛发乍，身后有阵阴寒透入骨缝。他快速转头察看，矿灯光束照到漆黑的函洞里，就见洞中出现了一个头戴"Pith Helmet"的人。这时，对方也在抬头向他看来，两人脸对着脸距离不到数米。司马灰恍恍惚惚看到了那人的脸孔，心中猛地一颤："这个人……是我？"

函洞里面一片漆黑，司马灰虽以矿灯照明，视线也仍是十分模糊，他与那人之间又隔着几尊横倒挡路的兽俑，所以完全看不清对方面目，只能分辨出对方头上戴有"Pith Helmet"。这种法国的软木头盔，形状非常特殊，除了罗布泊考古队的三个幸存者之外，整个山区不太可能再有第四个人佩戴了。那出现在函洞中的人又会是谁？司马灰想起在铜盒旁灵魂出窍般的经历，兀自心有余悸。他记得曾听宋地球讲过一件事，西人弗洛伊德者，以精神分析著称于世，据其所言，所谓"精神"一词特指"感觉、知觉和意识"，而人之精神中除"自我"之外，潜意识中尚有"本我"及"超我"存在。

司马灰当时只不过随便听了这么一耳朵，至今未解其意，以为这跟中国传统观念中的人有三魂七魄之说相似。有道是"魂魄聚而为精神"，一旦精散神离即成超我，也就是在特定状态下会出现另一个自己。或许是打开铜盒之后有一部分魂魄离开了躯壳，逐渐变成了实体？又或许函洞里的人……是横尸就地的罗大舌头？再不然便是精怪托化人形？可不管发生的是哪种情况，都足以使人毛骨悚然。

司马灰知道世事变怪无常，没看清楚那人的面目之前，一切皆是无根无凭的揣测，心说：老子倒要看看"你"到底是个什么？当即壮着胆子用手转动矿灯，将光圈聚拢照向对面。但照明距离在二十米左右的光束，照进函洞里就像被一道黑气挡住，眼前再也看不到什么了。可是司马灰能感觉到其中有些东西在动，却受到函壁阻挡难以进入。

老蛇看到司马灰转头望向函洞，注意力有所分散，便想出其不意从兽俑后跃起直扑过来。奈何函洞中陈列着几具照幽铜灯，二学生手持火把逐个点燃了石室中的巨烛，照得附近通明如昼，他一旦暴露就会变成活靶子，处在霰弹枪的射程之内，空有满身本事也施展不得。老蛇不禁恨得牙根儿发痒，窥着二学生正探身引燃灯烛，便暗中摸到一截断落的铜戈，对准二学生猛然掷出。

司马灰耳听身后有"呜呜"破空之声，立即回过头来察看。胜香邻和高思扬虽然一直盯着老蛇，却也没想到这土贼突然发难，惊呼之声未及出口，铜戈就已飞到了二学生身前。

二学生吓得面无人色，两腿一软瘫在了地上。那半截铜戈擦着他的肩膀撞到了墙上，连衣服带皮肉撕开了一条口子。要不是老蛇不敢从兽俑后显露身形，铜戈早就当场将二学生贯胸洞穿了。青铜戈头势大力沉，重重撞在岩壁上，直撞得碎石飞溅，刻有浮雕的古砖崩落了几块，碎石连同戈头纷纷掉落在地。司马灰和另外两人离得虽远，脸上也都被碎石溅到，感觉隐隐生疼。想不到这土贼竟有如此臂力，也不免为之骇异。

司马灰担心对方故技重施，挥手让胜香邻等人先躲到照幽铜灯底部。几人刚伏下就瞥见壁上石砖崩落处古彩斑斓。原来雕刻图案的砖墙下，还隐有一层壁画，仿佛预示着揭开楚幽王铜盒后将会发生的怪事。

古楚人喜好行巫问鬼，勾勒描绘在帛衣、棺椁的画卷极尽诡谲莫测之能。《楚辞》中有名篇《天问》，即是屈原目睹过楚国辉煌绮丽的壁画后对壁问天。他提出的种种疑问包含"天地万象之理，暗合神奇鬼怪之说"，素有"千古万古至奇"之称，由此可以想象楚人壁画的神异之处。而这函壁砖石后显露出来的彩绘，是以龟龙之兽为载，那具遗骸就放于它背负的洞穴内部，外围则有许多形态缥缈的女子，也不知道是人是鬼，可能更近乎敦煌壁画中"飞天"一类的女仙。她们寄身于形状奇特的箱体之内，出没在黑雾中半隐半现，充满了诡秘古怪的妖邪气息。

司马灰和胜香邻对望一眼，两人均感那函室内层的壁画内容很是神秘，可能与"遗骸、楚载、阴山"等诸多悬疑有关。但绝大部分壁画被刻有浮雕的砖石封住，能看到的仅是一小部分。壁画中描绘的事件年代古老，叙述又极为离奇，一时间根本看不明白。

司马灰也清楚，附近还有强敌窥伺，顾不得再往壁画上多看一眼，同其余几人打个手势，端着枪支绕过照幽铜灯，缓缓向老蛇藏身之处围拢。二学生从罗大舌头的尸身上摘下双管猎熊枪，猫腰跟在司马灰身后，准备同老蛇拼个你死我活。此人虽然手段了得，却毕竟只是深山里采药的猎户，仅具匹夫之勇，对付凶禽猛兽尚可。而司马灰等人都有枪支，只要稳住阵脚，采取分进合击的正确战术，也尽可以在狭窄的洞室内将这土贼置于死地。

老蛇眼见无隙可乘，看来想拽上一两个垫背的也难办到，心下越发焦躁。他寻思与其让这伙人弄死，或是被拿住了受辱，倒不如舍命钻出洞去，横竖不过一死，就将遗骸抱在身前，一步步挪向洞口。

司马灰知道这遗骸极其重要，说不定能将阴峪海下的众多谜团连接成线，因此投鼠忌器，只好尽量与那土贼周旋，开枪射击时不得不避过遗骸。枪弹打到墙壁上，不断有砖石塌落在地上，暴露了更多的巫楚壁画。

老蛇迂回退至他先前爬进来的函洞旁边，寻思虽然不能直接弄死这伙人，但可以把遗骸里的秘密永远埋没，心底不免有几分报复的快意。但他忽然发觉后边似乎有人，回头看过去顿时吃了一惊，只见那已经死掉的罗大舌头黑着个脸，像尊铁塔般站在自己身后。

老蛇早些年做过挖坟抠宝的土贼，骤然见了这等情形，不由得一阵战栗，低声叫道："尸起？"罗大舌头却一语不发，手中猎刀迅雷闪电般迎头劈下。老蛇猝不及防，竟被一刀剁翻，伤口连头带肩，脸颊上的猿皮都被削掉了一片。他哪里还敢停留，放手抛下遗骸，就地翻身滚开，头也不回地钻进洞中，眨眼间没了踪影。

那土贼被吓得不轻，司马灰等人的惊骇之情更是难以言说，都愣在原地望着罗大舌头。众人感觉陷入了一个逃不脱的生死轮回，面对着一个永远猜不透的恐怖怪圈。

失落的北纬30度

| 第五卷 |

第一章 怪　圈

众人之前看到罗大舌头横尸在地,皆是又惊又悲,但当时变故迭出,容不得有半点儿疏忽,只得各自克制情绪对付老蛇。没想到罗大舌头此刻忽然起身,看举止气息都与生人无异,难道天底下真有死后还魂之事?

司马灰上前打量着罗大舌头问道:"你刚才分明嗝儿屁了,现在怎又野鸡诈尸?"

罗大舌头脸上的表情似乎都僵住了,足足过了半分钟才回过神来,接连呕出几口黑水,脸色难看得吓人。他只记得出手救人之后,自己像被什么东西拽住挣脱不开,惊慌之余忙把壁虎钩子抛出,等再明白过来就看到老蛇从旁逃过,于是抽出猎刀砍去,而这之间的事情却怎么也想不起来了。

司马灰暗觉此事有异,自从打开楚幽王的盒子之后,蓦然刮起一阵阴风,矿灯和铜烛之类的光源触到它就立刻熄灭。阴峪海下接连出现了许多怪事,在没有彻底搞清真相之前,这些事情全都无法解释。但不管罗大舌头身上究竟发生了什么,总好过是冷冰冰的一具死尸。

胜香邻和高思扬也觉得只要人还活着就是万幸,毕竟有呼吸又有心跳,应该不是死人挺尸。

二学生却疑虑重重,那罗大舌头心跳、呼吸没了好久,怎么可能又活转过来?常言道"山高人踪少,洞深鬼怪多",在这与外界完全隔绝的深山洞穴里，谁能够证明眼前这个"罗大舌头"还和以前一样？但凡具备一点儿朴素唯物主义思想的人，都会觉得这件事情太不正常了！

罗大舌头看见二学生端着自己那条加拿大猎熊枪，不免心头有气，问道："你小子两眼加起来少说一千八百多度，使得了真家伙吗？"

二学生支吾道："这枪……沉倒是蛮沉的，我还处于适应阶段……"

罗大舌头伸手夺过猎熊枪，瞪目道："我看你他娘的是处于欠揍阶段！"

二学生不敢再同罗大舌头多说了，避在旁边请高思扬处理肩伤，心里仍是恐惧莫名。

司马灰盯着罗大舌头看了一阵儿，没发现有什么反常之处，就告诉二学生道："只要生人形影俱存，绝不会是阴魂所化。我的兄弟我最清楚，你们不必疑心。"

这时，洞外部都被黑雾覆盖，也不知刚逃出去的老蛇下落如何，铜盒里的遗骸则横倒在地。司马灰看胜香邻正用矿灯观察岩洞内的壁画，就问："有没有什么发现？"

胜香邻摇了摇头："暴露的巫楚壁画，主体记载了楚幽王镇鬼之事。壁画中似乎还描绘着许多怪异的圆圈，大部分依然遮掩在砖墙内部，仅凭能够看到的部分，还无法理解这些神秘离奇的信息。"

司马灰闻言便用枪托推落砖石，那外层墙体甚薄，只是嵌在壁上，开裂后受到外力就纷纷崩坏。随着显露出的壁画越来越多，所呈现出的景象也越来越惊人。

司马灰虽知楚幽王壁画中一定隐藏着重大秘密，却根本看不出个所以然，于是又问胜香邻："这壁画里有没有记载死而复生之事？"

胜香邻眉头深锁，低声说："好像没有。但我知道你在铜盒旁究竟看到什么了……"

司马灰想到此事就感到脊背发冷："那个戴着鲨鱼鳃防化面罩的人？他是谁？"

胜香邻将视线从壁画上移开，转过来望向司马灰道："我想它是个幽灵，而这个幽灵其实……就是你自己。"

司马灰被胜香邻这么一说，不免觉得有些发蒙："那阵阴风迷雾中出现的是个幽灵？我现在还活着，当时怎么会看到自己的亡魂？莫非真是我死后对土贼说出了暗号？这怎么可能呢？"

胜香邻说："'绿色坟墓'的事我没法解释，但根据壁画上描绘的事件，我相信你确实遇到了你自己的'幽灵'。"

其余三人在旁听了都颇感震惊。罗大舌头愕然道："原来已经死了的人是司马灰！"

司马灰奇道："老子什么时候死过？这么紧要的事我自己怎么不记得了？"

高思扬对胜香邻说："考古队里也就是你头脑清醒，为什么也会相信鬼怪？这到底是怎么回事？"

巫楚壁画虽然扑朔迷离，常把一些自然现象超自然化，涉及许多不可理解的古怪传说，但胜香邻到大神农架山区以来，与这些谜团接触得多了，也渐渐摸索到了其中的规律。加之她从事的专业是勘探测绘，又懂些山径水法的来历典故，因此能领悟到楚幽王壁画里的一些神秘内容。她当即将矿灯照在壁上，向司马灰等人说出自己的推测。

这神兽楚载中的壁画，是两千年前的楚幽王命人描绘在此。它以时间为经、事件做纬，如同史诗长卷般壮阔瑰丽。每个场景底部，都有站在巨鲸上的裸身力士擎托。长蛇、大龟、翼鸟，以及各种怪物分布周围。由遂古之初为始，支撑在天地间的八根柱子有两根倒塌，水汽与大气共存一体，到处浓云密布、迷迷蒙蒙，没有明暗之分。后来出现了雷电狂风，暴雨浊流，大雨下了很久，水越聚越多，汇入千川万壑，形成了原始的海洋。那时的神农架是浩瀚不息的大海，水下则有雄伟的高山、深邃的海沟与峡谷，辽阔的海底平原和一些孤立的洋底火山。直到地门大开吸尽了海水，山脉才得以隆起，成了如今群峰逶迤的神农架。

沧海桑田轮换之际，有一座岛屿陷在地裂之间，岛上的史前植物群落还保存着原貌，后有一些头饰怪角、身躯长大的古人，于山中架木为巢，追逐鸟兽，这些人可能就是上古神农氏了。由于地底古岛中多有奇木异兽，人踪也就逐步跟随到此，并发现岛上的洞窟通往更深处，其下有大壑，实为无底之谷。

壑中有山阙如门，即是所谓的"阴山"。它时有时无，鬼怪出没其间，四周尽是漆黑幽暗、不可抵达的去处。古人在一个地方找到了遗骸，这壁画里描绘的遗骸，其实就是一些地脉最深处的矿物。虽然像是人形骷髅，但实际上只是形状轮廓相似的黄金水晶。传至春秋战国时期，始终被尊为圣物。

传说中发现遗骸的地点十分奇特，按照壁画上的描绘，那是许多奇形怪状的圆盘形物体。形状并不十分规则，大小也不相等，其上纹路斑斓。除了铸刻在禹王鼎上的山海图之外，各类的古代文献和地理典籍中对此也毫无记载，显得很是神秘。而岩洞内的巫楚壁画同样是循环成圆，仿佛是一个预示着生死轮回、无始无终的怪圈。

胜香邻推测壁画的循环布局，暗示楚人的生死观。另外，壁画中还提及祭鬼之事古已有之，因为古时候普遍认为："有生之气，有形之状，造化之始终，阴阳之所变者，谓之生死。"人死之后为鬼，只有多加祭祀，王者才能变龙升天，不至坠入虚无。遗骸正是一件最为重要的祭器。这些情况同考古队掌握的线索基本吻合。

楚幽王丧女后以无数百姓殉葬，每夜噩梦缠身难以成眠，担心会有阴魂从地底逃脱，就想以大批活人祭祀。可巫者占之不吉。于是置重器镇鬼，将洞内岩石凿为楚载巨兽，填塞了通向阴山的洞口，再占，又不吉。楚幽王疑心这具遗骸来自深渊，并非人间之物，也许是留在世上受鬼神所忌，是一切灾祸的根源，便想将它抛下阴山。

据说楚有神龟，活了三千年仍不免一死，可见这世间有生有形之物，到头来总会有个限数。楚幽王同样生而为人，这次还没来得及再让巫者占问吉凶,他便殒身乘龙而去了。

洞口附近的壁画,是楚幽王未能进行的祭鬼过程。一旦揭开铜盒玉匣,使遗骸暴露在外,洞窟里便会阴风四起,涌出愁云惨雾。这时,唯有石函内部可以容人躲藏。壁画里所绘的情形,便是由数十名头戴面具的巫者,把遗骸摆在洞中一个特定的位置,楚载便会将之带到地底。壁画中那些通天神巫分置几处,除了洞里守护着遗骸的几个人,还有几名巫者站在石函外,一个个都显得惊慌失措。不论其形态如何,雾中都会有个身影与之重叠,还有不少人横尸就地。这壁画似乎是指,在将遗骸运往阴山的途中,如果有人妄图违背王命逃跑,就会惨遭横死。而那阴风鬼雾深处,还有许多妖异飘忽、身体细长的女仙围绕着楚载巨兽,唯独此处最难解释。

司马灰听胜香邻分析得倒是十分合理。壁画中这些佩戴鬼神面具的楚国巫者,大都死在了附近,尸骨早已成了灰土。遗骸则装在铜盒玉匣里两千多年未动,显然是楚幽王死后,巫者们没有遵照王命行事。奈何阴峪海下的洞窟已被填埋,另一条穿过古岛通往山腹的秘径只有楚幽王才知道,因此无路可逃。但这些巫者宁肯死在原地,也不敢带着遗骸去寻找阴山地脉。不过根据这壁画所绘,"任何进到雾中的人,都会遇到自己的亡魂",到底是怎么回事?莫非真能预先看到自己死后的情形?为什么直到打开铜盒之后才会有雾出现?这是否与遗骸有关?罗大舌头身上到底发生了什么事?又是谁对老蛇发出的指令?

众人都想尽快解开这些疑问,可胜香邻在壁画中找到的线索也不多。她现在只能告诉司马灰:"雾里出现的东西,并不是你死后的亡魂,用幽灵形容才比较恰当,或者说那是一个'灵体'。"

第二章 携 灵

二学生家里头还有个姐姐,在"文革"期间负责看管校舍,常从被封着的图书馆里给他带些书来读,看完了再悄悄还回去。当初二学生要来大神农架林场,其姐到火车站送行说:"某某家的孩子去北大荒,他爹妈又是给买手表,又是到百货大楼添置御寒的衣物,姐没本事,什么也给不了你,知道你爱看书,今后只能常给你寄书。"所以二学生这些年看了无数本书,那种条件下能找到书看就不错了,哪还有挑三拣四这么一说,只要是带字儿的,不分内容深浅,也不论种类,他都能看得痴迷其中。因此,他最先领悟了胜香邻的意思:姑且不管这种说法是否合理,总之人死之后才有鬼魂,但人活着的时候身上都会有灵体存在,这属于"生物携灵现象",是一个肉眼根本察觉不到的影子。

罗大舌头不解地问道:"我可真是越听越糊涂了,你小子怎么净说活人听不懂的鬼话?"

司马灰却听出了一些头绪,依相物古理而言,形神气质是活人由内到外的表现,凭借"金木水火土"五行,通达于"言貌视听思"五事,其增损升降,变化万般。说白了这就是"人活一口气",当时看到出现在铜盒旁的人,只是自身留在雾中的气息。

胜香邻点头道:"有些地脉间分布着浓密的磁云,古人认为是雾根。前些年森勘一大队的人员进入四川黑竹沟,也遇到过磁云形成的迷雾,那种雾就像有生命一样，一遇风吹草动便会出现，虽不致命，但它使能见度降到极限，让人找不到方向。我看巫楚壁画里描绘的诡异事件，表明神农架地底应该也蕴藏着磁云，雾中出现的东西，只是你接触磁云后被吸收的灵体，是个没有生命的幽灵，所以很快就消失不见了。不过这阵阴风惨雾出没无常，与黑竹沟里的现象并不完全相同，也许正是遗骸把雾引了出来。"

二学生道："四川黑竹沟与大神农架原始森林，同样处在北纬30度地带，这一点可别忽略了。"

司马灰稍一思索，觉得胜香邻是根据实际情况做出分析，有一定的道理。北纬30度本身就是怪事多发的地带，这也能解释先前在铜盒旁看到的现象。但前提条件是活人被雾根吞没，迅速脱离后的瞬间，会从雾的表面看到自身残留的灵体。那么，适才与老蛇对峙之时，出现在函洞里的东西是什么？那个身影虽然模糊不清，可戴着"Pith Helmet"的轮廓却隐约可辨。当时众人躲入洞中已久，整个过程中没再与雾气有过接触，就算有的话，也不应该只看到自己一个人的身形，这又是何缘故？

胜香邻这才知司马灰另有所遇，从见到那具遗骸开始，很短的时间内出现了很多诡异变故，每个人又只亲身经历了其中的一部分，使得整个事件变得更加离奇。不过，胜香邻思维敏捷，善于从各种未知、危险、矛盾的复杂信息中找出线索，此时她秀眉紧蹙，抬头望向巫楚壁画道："因为雾里还有别的东西，大概其余的谜团都和它有关……"

司马灰想起在楚幽王铜盒旁，忽觉一阵阴风吹至，好像有只人手突然搭在了背后，恶寒之意透入骨髓，他根本没敢回头，立刻起身逃离，那种毛骨悚然的感觉不会有假。看来那道黑气中确实有某些非常恐怖的东西存在，会是巫楚壁画上描绘的女仙吗？司马灰对此难以揣测，毕竟只有罗大舌头困在雾中的时间最久，而这家伙被拖进洞里之后，已经是具冰冷僵硬的死尸，如今又突然活转过来，嘴里说的倒也都是人话，却不知道还有没有人心？

司马灰并非疑神疑鬼之辈，但此事太过反常，如今洞外黑雾弥漫，恐怕出去看一眼命就没了，他也不得不刨根问底，于是让罗大舌头仔细想想，当时有没有看到什么，那雾中是否出现了壁画上的东西。

罗大舌头闻言看向墙上的巫楚壁画，蓦然有种惊惧之感，吸了口冷气说道："壁画上的这些女子是鬼是怪？"随即摇着脑袋表示什么也没看到，当时云昏雾暗，阴风吹灭了照幽铜烛，惊慌中就觉有道黑气迎面撞来，转瞬间连软木盔上的矿灯都不亮了。在完全没有光源的情况下，眼前黑得跟抹了锅底灰似的，又不是火眼金睛，谁能看得见东西？

胜香邻说："不管壁画里的妖怪究竟是什么，幸好都被挡在了楚载之外，可咱们也不能一直躲在这儿。"

司马灰定下神来想了想：先前完全没料到"绿色坟墓"会出现在阴峪海下，更不知道这个幽灵会潜伏在什么地方。老蛇先是在通信所无线电中接收到了指令，随后又在黑雾里听到首脑发出暗号。神农架阴峪海下除了自己这伙人和老蛇之外，应该没有其余的人存在，加上老蛇并不知道首脑的底细，所以误认为司马灰就是"绿色坟墓"。但这些事件也让"绿色坟墓"的特征越发凸显：首先它还是不敢露出真实面目；其次是行动能力有限，只能利用他人达成任务；最后首脑的行动目标以及时间，也很可能与考古队重叠了。这表明"黄金蜘蛛城"与"罗布泊望远镜"里的所有线索，最终全部集中在"大神农架阴峪海"。看来这具从深渊而来的遗骸，一定就是朝向谜底的指针。

另外，司马灰始终认为"绿色坟墓"并不是真正意义上的幽灵，因为幽灵不具形体，倘若可以做到埋踪灭影或变化形体，则完全没必要隐藏真实面目。至此别无退路，唯有继续解开遗骸之谜，找到通往阴山地脉的途径。

司马灰打定主意，就背上枪支，同罗大舌头上前搬起遗骸，两人一个抱头一个抱脚，上了手才觉得很是沉重。那遗骸骨骼皆是赤金，通体都被几条铜蛇紧紧箍住，酷似森林古猿的骷髅眼窝内诡波流转，使人不敢逼视。

众人参照壁画上的场景找寻过去，只见洞室内有两尊铜兽，规模大逾常制。其中一尊人面虎躯，生有九尾；另一尊人面鸟身，背生双翅。巫楚壁画里对此也有描绘，是古楚传说中的凶神。两尊铜兽对峙而立，地下石台雕有人头图案，眼部呈圆窝形凸起，口部很大，眉骨以阴刻纹表现，嘴里尽是尖锐獠牙，模样显得十分夸张。在前往阴山地脉的壁画中，楚国巫者正是将遗骸摆放在此处。

司马灰正想按壁画描绘的样子放下遗骸，高思扬却忽然说道："你们先等一下，我始终觉得有件事不太对劲儿。"二学生低声提醒高思扬："按照墨菲定律来讲，如果一切情况看起来都很正常，那才是最不正常的。"

高思扬没理会二学生，继续对司马灰说："这方面我本不该多问，可你千万别忘了，是'绿色坟墓'的首脑让老蛇把遗骸带到洞中。而且你说首脑并不是幽灵，只是以一种谁也想不到的办法躲在附近，也许咱们的一举一动，都在其窥觑之下。没准儿把遗骸带到深渊里，正是首脑想要得到的结果，至少你不能忽略这种可能。"

司马灰理解高思扬的顾虑所在，当前的情况变得越来越叵测，不确定的因素实在太多，她是担心考古队同老蛇一样，都是受"绿色坟墓"控制利用的棋子。一旦这种可能成为事实，将是最为可怕的结果，真要是那样可就太糟糕了。

司马灰见胜香邻等人也都对此事感到不安，就说："这件事我已经想过了，咱们必须透过迷雾重重的表象，尽量看清整个事件的本质。我估计'绿色坟墓'和考古队，都有各自想要寻求的'结果'。但'绿色坟墓'并不能洞悉前因后果，否则他早派探险队通过大神农架阴峪海，进入那个地底深渊了，没必要等到现在才来。全国解放至今已有二十余年，如今的大神农架山区，既不像战局混乱的缅甸，也不像五六十年代那会儿潜伏在各地的特务很多。随着时间的推移和政权的稳固，地下组织的成员被逐渐肃清，如今连老蛇这种没被洗过脑的土贼都被启用，看来该组织在境内的行动能力，已经削弱到了极限。"

司马灰又说："最开始的时候，关于'绿色坟墓'的一切都是谜，到现在也想不透它是怎么知道考古队在罗布泊找到的线索的。不过经历了野人山裂谷、罗布泊望远镜、大神农架阴峪海一系列事件之后，首脑的秘密已逐渐暴露。这个地下组织存在的历史很久，但直到民国年间的赵老憨从'匣子'中逃脱，另外也带走了占婆王朝黄金蜘蛛城的情报，自此被咱们称为'绿色坟墓'的这个首脑，才真正意义上开始控制地下组织，并着手探寻通往地底深渊的途径。根据死在楼兰的法国探险队尸骨推测，这个时间应该在二三十年代。如果'绿色坟墓'真的了解一切前因后果，根本没必要选择在1974年采取行动。我觉得首脑在大神农架阴峪海的最初计划，是打算让老蛇抢到考古队前边，把塔宁夫探险队的地图藏起来，因为它在新中国成立前，就知道有这份记载巫楚宝藏的地图了，只是完全没想到楚幽王传说中的阴山地脉，竟会是通往深渊的大门。但地图最终落在了考古队手里，它才再次指使老蛇把遗骸带到洞中。'绿色坟墓'应该是在巫楚壁画外层的浅浮雕里，发现了遗骸的秘密，它之前则完全不知情。所以，可以断定'绿色坟墓'也许了解最终的谜底，但绝不清楚整个过程以及找到谜底后出现的结果。而且它跟咱们都会受到墨菲定律的干扰。如果咱们现在半途而废，不仅前功尽弃、性命难保，还会永远失去唯一揭开首脑真实面目的机会。"

众人听了司马灰的分析纷纷称是，二学生却说："'绿色坟墓'的确不知道结果，其实它连谜底也不清楚。"

第三章 海森堡不确定原理

二学生抽冷子冒出这么一句，立时引起了司马灰等人的警觉。所谓"谜底"就是深渊里埋藏的秘密，"结果"则是找到这个秘密之后发生的事，从逻辑上分析，首脑想找到进入深渊的途径，一定有着不可告人的意图存在，所以"绿色坟墓"应该掌握谜底的真相，否则这些事就不会发生了。二学生无非一介在林场插队的知青，凭什么认定首脑不清楚谜底？

二学生见司马灰面露疑惑，就进一步肯定地表态："从理论角度来讲，'绿色坟墓'确实不可能知道谜底。"

司马灰将遗骸放在地上，对二学生说："咱是行伍出身，读的书少，不比你这知识分子满腹锦绣、一肚子花花肠子，所以你最好讲浅显些。这种事怎么还有理论依据？"

二学生说："当年有个德国物理学家海森堡，提出了一个关于阐述不确定性的原理，称为'海森堡不确定原理'。大意是指你观察测量一个物体的时候，所得到的数据永远都不会是真实全面的。哪怕只是借助光线去观察物体，光也会使物体产生改变。虽然那只是肉眼察觉不到的细微变化，但我们终究还是无法洞悉真实的本质，因为一切动量基础就来源于这些细微渺小的变化。这个原理揭示了人类的无知，这种无知客观存在，同时又是难以跨越的屏障。既然连物理层面的细微变化都无法确定,命运和事件的发展就更加难以预料了。所以除非'绿色坟墓'是神,否则它所掌握的秘密也仅仅是片面主观和不准确的。"

罗大舌头道:"这我心里可就敞亮多了,说句有点儿唯心的话,最后会发生什么事,你不知道,我不知道,'绿色坟墓'也不知道,大概只有老天爷才知道。"

司马灰虽然不太理解什么是"海森堡不确定原理",但听二学生说得有理有据,估摸无非应了"人算不如天算"那句旧话,这些事老祖宗们早在几千年前就已经琢磨透了。反正就别管那么多了,硬着头皮坚持到底就是,可不能遇上些困难就对前途丧失信心。要知道:"挫折只是成功者的勋章,疾风劲草,方显英雄本色,洪波汹涌,愈见稳如泰山。"

胜香邻也点头表示同意。高思扬却认为:"二学生那套理论,一会儿是唯心主义,一会儿又是唯物主义,实际上无非是找借口替司马灰的行径开脱。不过他有一点倒是说对了,谁也不知道接下来会发生什么情况,如今这具遗骸放在地上许久了,怎么始终不见任何动静?"

按照壁画上描绘的场面,把这遗骸放在两尊铜兽之下,楚载就会成为通往阴山地脉的途径。司马灰摸索地面凹凸不平的雕刻,并没发现有机括缝隙存在。这"楚载"无非是个沉重无比的巨岩,也不知那壁画里神秘诡异的内容是否属实。众人心下皆感迷茫,完全想不出什么头绪。

司马灰只得再次对照巫楚壁画,见其中描绘的铜兽两目露出凶光,与现实中的阴郁暗淡截然不同,就凑近察看。却见铜兽眼珠里有转槽,内部中空,藏着半瓦状灯盘,形制精妙,由于灰尘积得多了,不到近处很难发现。司马灰拨开盖子,看灯体内有些蜡状残留物,还剩下半截灯芯,推测燃料是动物脂肪或蜡烛,与龙髓完全不同。或许点燃灭掉两千余年的铜灯,就会有意想不到的事情发生。

司马灰想到这里,便吩咐二学生拿火把点燃兽首内的铜灯。

罗大舌头不解地问:"这石函莫非是下矿井用的箱型电梯?点燃了铜

灯就等于通了电,可以启动它深入地下?"

司马灰琢磨不透其中有什么名堂,眼下只能依照壁画里描绘的样子去做。虽说古时候没有电梯,但相传早在五千多年前,黄帝破蚩尤于北海,曾在迷雾中造"指南车"。据说坐在车上,不用推引,机括自然圆转无穷,欲东则东,欲西则西,上置木人以别四方,那是最古老的机械原理了。因此黄帝号为轩辕氏,"轩辕"二字不只是地名,也应当与制造车辆有关。想这楚载是春秋战国时期埋在地下,距离轩辕黄帝造司南车,已经过了数千年之久,如果山洞中设置着什么机关,能使它移向阴山地脉,那倒并不奇怪。

这时,二学生举着火把,将藏在铜兽内的灯盘逐个点燃,但灯烛尘封已久,燃烧得并不充分,忽明忽暗如同鬼火一般,那两尊形态狰狞奇异的铜兽,恰似在黑暗中缓缓睁开双眼。

司马灰屏着呼吸等了一阵儿,仍是不见什么动静,心想:楚国巫风甚重,多用神异事物,难道还需要有巫者念诵咒言才行?可惜那些戴着青铜面具的巫者,至死都没敢把遗骸带往地底,现在尸骨已成灰尘,也没办法召出他们的阴魂来问个究竟……

正当胡思乱想之际,铜兽眼中的灯烛渐渐明亮起来,遗骸摆放在石台上,刚好位于铜灯光线汇聚之处,它在灯烛映照下,散发出一种阴森诡异的光芒,能照到十几步开外。几乎就在同时,众人发觉四壁摇颤,心中都是一惊,皆有自危之感。虽然知道这座楚载填塞在通着地脉的洞窟上,可没想到它会突然向下移动,幸好下坠的速度不快,还可勉强稳住身形。

司马灰扶住一尊铜兽道:"让罗大舌头蒙对了,这还真是部能下矿井的电梯。"

胜香邻脸色微变:"似乎是这具遗骸从洞穴深处引来的东西,在将咱们拖向地底。"

二学生想起壁画上那些寄身箱中的女鬼,心里不禁发慌:"怎么会有这么大的力量？那是些……什么东西？"

胜香邻摇了摇头："不知道，但它们很可能是受到遗骸的吸引，才会突然出现。"

司马灰回想此前经历，心知胜香邻所料不错，外边那些东西似乎是奔着光线来的。但它们不知受何阻碍，一时间无法进入楚载，看来这里面还算安全。而且这情形与巫楚壁画里描绘的神秘内容极为相似。

司马灰刚打算背靠墙壁弯曲膝盖，以减缓坠落在地时承受的冲击力，忽见洞外钻进一个人来，化成灰也能认出是那个采药哨鹿的老蛇。司马灰心想：原来这土贼既没死掉也没逃脱，而是躲在了石壁间的洞道里，你这会儿爬进来算是撞到老子枪口上了。他手中的猎枪始终子弹上膛，此刻趁对方立足未稳，对准了老蛇的脑袋正想扣下扳机。谁知那土贼撞在枪前并不躲闪，嘴部突然大张开来，从中伸出一只漆黑的人手。

司马灰听胜香邻说地下矿脉形成的磁云中，很可能存在"携灵现象"，也就是生命的热量会被雾吸收，在雾里留下转瞬即逝的残像。而从洞外爬进来的老蛇，显然不是出现在雾中的灵体。

此刻见老蛇嘴里伸出一条手臂，好像体内有个阴魂挣扎欲出，身体发僵，脸上只剩两个眼珠子还贼兮兮地乱转，情形就跟枯蝉蜕皮似的，好不诡异。司马灰不由得想起"恶鬼画皮"之说，心想：莫非是雾里的阴魂，钻到这土贼身子里去了？他想要看个究竟，可矿灯照到老蛇脸上，却是黑漆漆的一片，从其嘴中出来之物，好像能够吸收光线。

这时，忽听一声尖叫，随即有道黑气弥漫开来，司马灰顿觉恶寒袭来，身上毛发森然倒竖。他在缅甸身经百战，虽然明知危险，却仍想抓住机会除掉那土贼，可突然有个念头从脑中闪过，硬生生将扣在扳机上的手指停住，倒转枪托撞去，奋力将老蛇推回洞中，随后翻身避开那团黑雾，再看洞道里漆黑一片，不见人踪。

高思扬过来扶起司马灰问道："刚才这么好的机会，你为什么不开枪？"

胜香邻跟过来说："幸好司马灰没有开枪，否则死掉的可就不止老蛇一个了。"

司马灰道："我想这雾里的秘密是光线，多亏老子醒悟得快，要不然就给那土贼垫背去了。"

罗大舌头说："你是不是被那土贼吓住了没敢开枪？难怪常言道'好马长在腿上、好汉长在嘴上'，会练的就是不如会说的，这里外的话全让你小子给说了。"

司马灰说："你用脑袋仔细想想，至此也不难看出楚幽王布下迷局的大致轮廓了。这楚载下的洞窟通着地脉，其深广不可估测，而且聚集着浓密的磁云，其中更有异物出没，除非是死尸，活人进去就没命了，是道不可逾越的界线。另外，那具来自深渊的遗骸，看起来只是发出微光，却千年不衰，还能将蛰伏在地底磁云里的某些东西引来。这些不为人知的神秘之物，在巫楚壁画中被描绘为许多形态诡异的女子，却不知究竟是鬼是怪。但毫无疑问，楚载里的铜兽灯盏，照在遗骸上会使光线倍增，从而引来更多的怪物，它们聚集在四周破坏了脆弱的地层，使楚载开始沉入地底。洞窟里出现的这些东西，似乎可以吞噬光线，因此所过之处灯烛俱灭。"

司马灰根据此前在石梁上的经历，断定枪支射击时发出的火光，也会吸引其前来袭击，它们好像会首先接近光线和热量强度高的目标。老蛇躲在洞道里逃不出去，结果被雾里的东西钻入了体内，他多半不甘心等死，又爬回函洞寻找活路，竟把雾里的东西也带了进来，此人这回是必死无疑了。

不过，司马灰为何会在洞道里看到自己的身影，还有罗大舌头和老蛇先后落在雾中，这两个人身上到底发生了什么？此外，壁画中暗示着生死轮回的"怪圈"又是何意？在没有看清"箱中女仙"的庐山真面目以前，还完全无从猜测。

此时，楚载巨兽仍在不住下沉，地面开始倾斜起来，众人倚墙而立，只觉耳膜隐隐生疼，看来随着深度的降低，地底的压力也在不断增加。众人顾不得再去推测巫楚壁画里的种种谜团，一个个悬心吊胆，不约而同地想：这阴峪海下的洞窟究竟有多深？怎么还没到底？

第四章　阴　源

地底的磁云使手表机械装置近乎失灵，随着眩晕的下坠感逐渐增强，时间的流逝好像也变得格外漫长。众人头昏脑涨，又处在封闭空间内，五感丧失了应有的作用，就觉沉降之势无休无止，犹如掉进了无底之谷，实不知其深几何。

此前只知道有座古岛位于大神农架地下，同阴峪海原始森林的垂直距离大约是两百米。春秋战国时留下的祭祀坑深陷在岛屿底部，而像一道巨大石门般的楚载巨兽之下，可能还有更深的洞窟，直通阴山地脉。此时不停下坠，感觉这古岛似乎陷在了地层板块交界处，否则不可能有这么深，也许这就是巫楚壁画中记载的"大壑"。

司马灰感到脑骨欲裂，耳底疼痛难当，矿灯下见其余几人脸上的血管都凸了起来，心里明白照这种速度掉落下去，还不等摔到底，血液就会开锅似的沸腾起来，血管壁承受不住压力而突然破裂。但想说话，他却连嘴都张不开了，上下牙关颤抖不停，可除了气流嗡鸣之外，却听不到任何声响，也只好将生死置之度外。

众人忽觉身体被重重抛起，五脏六腑都险些从嘴里甩了出来，铜灯尽数熄灭，周围一片漆黑，还没等这口气缓过来，阴冷的地下水就从四壁同时涌入，水面迅速升高，转瞬间就没过了膝盖，楚载好像坠到了水里，倾斜着沉入深水。

司马灰等人惊魂未定，眼见情势危急，连忙爬出上方洞道，一看四周已经不再有磁云笼罩，但在矿灯照射距离内，尽是洪波翻滚。深邃处漆黑如墨，只听得旋风四起，森森渺渺，也不知身在何方。

此刻楚载巨兽不住下沉，外壁也无法容人停留。司马灰见石壁上缠着几段史前古树的躯干，其中一段能有五米多长，粗可合抱，就抽出猎刀砍断与函壁纠缠的树藤。其余几人领悟到司马灰的意图，也都上前奋力相助。眨眼的工夫，楚载已被浊流彻底淹没，众人捡回性命，狼狈不堪地相继攀上古树躯干，个个气喘吁吁，脸色都和死人一样难看。

司马灰让胜香邻打亮一根长柄信号烛，照得百米之内亮如白昼。众人趴在木筏般的枯树上茫然四顾，就见高处布满了浓密的黑云，周围凡是能看到的所在都是洪波滚滚，雾气相连，阴霾四合。大如山丘般的楚载巨兽沉到这片无边无际的深水里，竟连些踪迹也没留下。古树躯干中空，被波浪推动不断向前漂流，旋即远离了楚载坠落沉没的位置。

司马灰这才想到，那具深渊里的遗骸，也跟着楚载沉到水里去了，看情形是别指望还能把它捞回来了。

这时候，高思扬突然抬手指向后方，低声招呼司马灰等人道："你们看，那边好像有人！"

众人闻言转身回望，借着信号烛刺目的光亮，能看到远处水面上露出一条手臂，不由得都是一怔。随着楚载坠落到这里的，除了自己这几个人之外，应该还有那土贼老蛇，如今就算浮尸出水也并不奇怪，可水里伸出来的人手，却是五指张开一动不动，就这么直挺挺地伸着随波逐流，距离浮在水面的枯木躯干越来越近。

司马灰等人看那手臂浮浮沉沉已到近处，便举着信号烛向水里张望，瞧见水下的情形都是吃惊不小。原来是条两侧长有须鳍的怪鱼，似乎是种生活在漆黑环境中的深水大鱼，只见其首不见其尾，也难分辨是何种类。那鱼将老蛇吞下多半截，仅留一条胳膊和脑袋还在嘴外。看来这土贼早已毙命多时，也可能被水怪吞下之前，就已经在雾中死掉了。

司马灰心知此人身怀异术，没想到落在这里葬身鱼腹，终究是荒烟衰草、了无踪迹，思之不免有些心寒。他唯恐信号烛的光亮太强，会引得水族掀翻了木筏，急忙接过来抛到水中，怪鱼果然追逐光亮而去，瞬间不见了踪影。

黑暗中只觉洪波汹涌，那段枯树躯干随着激流起起伏伏，完全无法掌控。众人关闭了矿灯，只用一盏电石灯照明，脑中昏昏沉沉的一阵阵发蒙，事到如今是死是活唯有听天由命罢了。司马灰趁着还算清醒，就让其余几人各自用绳索将身体绑在木筏上，免得在乱流中被抛到水里，随即抱着枪支蜷缩起来抵御寒冷。他自己也不清楚是不是就此睡着了，反正睁开眼闭上眼都是一片漆黑，脑子里没有了任何思维和意识，甚至连个噩梦都没做，也可能是现实与噩梦已经没有区别了。不知道经过了多少时间，才渐渐恢复了知觉。

其余几人也都陆续醒转，主要是水米未沾牙，饿得前胸贴着后背，又冻得瑟瑟发抖，实在是睡不着了。胜香邻取出干粮，分给众人果腹。大伙儿肚子里有了东西垫底儿，脑子才清醒起来，说起当前处境，都觉得情况不容乐观。

二学生头晕得厉害，吃了些干粮又都给吐了出来，他深感这地底的情形远出先前所料，强撑着对司马灰说："那个土贼虽已毙命，但地底都被浓密的磁云覆盖，至今仍不知楚国壁画里描绘的鬼怪究竟是些什么。遗骸也被洪流吞没了，更没找到通着地脉的阴山。另外，巫楚传说中的背阴山为什么会时有时无？莫非它在水下？水位落去就会将其暴露出来？眼前的谜团似乎越来越多了，可现在连准确定位都难以做到，甚至不知道到了什么地方。唯一值得庆幸的就是还有这木筏，否则大伙儿现在全喂鱼了。"

司马灰说："这段木头虽然救了咱们，但它就像漂浮在一片无边无际的黑暗海洋中。我看这鬼地方不是天尽头，却是地绝处。曾闻古时有座'浮槎'，是往来于大海与天河之间的木筏，咱这也算乘上'浮槎木筏'了。

不过并不是上天,却是下了地底的冥海,也就是黄泉,死人都得从这儿走。"

众人虽然知道司马灰这么说只是自嘲之言,却均有绝望之感。只有罗大舌头硬充好汉:"赶紧死了才好呢,那就不用再受这份儿活罪了。这可是我把中午饭吐出来之后,听到的唯一一个好消息了。"

司马灰黯然道:"我要是再告诉你一件事,估计你把晚饭也得吐出来。"

罗大舌头被唬得不轻:"我就知道还会有更倒霉的事,因为倒霉是不可避免的,而倒霉又实在是太他妈的具有创造力了。我是想不出还能遇到什么更倒霉的情况,你就尽管说吧,我罗大舌头扛得住。"

司马灰从背包里掏出从山外带来的几盒香烟,刚才掉在水里的时候,没来得及套上防水罩,尽数泡了个稀烂。

罗大舌头惊得目瞪口呆,心疼不已地抖落着手:"完了完了,粮食全牺牲了,咱要是真死了也就踏实了,关键是现在还没死,而且落到了一个不确定是什么地方的地方,没香烟还怎么坚持战斗?我看咱是熬不过这黎明前的黑暗了……"

高思扬见这两人到现在还为损失了几盒香烟感到担忧,不禁又是生气又是无奈,转头问胜香邻:"你在测绘分队工作,应该熟悉地质结构,能判断出咱们现在的位置吗?"

二学生插言道:"这洪汹涌漫无边际,地下暗河与湖泊哪有这么大?咱们多半是掉进了茫茫大海。据说地底有被称为弱水的深渊,还有昼夜燃烧的火山,被称为弱水之渊与炎火之山。那弱水之渊其实就是虚无混沌的地底之海,它的尽头都是灼热异常的熔岩。以咱们的血肉之躯,还不等接近那些火山,就已被高达几千摄氏度的热流蒸发成雾气了。"

胜香邻正注视着手中罗盘若有所思,听到这些话就说:"我发现木筏上吸附了一些宏观藻类植物,但它不会是海,此外洪泉不息,波涌壮阔,也不像是地下湖或暗河。"

二学生不解地问:"按地底水系规模形势区分,也无非是江河湖海,既然都不是，这里又会是个什么地方？"

胜香邻说："简单些形容的话，它很可能是个巨大的原始水体，是地表一切水系的前身，介于海水和淡水之间，曾经汪洋一片的大神农架阴峪海，就是史前时代由此演变发源。"

司马灰说："二学生我还以为你小子多念了些书，天文地理都懂，实际上却只知道皮毛。悲观主义者只会从机遇中看到困难，而乐观主义者能在任何困难中看到机遇。我看这里既然是个什么地底的'水体'，它再怎么巨大也得有个边际。咱就只管乘着浮槎随水流而行，迟早能抵达尽头。"

其实众人对此都没任何信心，但孤悬在浮槎上无计可施，只能不断被水流推动着往前航行。手表的指针停滞不动，也不知在冥海般的原始水体上漂浮了几天几夜，干粮吃完了就捕捉海兽为食，水没有了便接取高处滴落的地下水解渴。而那木筏犹如坠入无底深渊的一片枯叶，磁云摩擦带来的疾风骤雨起落无常，经历了无数次翻覆之险，前方却黑茫茫的始终不见尽头，在洪荒深处流动的仿佛只有时间和风。

司马灰也自彷徨无计，当初在罗布泊极渊中跋涉旱海，那至少是脚踏实地，知道一步步走下去总能摸到边缘，可这会儿却真是"海森堡不敢确定"了。此刻夜以继日地乘在木筏上不断向西航行，天知道离着神农架阴峪海已经有多远了。他苦思无果，就问胜香邻："这是否真是一个水体？会不会还有别的可能性存在？"

胜香邻早有一种不祥的预感，她沉思了片刻才说："这是个地底水体应该没错，但还有种最坏的情况，咱们也许是掉在巫楚壁画中描绘的怪圈里了，那么不论航行多少天，最后还是要回到先前坠落下来的大神农架地下洞窟。因为这个怪圈就是北纬 30 度，一个失落的纬度。"

第五章 水 体

司马灰感到此事难以置信，奇道："北纬30度地带存在着一个怪圈，而众人从阴峪海洞窟坠落下来，正好掉进了这个循环往复的怪圈里？"

胜香邻说："我看木筏在地底不停地向西航行，时间和方位都已失去了意义，才会做出这种猜想，但我也没有任何把握和证据。"

二学生正昏昏沉沉地伏在木筏上，听到司马灰和胜香邻的交谈，立刻爬起来抱住树杈，激动地说道："这种可能性太大了，也许北纬30度的谜底，就是这个怪圈。"

"北纬30度正负5度"地带存在着一系列不可思议的诡异现象，它几乎成了"失踪"和"神秘"的代名词，并且留有诸多古代遗迹。许多科学、地理、历史方面的人士，都认为这条纬度怪事集中多发的背后，隐藏着某种内在的联系，可始终没人能够给出答案，一切都停留在猜测和假设阶段。不过众人深入阴峪海地底，发现了一个深不可测的巨大水体，高处云雾密布，浮槎似乎迷失在了这片永远没有尽头的冥海中，这么多天过去了，说不定已经漂流了上万公里，但是连一点儿看到地脉的迹象都没有。胜香邻的推测虽然大胆，可找不出比这更合理的解释了，北纬30度之下必定是一个无始无终的环形水体。

罗大舌头没听明白，问道："咱们掉进了地底的怪圈……那意味着什么？"

司马灰说:"意味着咱们需要一份世界地图了。"

高思扬担心二学生误导众人,就说:"你也只是凭着木筏持续航行的方向加以猜测,在没有进一步的证据之前,可别乱下结论。"

二学生却显得很有信心:"这绝对是个惊世骇俗的发现。古往今来发生在北纬30度地带的各种离奇事件,大多复杂而且无法解释,加之外界众说纷纭,更使其蒙上了浓重的阴影,甚至被认为是有鬼神作怪。咱们此刻置身其中,在确定地底存在怪圈的前提下,再去思索答案,许多谜团都可以迎刃而解了。"

胜香邻凝神一想,也觉得自己判断无误:"北纬30度是地压和地磁释放活动最为频繁集中的区域,地底凝聚了大量磁云,使得这个水体循环贯通,往复不息。比如四川境内的黑竹沟与鄂西神农架原始森林,同样位于这条纬度,全都有磁云黑雾出现。该纬度中分布着多处被称为'魔鬼三角'、'死亡陷阱'、'地球黑洞'之类的地点,现在想来,不也是受到一股无影无形的未知力量干扰吗?其实它的来源正是这个地下深处的怪圈。"

高思扬说:"咱们水粮断绝,总不能无休无止地困在这木筏上一直漂流,既然确认了当前处境,就该好好想想,究竟要怎样才能从这个怪圈里脱身。"

二学生对高思扬说:"你还是没理解我们说什么,你懂得什么是地球黑洞吗?在别的地方失踪船舶、飞机、人员,最终除了幸存下来的生还者之外,还有很大一部分能找到尸体或残骸,哪怕时隔几十、几百年之久。但在北纬30度失踪,实际上就意味着彻底的消失,永远也不会再出现了,因为这个怪圈能吞噬一切事物,它就像古代传说中恐怖无比的乌洛波洛斯之环。"

胜香邻听到这里点了点头,喃喃自语道:"乌洛波洛斯之环……它确实是对这个地下黑洞最形象的比喻了。"

高思扬从没听过此事,问道:"乌洛波洛斯之环?那又是什么意思?"

司马灰说:"这话我听着耳熟,那是指一个古老的神秘符号'衔尾蛇',它暗有循环无止之意。当初我在黄金蜘蛛城里,曾见过'阿奴伽耶王乘白蟒渡海'的壁画,那白蟒即是自吞其尾。后来向宋地球提及,才知这个古怪的符号由来已久。据闻在北欧神话传说中,也有一条咬住自己尾巴的大蛇,它盘绕在天地边缘,被称为'尘世巨蟒',象征着万物的轮回与混沌,代表着自然界周而复始的现象,结束即是开始,开始亦是结束。这个深处在北纬30度地底的庞大水体,果然很像那条预示着无始无终的衔尾蛇,莫非乌洛波洛斯之环的原形就是此处?"

胜香邻说:"殷商以前就出现过'曲形龙',也属此类神秘符号,从来没人知道它们具有什么特殊含义,但现在看来似乎都与北纬30度之谜有关,这也能从侧面证实咱们的判断。只是地底的磁云浓密深厚,限制了各种科学仪器的精确勘测,致使当今之人并不比几千年前所知更多。"

众人进一步分析了当前面临的困境,如果将这个漆黑无边的水体描述为围绕在北纬30度正负5度区域下的衔尾蛇,现在就等于落进这个怪物的肚子里了。地壳受膨胀扩张运动与压力作用产生了环形裂痕,其中孕育着海洋的原始形态,水体在磁场影响下循环涌动。这个巨蟒般的黑洞也被地磁产生的浓雾覆盖,它上方则是位于地表的山脉和海洋,与其连接薄弱的区域,可能时有怪异现象发生。磁雾从地底涌出,能够造成地震地陷,甚至影响到江河湖海的水位突然涨落,过往的舰船飞机遇难失踪,大多与之有关,因此出现的大量次生灾难则无从统计。

据此推测,鄱阳湖鬼火、长江断流、死亡之谷、黑竹沟妖雾、百慕大三角等众多恐怖地带,很可能都与隐藏在这条纬度下的"衔尾蛇"息息相关。而大神农架阴峪海原始森林下的洞窟,便是其中一处与这个地底水体相通的所在,那尊堵在洞口上的楚载神兽能挡住磁雾,众人坠落下来的时候才得以幸免于难。至于雾中出没的鬼怪,到现在也没搞清楚究竟是些什么,此刻想起前事兀自毛骨悚然,贸然接近无疑是自寻死路。

估计绕行北纬30度线的黑洞距离,少说要在3万到4万公里之间,何况乘在筏子上针迷舵失，不知航行了多少昼夜，谁也说不清现在处于怪圈里的具体位置。对司马灰等人而言，此时头顶是大神农架的莽莽林海，还是高原尽头的喜马拉雅山脉，都已经显得没有任何区别。而众人赖以栖身的木筏，只是一株古树，虽然粗大坚韧、质地紧密，但在这洪波惊涛中恐怕也支撑不了太久。

司马灰屡遇奇险，深入过距离地表一万多米的罗布泊望远镜，可都不及落进这地底的怪圈来得恐怖，因为它既没有终点也没有起点，插翅都别想飞出去。

高思扬知晓了当前处境凶险，可就算这黑洞是个无始无终的怪圈，但它两侧也该有个边际，可以尝试接近两边的洞壁，总不至没有缝隙。只要找到一处能够容人进入的裂痕，就可以摆脱这个怪圈了。

胜香邻也曾想过这条路，不过并不可行，即使你能够接近水体边缘，也仍置身于地壳底层，未必找得到生路，而且纵深处没有氧气可以维持呼吸，走不出多远便会窒息而死。

司马灰看木筏犹如渡海一般，随着洪波翻滚起起伏伏，前方水势更壮，就对其余几人说："有言道'人定胜天'，许多人认为这话是指人能战胜大自然，我觉得这么理解就太笼统了。其实这个词应该是'人定而胜天'，天是指命运和困境，人只有先定了，稳定了，团结了，下定决心了，然后才有机会克服困境。当然并不是每个人都能扭转命运摆脱困境，可如果不这么做，那就连半分机会也不存在了。咱们这支地下考古队，现在困在筏子上确实无法可想，但绝对不应该放弃希望坐以待毙。眼下要做的是尽可能生存下去，多活一天，便多一分指望。如果命运真的是个诅咒，我们唯有怀着谦卑，在黑暗中默默前行，或许才是对自身悲剧命运唯一的救赎方式。"

众人皆有同感，毕竟早在神农氏架木为巢之际，就有古人从地底将遗骸带了出来，可见这个北纬 30 度线下的黑洞里，并非只有茫茫无边的洪流，只是很多秘密都被吞没了。考古队现在需要的是一个近乎奇迹般的机会,这个机会出现的可能非常渺茫,又仅属于最终活着的人,所以求生存就成了首要目标。此时心里有了指望,悲观绝望的情绪略有缓解,振作精神清点剩余电石的数量,木筏在地底航行,主要凭借电石灯照明,如果没有了光源,生命之火也将随之熄灭,因此电石和火把都显得十分宝贵。

这时,高处有几道闪电掠过,似乎是磁雾中出现了雷暴,气压低得令人感到呼吸困难,波涌也变得更加剧烈,木筏摇摇晃晃、起伏不定。众人担心狂风巨浪会将木筏击碎,稍作整顿之后,便忙着用绳索加固筏子。

二学生虽被起伏颠簸的木筏折腾得不停呕吐,瘦得几乎脱相了,可他终于发现了北纬30度的怪圈之谜,还是显得分外亢奋,大声高呼着战天斗海的口号,帮忙拿防水罩保护怕潮的物品。

罗大舌头却认为二学生状况不容乐观,感叹道:"跟什么人学什么艺,跟着黄鼠狼学偷鸡,你跟司马灰混,除了盲目乐观主义精神,哪里学得了好?我看你真是快不行了,我这儿还特地存了听牛肉罐头,本打算留到关键时刻再用,现在发给你算了。"说着就伸手往背包里去翻。

二学生见罗大舌头翻开的背包里,装着一副"猎鹰8×40高密封军用望远镜",不由得眼馋起来,借在手中摆弄了几下,趁着远处忽明忽暗的闪电放到眼前眺望,突然在镜筒中观察到一些反常情况。那茫茫冥海上似乎浮着一个黑点,他有些吃惊地说:"前边好像有大鱼……"

司马灰接过望远镜仔细看了一阵儿,脸上神情随即变得凝重起来:"那是一艘潜艇。"

第六章 Z-615

司马灰此前在罗布泊望远镜里，得知有一艘下落不明的"Z-615 苏军潜艇"，隶属于苏联武装力量第四十独立潜航支队。这艘潜艇搭载着潜地火箭，出海迷航之后变成了一个神出鬼没的幽灵，遇难地点也在北纬 30 度线经过的海域，外界偶尔会接收到它发出的短波通信，但位置很难确定。这艘"常规动力潜水艇"似乎在不断移动，远远超出了 11000 万海里的续航里程。

考古队在极渊沙海中，也曾搜索到该潜艇所发射的短波信号，当时司马灰从通信班长刘江河口中，获悉了这艘苏军潜艇的详细情报，此刻距离虽然很远，但是通过望远镜观察，浮在海面上的黑点体形狭长，与 Z-615 的特征十分接近，尤其是上面耸立的升降式环形通信天线格外显眼，因此不难辨认。

司马灰略感意外，随即把望远镜交给其余几人进行观察。看明情况后，几人低声商议，推测苏联潜艇并未驶入地心深渊，而是遇到了海啸或海蚀，结果被卷进了北纬 30 度下的怪圈，与众人所乘的木筏相同，都是在地底水体中循环航行，由 1953 年至今，已有二十几年不见天日。不过这个衔尾蛇般的怪圈，正好位于地壳底部的磁层里，短波完全可以通过磁雾向外传导，这就能解释考古队在罗布泊收到的古怪信号了。

但这地底黑洞中狂澜汹涌，渊深莫测，如汪洋大海一般，众人乘着木筏随波逐流,能够遇到这艘潜艇的机会十分渺茫,它此时突然出现在前方,倒像是自己找上门来的,不免让人觉得事有蹊跷。

高思扬眼里不揉沙子,质问司马灰道:"你保密工作做得不错,事先怎么不告诉我们地底下有艘失踪的苏联潜艇?"

司马灰最怕高思扬较真儿,推脱道:"我哪想得到它会在这里冒出来,真他娘的撞见鬼了。"

罗大舌头主张摸过去探个究竟:"那苏联潜艇里也许还有罐头、武器、电池一类的物资,咱好不容易捞着这根救命稻草,绝不能轻易错过。"

司马灰说:"苏军 Z-615 潜水艇掉在黑洞里二十年了,也不知为什么未被水体吞没,我看它是名副其实的'鬼潜艇',里面的人肯定都死光了,未必能找到食物和电池。不过地底怪圈中可能还有很多难以想象的秘密,咱们不能放过任何一个线索。"

胜香邻提醒司马灰说:"地底水体茫茫无际,木筏在这冥海中航行了许多昼夜,现在只推测是处在北纬 30 度线的某一点,却没有经度可以定位。而潜艇里应该配备着磁经陀螺,如果能够确认参数,咱们至少可以知道木筏的具体位置,冒些风险也是值得的。这艘潜艇里虽然不太可能还有幸存者,但它持续发射的短波通信很不寻常,接近之时不可不防。"

司马灰当然没忘,那段载有摩尔斯信号的短波,应该是艇员遇难前发出的,通过低功率无线电向外持续发射了二十年,试图告知搜救部队不要接近,看来当时发生了一些很可怕的事情。但你不到舱内亲眼看个究竟,便永远不会知道缘由。于是他告诉众人要十分谨慎,这可不是演习,随即倒转步枪划水,竭力朝着发现潜艇的方向驶去。

木筏行出里许,突然有大股气流呼啸掠过,一时间风如潮涌,惹得洪波耸立如山,筏子时而被抛上高峰,时而又坠落深谷,生死仅有一线之分,每时每刻都可能被乱流吞没。又遇大雨滂沱,浇得众人衣衫尽湿,眼前陷入了一片漆黑。

高思扬用雨披护住电石灯,才不致光源熄灭,待到波涌稍微平缓,

231

便提起来照明清点人数，其余几人看这地底下黑得伸手看不见五指了，也都打开矿灯辨别方位。

司马灰发现二学生在木筏上颠簸得胆汁都快吐尽了，身体抖得如同筛糠，牙关咯咯作响，就说："罗大舌头熟识水性，人送绰号'海底捞月'，常跳入万丈深渊，到那三级巨浪中看鱼龙变化，有他在此你大可不必担心落水。"

罗大舌头在后叫道："可别指望我，咱也不是水陆两栖的，顶多是会两下狗刨儿的旱鸭子，比你们强不到哪儿去。"

二学生摆了摆手，表示并非惧怕掉到水里，只是忽然记起了一件很恐怖的事情。当年舟山群岛的渔民驾船出海作业，时常看到海面上浮着一个圆形的"铁盖子"，底盘有木漂，黑沉沉的毫无光泽，当中都是空的，浮在海里很多年了。以前总有人想把它捞起来，却怎么也拖拽不动，让水性精熟的人摸下去，发现铁盖子底下是根很粗的胶皮管子，但深得探不到底，也不知底下连着什么东西。人们对它猜测纷纷，据那些年长的渔民说，这个东西在新中国成立前就有了，可能是海匪沉下的宝货，上头拴个浮标是为了确定位置，免得回来打捞的时候找不到。

后来此事被地方有关部门得知，找人过来一看可不得了，那铁盖子完全是军工级的制造标准，里面还藏有通信线缆，不可能是海匪留下的。这件事立刻引起了重视，特地请上海打捞局派船过来，又动员了好几艘渔船，却根本拖不动水下的庞然大物。经海军侦察，那是艘太平洋战争后期的日本潜艇，可能它撞在了海底珊瑚礁群里，又因机械故障无法上浮，只好放出通信浮标。这铁盖下有条管子通到潜艇里，可以向外界发出信号，还能输送氧气。可该着这艘潜艇倒霉，通信浮标也阻塞了，又无法及时排除柴油发动机的故障，致使艇内氧气消耗迅速，内部气压失衡，各个舱口盖受负压力影响，已不可能再从内侧打开了。结果里面的六十多名日军尽数葬身海底，都是给活活憋死的，限于技术条件，至今无法对其进行打捞。

二学生曾听他在打捞局的朋友绘声绘色地描述了整个过程，当然里面不乏夸大渲染之处，比如潜艇残骸里面的情况和遇难经过，就完全属于小道消息了，但还是给二学生心里留下了一层阴影，总觉得潜艇这种东西非常不祥。那个大铁壳子简直就像口棺材，哪怕只是一个细小环节上的失误，也会酿成重大事故，而且会死得很惨。艇员死亡前难以承受的恐惧和绝望，或许会永久地存留在潜艇舱室中，外人进去不出事那才怪呢。如今在北纬30度的地底怪圈里，发现一艘失踪了二十多年的鬼潜艇，此刻它里面会是个什么情况？又曾经发生了哪些可怕的事？思之真是令人不寒而栗。

司马灰不以为然："你这文化程度，搁在以前差不多能算个秀才了，秀才以上皆为功名，上公堂不跪，犯过失不打，必须先革去功名，然后方可责打。据说有功名的人连鬼神都惧让三分，你用不着自己吓唬自己。"

罗大舌头对司马灰说："什么不寒而栗，我看他这就是冻的，灌碗姜汤你看他还'栗'不'栗'。"

高思扬在二学生额上试了试体温，触手滚烫，但此刻暴雨如注，这木筏子没遮没拦，前后左右头上脚下全都是水，就对司马灰说："暂且到潜艇舱内躲避一时也好，或许还能找到一些药品。"

木筏被洪波推动向前，借着云雾中滚动的闪电，看到已距离Z-615潜艇巨大漆黑的躯体越来越近，逼仄压迫的感觉也越来越重，同时发现舰体残破不堪，锈迹斑驳的外壳上条条裂痕清晰可见。

司马灰暗觉奇怪，看舰体有些地方都漏水了，也许刚掉到地底的时候还算完好，但被海水侵蚀多年，已是损毁甚重，为什么还浮在水面没有下沉？不过司马灰并不太懂潜艇结构原理，这念头在脑中一转，也没顾得上去想。他燃起信号烛照明附近水面，抛出绳钩搭住舷梯，率领众人将木筏紧紧绑住，冒着暴雨攀上舰桥，摇摇晃晃地摸到主舱盖前，发现竖起的"夜间潜望镜"和"42厘米强光探照灯"都已残破不堪，舱盖从内侧紧紧闭合，完全无法开启，只好从潜艇侧面裂开的一个大窟窿里钻了进去。里面是个滚筒形的隔舱，极是低矮狭窄，湿漉漉的，到处渗水，使人的呼吸都变得紧促起来。通过铸刻在舱体内侧的舷号，能够确认它正是那艘迷航不返的"Z-615"。

二学生告诉司马灰等人，这里像是若干个"平衡水箱"之一，分布在潜艇两侧，裂开的缝隙从外壳上直通进去，看来Z-615曾受到过非常猛烈的撞击，不知是什么东西能把它撞成这样。

司马灰见穿过这个平衡水箱，就能爬进潜艇内部了，里面漆黑沉寂，虽然Z-615潜艇如今只剩一个残骸般的躯壳了，却不敢掉以轻心。他让胜香邻取出照相机装上了胶卷，如有重要发现可以及时记录，然后吩咐罗大舌头等人重新检查枪支弹药。

众人稍做准备，便一个接一个爬过两层壳体间的裂缝，进至倾斜的潜艇舱体内。周围既无人踪，也没有尸体，狭窄的空间里，充满了幽暗压抑的气息。

司马灰看地形是在一条主通道内，抬头就能碰到密布的管线，其中一端的舱门关着，而另一端的尽头能看到P37-D型柴油机组，通道下方是存放鱼雷的弹药库，再往深处还有一层是淡水及油料舱。这艘潜艇虽然长近百米，从外部看极为庞大，可除了两层壳壁，艇内至少分为上、中、下三层，所以舱室内部结构狭窄复杂，众人初来乍到，免不了晕头转向，只得分头到各处搜寻。

司马灰在一个密封的舱室中，翻出几套艇员的备用制服，其中一套臂章上有个"鲸鱼"图案，可能是负责声呐的艇员所穿。冷战时期苏联军工一律采用核战标准，坚固耐用的程度超乎寻常，这件制服就让二学生穿在身上抵御地底的阴冷。

二学生在林场这几年，一直没穿过不带补丁的衣服，见那制服没什么霉变气味，也就不管不顾地穿了，一会儿摸摸鲸鱼臂章，一会儿掏掏口袋，瞅哪儿都觉得新鲜，可不知为什么心里总有些很怪异的感觉，似乎这艘阴森的Z-615潜艇，根本没有众人接触到的那么真实。

第七章　比深海更深的绝望

　　司马灰明白二学生的感觉，这不是艇上空气混浊及照明灯光阴影造成的心理错觉。众人在落入地底怪圈之后，乘着木筏渡海，航行了无数个昼夜，每个人都不免头重脚轻，连踩在平地上的感觉也不记得了。这艘 Z-615 潜艇舰体巨大，浮在海面上总比木筏子稳固多了，只是刚进来的人一时难以适应。但如今已在舱内多时，这种反常的感觉仍然挥之不去。

　　司马灰发现 Z-615 损毁之后没有沉没，但不论洪波如何汹涌，潜艇舱体内部始终由后向前倾斜，角度不变，致使众人在舱室或通道内移动时，总要攀着舱壁稳住重心，这说明潜艇是以一个不合常规的固定姿态浮出水面。可地底水体深不可测，Z-615 怎么会倾斜地浮在海中一动不动？

　　司马灰实在想不出什么结果，只是觉得失踪的 Z-615 潜艇身上，一定还有许多谜团，它目前所在的位置，不过是众多秘密中的冰山一角。当下同二学生继续搜寻，发现这舱室里还有一些扁平的铁箱，里面装着手电筒和一些工具，另外有两盒"氧烛"，点燃了可以短时提供氧气，大概是用于在封闭断电的黑暗环境下，提供抢修作业所需。司马灰把手电筒和氧烛交给二学生装在背包里，其余的东西便无大用。

　　此时，在附近搜索的罗大舌头三人，也先后过来会合。他们均未找到先前预期的电池、药品和武器，只好再往深处探察，穿过幽暗的通道，往里就是主舱及声呐通信室。室内堆积、散落着各种海图和舱内机械图，还有潜艇与基地长波台建立联络的密码册。司马灰随手捡起几张图纸，放在眼前相了半天的面，又哪里瞧得出什么名堂。

众人经过地毯式彻查，除了那部低功率短波发射机还在不断发出"不要接近"的通信信号以外，整个主舱内唯一具有实际意义的线索，仅是Z-615的航行日志，这里面详细记录了这艘潜艇出海的具体经过。胜香邻虽然能够读懂俄语，但航行日志里有大量军事术语，所以辨识起来有些吃力。

众人均想尽快知道Z-615失踪遇难的真相，以及包括艇长在内的乘员下落，因为这同样也是考古队所面临的困境。

司马灰让胜香邻不用着急，逐字逐段仔细解读，反正外边下着暴雨，离开了潜艇也无处安身。

罗大舌头见状就把最后一听罐头撬开，分给其余几人果腹。众人肚子里有了东西打底儿，也都不那么发慌了。罗大舌头趁机自我标榜道："我平生视物质为粪土，重精神如千金，哪怕就剩一口吃的了，宁可自己饿着，我也得先想着你们大伙儿。我看咱这回在地底下找到了Z-615潜艇，绝对是个重大发现了，等回去报告了中央军委和毛主席，你们千万别忘了多替我说两句好的。那我罗大舌头指定能高官得做、骏马得骑，出门小汽车接送，屁股后头再跟俩警卫员。《人民日报》《光明日报》轮流登头版，还得到万人大会上做报告，那该是多么激动人心的场面？"

高思扬白了他一眼说："现在是什么处境，你野鸡诈尸居然还能想到立功受奖的事？"

罗大舌头嘬着牙花子正想反驳，却见司马灰摆手示意不要出声，让众人先听胜香邻解读Z-615的航行日志。

胜香邻仔细翻看了航行日志，发现其中还有艇长在最后时刻留下的内容，他如此形容Z-615——这是一艘还没出航就已受到邪恶诅咒的潜艇。

司马灰和罗大舌头有从军作战的经历，他们认为艇长对待自己的潜艇，就应该像对待生死与共的战友，有种割舍不断的深厚感情。听说有许多艇长，在潜艇发生事故或被击中而无可挽救之时，会命令艇员弃船逃生，自己则选择与潜艇共同沉没，带着不朽的荣誉长眠深海。可 Z-615 的艇长似乎很反感他的潜艇，甚至在还没出航执行任务的时候，就已经觉得这艘潜艇极其不祥。这未免有些言过其实了，毕竟 Z-615 落进"北纬 30 度黑洞"的结果，在真正发生之前是谁都无法预料的。

胜香邻说："根据艇长在航行日志里的叙述，Z-615 潜艇真的发生过很多怪事，接二连三的不幸总是追随着它。冷战时期的苏联潜艇技术十分先进，其设计结构、保护性能，均处于领先地位，屡次创下潜航速度和下潜深度纪录。尤其是 Z 级柴油动力常规潜艇，它采用双壳船体，抗打击和生存能力极强，排水量水下 2475 吨，水上 1952 吨，长 91 米，宽 7.5 米，在全配给状态下，自持力可达 53 天，堪称海中的庞然巨物。而这艘 Z 级 615 型潜艇，战术舷号是'107'，也称'玄武岩号'，由于该型潜艇没能量产，仅有这么一艘，所以艇员们都习惯以'615'直接称呼。艇长称，615 好像受到了诅咒，从最初建造的过程中，就开始出现了不幸的兆头。当时要安装大梁，有一根钢梁意外掉落，将两名船厂工人砸成了肉酱。而在首次调试 P37-D 型柴油发动机的时候，发动机因故障冒出大量浓烟，使一名工人窒息而死。等到下水后执行战斗训练任务试射鱼雷，又突然发生爆炸，当场炸死了几个人，还有多人受伤。这 615 似乎一直都被死神的阴影笼罩着，总会出现致命事故，使得人心惶惶。"

众人听了航行日志中的记载，均有不寒而栗之感，Z-615 为什么会经常出事？

罗大舌头说："看来这潜艇就跟闹鬼的凶宅一样，谁接近它谁倒霉。"

司马灰感叹道："其实世上不只人，万物皆有命运。这潜艇跟咱们有些相似，总遇上倒霉事。不过'为什么会这样'之类的问题谁也回答不了，无非天公安排、造化施为罢了。咱们只能经历命运，却永远不可能理解命运。"

高思扬对胜香邻道："别听他们发牢骚,你快接着说,615潜艇后来怎么样了?"

虽然615事故不断,但经事故原因调查委员会勘验,没有发现潜艇存在任何问题,所以被指挥层认为是粗心大意和纪律缺失所导致,不准艇员再谈论这些事件。最后轮换了全体乘员,由苏联武装力量第四十独立潜航支队接替。这是一支具有光荣历史的英雄部队,其前身为伏尔加河区舰队,参加过残酷无比的斯大林格勒保卫战,被授予过近卫称号。现任的艇长指挥员潜航作战经验丰富,在军中威望素著,众皆服之,敌也服之。其手下的人员训练有素、作风顽强,也曾多次获得最高苏维埃主席团颁发的"红星"勋章。

艇长在接管615之前,就已经对它过去发生的各种事故有所耳闻,但在政委的监控下,没人敢谈论以前的事,他们甚至还没有来得及熟悉615潜艇,就突然接到了执行战备值班任务的密令。

艇员们利用短暂的时间跟家人告别,随即匆匆集合,冒着大雨搭乘Z-615进入大洋。不料,潜航至北纬30度线附近,突遇海底地震引发海蚀,潜艇像石头一样往下沉,直冲海底,并陷入了淤泥里无法浮起。艇上人员在绝望中被困海底十几个小时,想尽了一切办法都无济于事,那一刻好像已经触摸到了地狱的大门。

正当他们绝望之时,故障却自动消失,该艇自行浮出水面,可那一张张惊恐万状的脸还没来得及恢复,615就被海底潜流形成的水桥吸进了黑洞。海面出现的风暴过后平静如初,因地震裂开的海床也已闭合,而615虽然完好,却与外界完全失去了联系,陷入了比深海更深的绝望。面对着比噩梦更恐怖的现实,艇长如此描述当时的感受:"为了祖国,我宁愿背叛上帝,但此刻也许只有上帝才知道,615究竟掉进了什么地方。"

Z-615潜艇此后的经历,与司马灰等人大致相同。由于磁经陀螺故障,只知道是顺着北纬30度线不分昼夜地向西航行。615凭借出色的潜航能力和声呐系统,试图寻找出路,但地底的大海汹涌苍茫,深不可测,上方全被浓密的磁云覆盖，为了保存燃料等待救援，不得不让柴油发动机暂时停止供电，任凭潜艇在地底黑洞中漂浮。顽强存活了六十几个昼夜之后，陆续有人开始死亡，甚至还有承受不住压力精神崩溃的。艇长也发现黑洞里的死亡之海根本没有尽头，因为这就是一个环绕着北纬30度线的怪圈，进得来出不去。虽然潜艇作战时为了隐匿踪迹，常会采取完全静默，与后方指挥所中断联系是常有的事，可一旦长期失去联系就表明出事了。如今过了这么长的时间还没等来救援部队，可见没有指望了，也许615全部人员的名字，都已经被刻在莫斯科烈士公墓的石碑上了，大概还会刻上"因公牺牲的Z-615全体成员永垂不朽，对祖国无比忠诚的儿子，你们将永远活在全体苏联人民心中"。但不管那墓碑上刻了什么，艇上的人是再也看不见了，至此彻底放弃了得到救援的希望，只能尽力采取自救。

这时，大副建议615下潜，也许能找到暗流经过的洞穴，那就能逃出这个怪圈，艇长采纳了这个大胆的建议，决定冒死一试。Z-615下潜的极限深度在200米，凭着先进的设备和潜航经验，这艘潜艇潜到了260米，水压几乎将舰体挤碎了，却始终没有到底，也没能找到暗流洞穴。

艇长知道这计划已不可行，再不上浮潜艇就完了，立刻命令615上浮，可为时已晚，已经潜得太深了，平衡水舱受挤压变形，勉强维持着260米的深度持续向前。艇员们自知在劫难逃，都说被这该死的615害了。

谁知潜艇突然被一股无形的力量缓缓拖拽，得以重新浮出水面，不过像是撞到了岩石，船体破损严重，不少人患上了增压症。隔舱的蓄电池组突然起火，幸存下来的艇员们扑灭火情，升起夜间潜望镜仔细观察，发现潜艇被一座岛吸住了。这座岛似乎是个大磁山，它也漂浮在地下之海中，潜艇是撞在了岛外侧的一块暗礁上，距离那座岛还有一段距离。

经过勘测，艇长推断这座岛是块大得难以想象的磁铁，能将在北纬30度线附近遇难失事的飞机、舰船吸住。大概此岛前身是从地壳里脱落下的巨大岩盘，不过它具有一种普通仪器探测不到的波动磁场，吸力与潜艇的体积成正比，体积越大受到的吸附之力越重，枪支一类的物体反而不会被这块磁铁吸住。

当年日俄对马岛海战之际，俄军铁甲舰就在海上遇到过这种灾难，有两艘海军舰船被吸进了海底。不过，那时候对此类异象还无从认知。没人想到地层深处会有这个"怪物"存在，难怪航经北纬30度线的飞机和船舶，经常会一个接一个地往下掉。但615下潜失控后，也多亏距离这座岛非常近，才侥幸被它带出深不可测的水体。

经过艇长同政委商议决定，派遣沉稳老练的大副同志，带领十名艇员前往岛上侦察地形，但离艇后很快中断了通信联络，派出去的人再也没有回来。

第八章　打火机

胜香邻说:"艇长随即发现这座岛不仅是块大吸铁石,它还有着更可怕的秘密。潜艇已彻底损毁,不可能再有人生还了,于是命令通信员发出信号,通知搜救部队不要接近。航行日志能解读的部分只有这么多了,后面的记录我实在看不明白。"

众人听胜香邻读了 Z-615 的航行日志,不禁暗暗心惊,先前冒着狂风骤雨发现了潜艇,并未探明水下情况,原来这艘 Z-615 是被岛吸住了。而这座漂浮在北纬 30 度怪圈里的孤岛,好像就是古楚国传说中的背阴山了。为什么去了岛上的侦察分队没有返回?潜艇舱内也没有尸骸,剩下的那些艇员都去哪儿了?

罗大舌头说:"我觉得艇长这老小子嘴上挂风箱,倒有几分说书先生的本事。他指定是看潜艇损毁了无法继续航行,就带手下离船逃生了,又担心 615 潜艇被外人找到,才故意捏造了些耸人听闻的事件。"

二学生则说:"潜艇技术应该属于高度军事机密,如果真是因为 Z-615 损坏而撤离,理应引爆鱼雷将它彻底炸毁,不可能就这么一走了之。另外,地底衔尾蛇般的环形水体,就像黑暗的原始海洋般无边无际,这座岛也在永远朝着一个固定的方向循环移动,Z-615 上的幸存者们又能逃到什么地方去呢?"

众人纷纷猜测,终无结果。但司马灰觉得这件事几乎没有什么选择的余地，因为 Z-615 潜艇的遭遇很难揣测，倘若这座漂浮在北纬 30 度怪圈里的岛，确实是巫楚壁画中描绘的背阴山，那么以前发现的各种线索，此刻就全部集中到了这里。如今必须相信，只有前去揭开这些秘密的真相，才有机会找到怪圈的尽头。

众人都同意这是唯一可行之策，于是就在舱体内稍事休整，准备等暴雨稍停，就离开 Z-615 潜艇的残骸，登上背阴山。

高思扬见二学生仍是高热不退，但整个主舱都找遍了，也没发现任何药物，就想到 Z-615 的下层舱室内搜寻。

司马灰等人知道主舱下面还有两层，各层之间有直上直下的工作井连接，分别是弹药舱和淡水舱。弹药舱两端设有几个隔舱，可能是储存物资的容纳舱。Z-615 的舰体前端向下倾斜，底舱非常狭窄，渗水严重的区域都被淹了，所以刚才没有下去察看。

众人当即前往附近的主通道，揭开隔舱的铁盖，穿过工作井陆续下到第二层舱室。这里的空间更显压抑，两侧都放置着火箭助飞鱼雷固定架，用矿灯往前照去，全是漆黑的地下水。可能由于前舱破裂，加上从上边渗下来的积水，已经淹没了弹药库前端的舱门，无法进入鱼雷发射舱。

胜香邻用矿灯照着航行日志中夹带的图纸，辨认第二层的舱体结构，估计后方还有几个辅助隔舱，不知道是用来放置什么东西的。

司马灰见第二层前舱无法进入，便要转身再去后舱，忽觉头上有些响动，顺势往上边看去，只见工作井里露出一个脑袋，正在探头探脑地向下张望。矿灯刚好照到那东西灰白色的脸皮上，那模样活像浸死鬼，七窍里都带有瘀血。

其余几人也都有所察觉，矿灯和手电同时向上照射，几道晃动不定的光束中，就看那东西似人非人，脑袋像只被剥了皮的蜥蜴，也不知是个什么怪物。它两眼对光线极为敏感，脸上没有鼻子，只生着几层肉褶，脖颈两侧似乎还有鳃，直通到嘴边。它似乎感应到了活人的气息，吐着血红的舌头从工作井里倒爬进来。

众人在黑暗中骤然见了这东西，脑瓜皮子都跟过电似的，头发根子"噌"的一下竖了起来。

那怪物全身湿漉漉的，好像刚从水里捞出来的浸死鬼，动作快如鬼魅，不等众人反应过来，便已从工作井里突然扑下。司马灰的 1887 猎枪在舱内掉转不开，赶紧向前滚倒避让。

浸死鬼似的怪物扑将下来，正落在司马灰和高思扬之间，它"咕哝"了一声，张开嘴对着高思扬就咬。高思扬惊骇之余，急忙开枪射击，"砰"的一枪击中了那怪物的胸口，12 号霰弹在对方身体上贯穿了一个大窟窿。凄厉的惨叫声中，那怪物直接从伏地躲避的司马灰身上滚了过去，刚一触地便蹿身而起。高思扬还没来得及重新上弹，对方就已撞到了面前，她见来势惊人，无从躲闪，只好用枪托格挡。

队伍前端的胜香邻和二学生同时惊呼不好，罗大舌头发现情势危急，立刻端起加拿大双管猎熊枪开火，大口径弹药顿时将那怪物拦腰撕成两段，溅得舱壁上全是鲜血。

谁知那怪物两只爪子却仍攥住高思扬的枪不放，而且力道奇大，怎样也甩落不掉。

这时，司马灰一跃起身，他在狭窄的舱体内不敢开枪，唯恐伤到己方或是引爆了鱼雷，于是抽出猎刀从后挥落，切瓜似的劈下一颗头来。那怪物剩下半截没头的躯干竟然还没死绝，它坚硬的指骨兀自狠狠抓挠着舱壁，发出"嘎吱嘎吱"的响声，又过了十几秒钟，才终于一动不动了。

这场突如其来的意外遭遇，前后还不到半分钟，但整个过程险象环生，众人都已出了一身冷汗。全凭舱内地形狭窄，限制了怪物的行动，否则现在就得有人到阴曹地府报到去了。

罗大舌头用猎枪戳了戳掉在地上的头颅，骂道："这他娘的到底是个什么东西，许不是压在阴山下的恶鬼？"

司马灰说："恶鬼不应该有血肉形体，我看这是古老相传的伏尸。据说人之所凭全在魂魄，魂灵而魄浊，魂善而魄恶，如果是魂死魄滞，尸体躯壳里只剩下魄,那就会变成昼伏夜出的行尸走肉。"

其余三人也都壮着胆子上前,用矿灯照向那血肉模糊的碎尸,就见那东西有腮有鳍,爪牙尖锐,前后肢格外发达,尾骨很长。

高思扬说:"这东西嗅觉和听觉一定格外敏锐,而且还有鳃,它可能是从水里爬到 Z-615 舱内的。"

二学生刚才吃了一惊,被吓得冷汗直冒,高热竟也退了,昏昏沉沉的头脑清醒了许多。他说:"这好像是种异常凶狠残忍的原始掠食生物。听闻当初美帝有艘军舰出海巡航,带回一个从冰山里挖出的'鱼人',为什么说是'鱼人',而不是'人鱼'呢?因为鱼的特征非常突出。推测它是在北冰洋里从两亿年前冷冻至今,解冻后居然还有生命迹象,被称为生物史上失落的一环。此事一直被列为军方绝密档案,这北纬 30 度线下的地底水体,也是个完全与世隔绝的地方,是不是同样有鱼人?"

司马灰摇头道:"既然是军方绝密档案,你又是怎么知道的?当年还有谣言造原子弹需要割男人卵蛋来炼油呢,这都是些不靠谱的小道消息,也能信得?"

胜香邻像是忽然记起了什么,心有余悸地对司马灰说:"它也许是 Z-615 上的艇员之一,你还记不记得林场老炊事员讲的那件怪事?"

二学生不解地说:"这长着鳃的怪物至多是轮廓像人,说它是某种生存在洞穴里的冷血爬虫倒更合适,怎么可能是 615 艇员?"

司马灰却是一怔:"此事会和途中听来的林场奇闻有关?"

司马灰在前往大神农架山区的途中,顺路搭了个老炊事员的车,闲聊中听说了一件奇闻。以前林场里有个土贼,进到山里挖掘古楚国的青铜文物,不知究竟掏了件什么东西,害死几个同伙后就潜逃了,最终在火车上被人逮捕。据目击者讲,那土贼妄图毁灭证据,把藏在包里的一个死孩子扔到了江里,却抵死也不肯承认有什么小孩,直到被枪决,也没审出来什么结果,成了林场里流传的一个怪谈。

司马灰觉得这事听过就算了,有没有还是回事儿呢,压根儿也没当真,因为整个事件连最基本的逻辑都不成立，典型的田间地头乡野之谈。当时以为胜香邻在车上昏睡，其实她也是从头听到尾了。司马灰自认也算个机智的人物了，却实在搞不明白"林场子审问枪毙土贼"和"在615艇上遭遇怪物袭击"这两件事之间，会有什么关联存在。

司马灰正想仔细问问，却听上层舱体中传出异响，忙把矿灯照向工作井，只见有个白影迅速闪过，从声响上判断来的不止一个。

众人皆感情况不妙，如果还有此类生物进入潜艇，在狭窄局促的弹药舱里遇上一个也是难以应付，而且地形极为不利，从作业井钻出去等于找死，于是就想抢先关闭舱盖，谁知前舱的水面一阵翻动。

司马灰立即将矿灯拨转下来，就见有个浸死鬼般的白色怪脸正从水下冒出，心知糟糕透顶，看来要被堵在舱内了。

这时，罗大舌头抢到近前抬枪轰击，那怪物没等爬出水面，就被掀掉了半个脑壳。舱室内都被血水染遍了，充满了浓重的血腥气息。紧跟着又有其他同类，快速从鱼雷发射舱裂缝中钻进潜艇。

司马灰见作业井里也有伏尸爬下，一把拽住还在装填弹药的罗大舌头，叫道："挡不住了，先撤进后舱。"

众人快步退进位于潜艇第二层后部的隔舱，合力推动轮盘想要关闭舱门，但有条白森森、湿淋淋的手臂也从舱外伸了进来，恰好被夹在缝隙间，使舱门无法完全闭合。

司马灰等人心里明白，此刻关不上这道舱门，命就没了，一齐发声，用尽全力，将舱门推拢，又将轮盘转到了底。那手臂中间被挤压得血肉模糊，半截爪子连皮带骨挂在门前，手指还在不住抖动。

高思扬不敢再看，抹了把额头上的冷汗，转过身提起电石灯，想先辨明这间隔舱里的情况，只见有四个被固定住的大铁罐子，正待观看罐体上的标识，却被二学生突然按灭了电石灯。高思扬被他吓得不轻："你干什么？"

二学生因紧张过度而面如土色，颤声说道："罐子里装的是液态氢，如果沾上一星半点儿的明火，Z-615就得被炸到天上去了！"

胜香邻用矿灯向四周一照，发现罐体上果然有液态氢标志。按照航行日志的记录，Z-615潜艇除了柴油发动机，还安装了正在实验阶段的厌氧装置，用来为水下续航任务提供燃料。为了安全起见，需要安排独立的舱室存放，但由于储存罐设计并不完善，具有随时爆炸的可能性，所以又被称为"打火机"。看罐体仪表上的显示，这几罐液态氢还都是满的，应该没有泄漏，否则提着电石灯进来，此时哪里还有命在，想到这儿也不禁后怕。

司马灰得知情况，同样是暗中叫苦。他让罗大舌头顶住舱门，然后追问胜香邻："这些爬进潜艇里的伏尸，怎么会与被枪毙的土贼有关，他到底在隐瞒什么事实？"

第九章 退 化

胜香邻说："最初我看不懂 615 航行日志的后半部分，但我现在想通了，Z-615 的艇员都成了被这座岛控制的怪物。"

司马灰摇头道："这我就更不明白了，岛怎么会让 Z-615 上的艇员变成怪物？"

胜香邻心中焦灼，想尽快向司马灰说明经过，可这件事并非一两句话就能解释清楚，想了想只能先从途中听说的传闻开始。毕竟传了多年真伪难辨，众人对此也只是道听途说，于是问在林场插队多年的二学生，老炊事员讲的怪事是否属实。

二学生说："这是确有其事的，不仅是几个林场子，山里人基本上都知道。"

不过，发生这件事的时候二学生还没到林场插队，也只是耳闻，并不曾亲见，大致与司马灰等人听说的情况一样。大神农架原始森林野兽多而人烟少，诸如野人、水怪之类的传说很多，人为的事件却非常有限。深山老林里岁月漫长，这个土贼被捕枪毙，在当地几乎无人不知无人不晓，乃言奇言怪必谈之事。它怪就怪在不合常理，奇就奇在没有逻辑，让人们根本琢磨不透，谁也不知道那土贼心里怎么想的，所以时隔多年，还会经常有人提及。

高思扬表示自己也听民兵讲过这件怪事，有人说那土贼是个潜伏的特务，用死孩子的人皮包着一部电台，他发现行踪暴露，便将电台投入江中毁灭证据，至死不肯承认是为了保全同党；还有人说土贼是在山里被阴魂附体了，但这个猜测更加荒唐，也站不住脚。

罗大舌头说："这就是个谣言，平时很寻常的一件事，传得多了也能越变越邪乎，或许压根儿就没发生过。"

胜香邻说："如果此事的确属实，便只有一种合理解释，那就是土贼把自己做过的事彻底忘了。"

众人尽皆愕然："忘了……这是说忘就能忘的吗？"

胜香邻说："北纬30度线蕴藏着许多带有磁性的矿层，以往在这些地区参加过地质勘探和矿井作业的人员，也有人出现过记忆力逐渐缺失的状况，那是受矿物辐射致使Tau蛋白在脑内聚集的症状，记忆链条缺失的部分没有规律。我看Z-615艇长记录在航行日志后面的内容十分混乱，尽是些互不相关的内容，就像林场里传言的这件事情，逻辑奇怪得让人无法理解。所以，我想当年那个土贼，很可能进入过存在磁层的洞穴，后来发生的事大概都是记忆链缺失造成的。也许土贼除了盗取青铜器，还出于某种原因下手害死过一个小孩，将尸体藏在了包里，但被人发现的时候，他已经完全想不起来中间做过什么了，至于具体经过，现在也无法追究，我只是受到这个传闻的启发，才推测出Z-615潜艇的遭遇。"

司马灰说："土贼的事或许如你所言，但照你的推测，倘若北纬30度怪圈同样会给人造成记忆缺失的影响，那些艇员就算把脑子里的事都忘光了，他们最多变成痴傻，又怎么会成为恶鬼般的怪物？"

胜香邻说："因为Z-615上的幸存者退化了，它们已经变成了这座岛的寄生虫。"

众人相顾失色，高思扬问道："这是不是属于一种返祖现象？"

罗大舌头插话说："且慢，人好像是从猿变来的，真要返祖退化也该变成猿，我可不知道猿类会长鳃。"

二学生解释道："海里的生物被陆地上的东西吸引，产生了突变，才演化成了两栖类,再转变为爬虫类,而古猿又是由爬虫类逐渐进化而成的。"

罗大舌头道:"不对啊!这猿类既然能进化成人,为什么世上至今还有猿猴?"

二学生说:"这个……好像是古猿分支众多,但只有其中一支具备慧根的古猿,最终得以进化。"

司马灰仍有许多不解之处,就让胜香邻再具体说一说,如果 Z-615 的艇员迅速退化了,那么咱们这伙人此时置身北纬 30 度怪圈,是不是也将面临同样可怕的结果?

胜香邻说:"某些地底岩脉中,存在天然放射性元素或磁场,短时间接触有可能会对人脑产生影响,比如记忆缺失行为异常,类似西方所说的阿尔茨海默综合征。据苏军 Z-615 潜艇侦测,这座地底的阴山实际上是块大磁石,依前事来看,如果长期停留接触,便会出现急剧退化,最后变成丧失了人心的怪物,和恶鬼没什么分别,并且永远被阴山束缚在此。迷航于北纬 30 度线下的 Z-615 潜艇乘员,至少在这水体中持续漂浮航行了许多个昼夜,Z-615 潜艇刚被这座岛吸住的时候还没有任何异常,但此后的航行日志就逐渐开始混乱了。艇长好像发现了这个秘密,可为时已晚。古楚传说中阴山背后尽是万劫不复的阴魂恶鬼,其原形也许正是这些退化了的怪物。它们大概都是由夏商周乃至春秋战国时期,无数被扔进山里献祭的奴隶和俘虏所变。倘若 Z-615 潜艇上的幸存者没被这些恶鬼吃光,剩下来的人也都已变成阴山之鬼了。咱们这支地下考古队孤立无援,当然也逃不脱这种噩运。"

众人早将生死置之度外,但一想到这种结果,也不免怕上心来。

司马灰问胜香邻:"现在还剩下多少时间?"

胜香邻表示无法准确推测,不过从 Z-615 航行日志上的记录判断,估计最迟在一两天之内,就要有人开始出现记忆缺失的现象了。

司马灰凭生物钟估算,从发现 Z-615 潜艇到现在,差不多过去三四个小时了,如果阴山上确实有天瓯存在,探险队或许还有时间找到"通道",逃离北纬30度这个死亡的怪圈。

高思扬说:"如今Z-615潜艇残骸里已不知爬进来了多少恶鬼,咱们连这道舱门都出不去了。"

二学生喘着粗气说:"我觉得呼吸越来越困难了,这个辅助隔舱内的氧气好像已经不多了。"

罗大舌头也觉憋闷,出主意说:"不是找到潜艇里使用的氧烛了吗?我看点燃氧烛还能多坚持几个小时,趁这工夫赶紧想办法。"

二学生连忙说:"别忘了这舱室是个打火机,谁敢在装满液态氢的罐子附近用火?那我宁愿自己打开舱门被鬼吃掉。"

司马灰知道"氢弹"是种战略武器,能够制造出上千万吨级TNT当量的爆炸,还具有严重的放射性污染,因此也称"脏弹"。这艘装备着液态氢辅助燃料的Z-615潜艇,岂不正是一颗威力恐怖的脏弹?如果它在地底下发生爆炸,别说Z-615的残骸,估计整座阴山都得被炸到地表上去,甚至北纬30度线之下的怪圈也要从中断裂。此时见这辅助舱内近乎封闭,剩余的氧气支撑不了多久,但在此处使用氧烛或枪支,都会引发灾难性的后果。

胜香邻说:"不至于有那么严重,因为作为燃料的液态氢,和武器级的氢弹完全是两个概念,但它的爆炸威力也足以将Z-615炸毁。"

司马灰寻思:前舱肯定回不去,留下来很快便会活活憋死,也只能继续往后舱去了,可万一后边的舱室同样密不透风,那就真被闷成"人肉罐头"了。他心里打着鼓摸过去转动轮盘,缓缓打开了后部舱门,所幸后舱冷飕飕的能感觉到空气流通。

胜香邻参照图纸,指明潜艇后部除了一处隔舱,依次还有"主电机"和"辅助电机室",通过辅助电机室的作业井上去,即是与甲板连接的封闭舱盖,从舱体内侧应当可以打开这个铁盖。

众人见通道里一片寂静,看来这些阴山之鬼,多是经底层淡水舱爬进潜艇内部的，听动静此刻还没有绕到后舱，正可趁机脱身，等被它们发觉再想走可就难了。当下不敢耽搁，蹑手蹑脚穿过辅助电机室。司马灰推开舱盖向外窥探，借着雨雾中不时掠过的闪电，远处黑黢黢的巨大山体依稀可辨。

这时，胜香邻压低声音对司马灰说："那些怪物的感觉非常敏锐，咱们躲在Z-615潜艇里还有舱室作为依托，可一旦到了木筏子上随着洪波漂浮向前，必然会被它们察觉。这水面上没遮没拦，到时该如何抵挡？"

司马灰一听胜香邻的话顿时警醒起来，有道是"一招不慎，乾坤难回"。此时的处境让司马灰想起当年刚到缅甸，跟随游击队穿过一片茂密的丛林，前方遇到一条齐胸深的大河，河面非常开阔。众人正准备涉水渡河的时候，忽然发现丛林里有大批敌军追了上来。当时指挥员见前有河水后有追兵，而且众寡悬殊，便命令游击队强行渡河，争取尽快到对岸占据有利地形，却没想到部队涉水的速度要比在丛林里行军缓慢得多。敌军在身后出现的时候，游击队才刚到河心，结果都成了活靶子，活着上到河对岸的十个里还剩不到一个，血水几乎把整条河流都染红了。后来司马灰有经验多了，才明白那场渡河遭遇战必须牺牲掉几个人，让他们借助丛林的复杂地形留下阻击敌人，掩护主力部队安全渡河，这叫作"丢卒保车"。

其余几人稍一寻思，也均是毛骨悚然。如今在行动速度不占优势的情况下，乘着木筏渡过水体接近阴山，恐怕会在途中就被那些怪物追上，若平地遭遇还能凭借武器勉强应对，而被拽到深不可测的水里，却是半点儿挣扎反抗的余地也没有了。况且没有水和食物，即使困守在Z-615的舱室内，终究不是了局。

司马灰吩咐胜香邻留在舱盖处监视外边的动静，随即狠下心来对其余三人说："没什么办法可想了，唯有引爆装满液态氢的罐体，即使没把潜艇附近的怪物都炸死，爆炸产生的巨响和火光，也会把它们吓得四处躲藏，这是考古队活着接近阴山地脉的唯一机会。"

地底水体中洪波万里，Z-615 潜艇被吸在大磁山的边缘，现在留下一个人引爆 Z-615 里装载的液态氢燃料罐，其余四人才有机会脱身。众人深知接触地底大磁山的时间越久，便越有可能被它困住万劫难复，必须在退化迹象出现之前，找到逃离北纬 30 度怪圈的途径，片刻不容耽搁。司马灰说的计划虽然可行，但谁留下谁就是个死，应该让谁留下呢？

黄金山脉与水晶丛林

第六卷

第一章　不死之泉

罗大舌头见司马灰刀子般的目光落在高思扬身上，以为是确定了人选，忙说："亏你想得出来，竟让个女的替咱们送死？那就算侥幸逃得性命，将来也没脸见人了。我看与其这样，倒不如让二学生押后。"

二学生惊慌失措："这事太突然了，我……我……我思想上没有任何准备……还需要点儿时间……考虑考虑……"

罗大舌头说："还考虑什么？男子汉大丈夫别犹犹豫豫的。咱活就活个痛快，死也死个壮烈，要劫劫皇杠，要玩玩娘娘，所谓人生一世，草木一秋，这辈子匆匆忙忙、稀里糊涂，说过去就过去了，想有点儿意义多难啊？你现在有个千载难逢的机会能够因公牺牲、永垂不朽，还可以永远活在全体人民心中，这么光荣的好事上哪儿找去？"

高思扬本就是个率性的姑娘，此刻实在听不下去了，眼中含泪直视着司马灰问道："你凭什么决定别人是死是活？"

此刻身在险地，谁都不敢大声讲话，司马灰也只好尽量压低声说："罗大舌头净他妈的打岔，我可没说让谁去引爆液态氢燃料罐，你的背包里是不是还有电石？"

高思扬恍然醒悟，电石灯使用化学照明光源，构造简易坚固，电石遇水就会立即燃烧，放出烁亮的白色火光，遇到氧气不足便会暗淡发蓝，尤其适用于矿井隧道作业，是考古队在地底行动的必备之物。存放电石的盒子必是密封防潮，否则有水渗进来可就引火烧身了。通信组加入行动之后，电石灯一直由高思扬使用，备用的电石盒子也都放在她的背包里。考古队虽然没有雷管导火索之类的延时引爆器材，但打开潜艇两侧的平衡水箱，使地下水淹至装有液态氢罐体的舱室，就可以利用电石燃烧现象，引爆 Z-615 潜艇。

众人当即摸回辅助隔舱依计施为，随后钻出潜艇，攀着甲板侧面的舷梯返回木筏。司马灰拔刀砍断绑在垂直舵上的绳索，这段史前古树的躯干被洪流推动，立时向前漂浮。或许是雨雾掩盖了气息和声音，所幸一切顺利，眼看筏子漂过了潜艇尾部的螺旋桨，突然有道闪电惊空，就见潜艇漆黑的外壳上有十数个白色物体，正在向下快速爬行。

司马灰等人惊呼一声"不好"，抄起步枪拼命划水。其实木筏在滚滚洪波中漂动的速度已是极快，转瞬间便向前驶出几十米，距离阴山地脉已经不远，但也同时察觉到水里和远处山体间都有伏尸迫近。众人知道仅凭手中枪支根本压制不住，均盼 Z-615 潜艇尽快爆炸，以便趁机脱身，却迟迟不见动静。

罗大舌头猛地一拍脑袋，叫道："搞砸了，刚才我好像没把电石防水的密封盒子打开，电石接触不到水根本不会燃烧，这墨菲定律太狠了，你说它怎么总跟我过不去呢？"

司马灰一听鼻子差点儿没气歪了，骂道："别扯那些不咸不淡的，我看真是该对你采取永久性人道主义措施了。"

二人嘴上争执，手里的枪支可都已是弹药上膛，只等那些阴山恶鬼接近，便豁出命去拼个够本，但筏子持续不断地向前漂浮，周围再也没有任何异动。

众人心下莫可名状，附近的行尸走肉怎么踪迹全无？相传桃木能辟邪镇煞，难道是乘以渡海的古树气味将它们驱退了？可这史前树种虽然罕见，但除了质地紧密，也没见有什么稀奇之处，又寻思是否是被别的东西吓走了。

不知不觉间，木筏已触到岩石搁浅，五个人满腹疑惑，一时不敢冒进，就见面前的山体齐整壮阔有如城郭，显露出来的部分呈"凸"字形。它似乎是一块单体不可分割的庞大岩盘，突兀地沉眠在这空寂无物的水体中，表层多为苔藓覆盖，显得阴郁荒凉。受时间和环境侵蚀形成的裂痕，就像无数条沟壑深谷，高处云缠雾绕，难窥全貌。众人为其气势所震慑，大气也不敢出上一口。

司马灰用手触摸苍纹密布的岩层表面，发觉质地和色泽都近窑砖，心想：此地就是巫楚传说中的阴山了？中国古代有过仙山在海上漂浮的记载，西方则传说地下有泉，饮之能得不死，厌世则升天，但没人知道传说中的泉水在哪儿。看地底洪泉极深、阴山伏尸，想见那些古老得近乎神话的传说毕竟有些来历，其本质相同，只是表象各异。他见跟在身旁的二学生脸色怪异，就问道："你是不是有什么发现？"

二学生似是怕惊动了什么恐怖的东西，两眼直勾勾盯着司马灰手中的步枪，悄声说道："这地方很不对劲儿，它让我想起了……"

司马灰心下不以为然："我他娘的也真是信了你的邪，别在这儿大惊小怪的，这山体形势虽然险峻古怪，似乎有种很不协调的感觉，可又怎么能同 1887 型杠杆连发枪扯上关系？"

二学生问道："温彻斯特 1887 这种枪支何以得名？"

司马灰说："这谁不知道呢？温彻斯特是著名的美国军火制造商。塔宁夫探险队这种武器设计制造于 1887 年，利用手柄杠杆式枪机上弹，虽然是使用 12 号无烟霰弹，但后来我才看出它被加装了膛线，弹丸射击后聚集不散，减小了杀伤面但增强了威力，更能适应狭窄多变的地下环境，也可以算是步枪了，现在看也并不落伍，性能非常可靠。"

二学生道："我这也是听来的事，正是因为这个美国连发武器制造公司，生产了多款枪支，并得到广泛应用，死在温彻斯特步枪下的亡魂不计其数，使得这个家族灾祸不断。其实西方人也迷信，所以就建了一座大宅，后世称之为'温彻斯特鬼屋'。在它的建筑结构中，便有几处用到了位置歪斜扭曲的设计，相传这样'改变常态'的做法，可以困住那些亡魂。"

司马灰等人从未听说过此事，都感到无法相信。这世上胡编乱造之事甚多，却少不得依经旁注有个边际，难道西方人也懂得按照风水秘术布置阴阳窟宅？司马灰不再理会二学生，当即招呼众人举步向前，循着平缓处蜿蜒上行。

二学生走在队伍里，还坚持声称此事绝非捏造。据说温彻斯特通过连发武器公司制造贩卖枪支，攫取了丰厚利润，但家族成员一个接一个地非正常死亡，最后只剩下老温彻斯特的妹妹莎拉继承了大笔遗产。但子女和丈夫相继离世，使莎拉变成了一个空守着金山的寡妇。某天她乘马车外出，意外轧死了一只黑猫。从那开始，莎拉夫人经常能通过镜子，看到那只黑猫蹲在自己身后，可当她迅速转头察看，却又空无一物。到了夜里，她更是噩梦不断，闭上眼就会感到阴风阵阵，围着床铺打转。

莎拉并不信教，无奈之下只好求助一位巫师，希望借助巫术驱魔。巫师占卜出温彻斯特家族的气数将尽，那些惨死枪下的亡魂迟早要找上门来讨还血债。现在发生的这些可惊可怖之事只是一个开始，更大的灾厄将紧随其后。如今只有两种选择：一是散尽巨额遗产，因为这笔钱都是拿人命换来的，是一笔受到诅咒的财产，谁得到它谁就会同时得到厄运；另一个选择是对抗命运，当然这是一条永远回不了头的不归之路。

莎拉是失女丧夫的孤家寡人，亲朋好友基本上都死绝了，但她性格坚忍，也不愿放弃奢华的生活，考虑到最后决定选择第二条路，用这笔受到诅咒的财产保护自己。

按照巫师的指点，若是想继续活下去，必须迁往西海岸，建造一幢全新的房屋居住在里面。但这座房屋却永远不能竣工，要持续进行施工和装修，什么时候施工停止了，那一天就将是莎拉的死期。

著名的温彻斯特鬼屋便从此诞生了。整幢房屋在38年之内没有停过工，几百个房间今天造了明天拆，屋内到处都是暗道和密室。她想利用迷宫般的布局与亡魂周旋，所以没有常规意义上的蓝图，结构穷尽怪异之能，楼梯的尽头也许是堵墙，打开窗子则是台阶，偌大个房屋里没有一面镜子。

莎拉为这处大宅花费的金额几乎是天文数字，直至与世长辞。后来温彻斯特鬼屋变成了当地文物，还被设为博物馆供人参观游览。但该幢房屋的正门不仅位置偏斜，而且上百年来从没开启过，就连美国总统前来参观，都不敢从正门进去，可能认为阴魂凶灵无法通过这种门户，活人进出也属不祥。这就诸如一方之民，约定俗成都不做某些事，都不说某些话，所谓的"禁忌"便是。

众人听二学生言之凿凿，好像还是有些根据的，这位继承巨额财产的孀妇，其所思所行实是让人难以理解，可见世间百态，无奇不有。而二学生则是想告诉大伙儿这阴山形势古怪，也不符合自然界正常之态，所以那些魂死魄存的行尸走肉都在周围潜伏，不敢接近山体，考古队才得以脱身。

说着话已行至山根底部，先前借着闪电看到座漆黑模糊的山体，从中部陡然拔起，也就是从侧面看"凸"字形上方的部分，此时走到跟前发现其实是个奇大无比的洞窟。它大得与这山体不成比例，就像把整座山峰挖去了三分之二，剩下的三分之一便是这洞口轮廓。

众人心中惊奇，停下脚步用矿灯四处照视，只见洞外地裂处枯骨累累，看上去多为许多年前死掉的阴山之鬼所留，因此觉得二学生的推测并不准确。那些退化之物显然是历代蛰伏在地下水体和岩洞深处，在正常情况下，生人到此必然遭受袭击。如今却出现了一个"有违常理"的情况，司马灰预感到在这反常迹象的背后，必然隐藏着更大的凶险。

第二章　洞比山大

相物古术有言："阴阳不可测者谓之鬼，玄深不可知者谓之神。"司马灰等人在阴山里发现的这个大洞，也正应着此言。

胜香邻从未见过这种地质地貌，她向深处观察了一阵儿，只觉越看越深，难测其际，对其余几人说道："你们瞧，这山体内部好像都是空的。"

高思扬骇然说："大神农架原始森林里奇洞异穴所在皆有，却也没见过这么古怪可怖的山洞。"

二学生点头道："阴峪海下存在的洞窟规模比这里大得多，可形势如此怪异的好像还真没有，而且这种不协调的恐怖感还很难形容……"

罗大舌头说："这有什么不好形容的，凡事都有个比例，好比你的脑袋是座山，眼睛、鼻子、嘴和耳朵是山洞，别管脖子以下怎么样，即便脑壳里面全是空的也并不奇怪。可你想想，如果一张嘴占了整个脑袋的三分之二，那就未免太吓人了。"

二学生听罗大舌头打的比方虽然诡异，却也非常恰当，最准确、直观的概括这里，就是"洞比山大"。

司马灰此前推测古楚传说中的阴山，有可能是地底岩脉脱落形成，在水体中绕着北纬 30 度怪圈缓缓漂浮。它若只是深山空洞倒不足为奇，但这无根之山内部中空，实是出乎意料。由于周围环境漆黑，无法看清地貌形势，司马灰也不知道所谓的天瓯是否真在此处。相传这东西亘古已有，乃是度量天地之物，能够自行自动，或许类似轩辕黄帝利用地底磁山之理所造的指南车，其中还有仅深藏在地层最深处的黄金水晶，楚幽王盒子中的遗骸就从此得来。而天甑也是进入深渊的通道，这条通道的尽头，存在着考古队幸存者想要寻求的谜底。如今逆水行舟回头难，众人到此已无任何顾虑迟疑，虽一时想不透这阴山洞穴里有些什么，想来这山下无根，洞中纵然深广难测，也总不至于是个无底之窟。

司马灰打定了主意，就让二学生把背包里剩余的氧烛、火把、弹药都取出来，分给众人携带。

二学生一边分发物品，一边愁容满面地告诉司马灰："弹药还有不少，火把和信号烛却是用一根少一根了，电池、电石一类的照明能源也所剩有限，如果不节约使用，恐怕支撑不了几天……"

罗大舌头说："咱的干粮罐头可是一点儿也不剩了，估计等不到明天就都饿趴下了。"

司马灰说："要是短时间内找不到离开北纬30度怪圈的通道，大伙儿全得变成阴山里的行尸走肉，所以其余的事别多考虑，先撑得过今天再说。"说罢拿笔在手背上写了几行字，用来提醒自己："一旦开始出现记忆缺失的迹象，千万别忘了给自己脑袋上来一枪。"随即抖擞精神，准备进去探明情况。可他刚走出几步，却忽然闻到背后有股尸体的味道，这种气息在大神农架阴峪海多次出现过，好像是那个采药哨鹿的土贼。

司马灰动念到此，心头猛地一紧："难道是那个练过僵尸功的老蛇？"

在楚载神兽坠入地底水体之时，司马灰亲眼看到此人被怪鱼吞掉多半截，只剩脑袋和胳膊还露在外边，即使他天赋异禀，服食过千年灵芝，终究没有兜天的本事，即便没葬身鱼腹，也绝不可能大难不死，肯定早已变成了一具真正意义上的死尸。但洪波茫茫，浩渺无极，这土贼的尸体怎么会在阴山出现？

司马灰心念一闪之际，迅速转身察看，发现罗大舌头等人都在身后，唯独不见了二学生。

众人共同踏过炼狱,经历了一切考验,无时无刻不在死亡线上摸爬滚打,彼此间默契已深,其余三人见司马灰突然转过身来,也都在同时觉察到后方情况有异,立时散开几步,持枪举灯向后照视。只见身后漆黑一团,毫无活人气息。

众人记得二学生刚刚还在附近,手里拿着手电筒照明,才一眨眼的工夫,怎么说不见就不见了?

司马灰发觉死人气味离得很近,对同伴打个手势缓步向前,矿灯的光束也跟随推进,赫然在黑暗中照到了二学生的脸部。但那惨白的脸上五官扭曲,瞪着两眼,嘴部大张,僵住了一动不动,显然是气息已绝。在他身后另有一张湿漉漉的怪脸,形若古猿,面颊上斜带着一条刀口,像孩子嘴似的往外翻着,里面露出的皮肉,都已腐烂发白了。

众人又惊又骇,来者不是老蛇又是何人,他脸上的伤口还是被罗大舌头用猎刀所劈。此贼擅别"四气五味",满身铜筋铁骨的横练硬功,被活埋在坟包子里,尚能用龟息之法偷生,但这时看来,那本是血丝密布的双眼,却黑得有如一对窟窿,身上折断的肋骨,更是有几根从胸前白森森地戳了出来。看样子已经死得不能再死了,哪里还是活人。也许确是死后尸起,破了鱼腹脱身,阴魂不散地尾随而来。

众人既痛惜二学生丧命,又惊骇于这土贼尸变,而司马灰感到阴寒之气悚人毛骨,肌肤为之起栗,先前在楚载神兽里发生的诡异情形,全都浮现在脑海之中。当时他不顾禁忌,冒险揭开了楚幽王的铜盒,受到盒中遗骸吸引,洞底阴风骤起,同时有浓密的磁云涌出,那应该是古楚壁画中被描绘为箱中女仙的鬼怪出现了。落在黑雾里的罗大舌头当场死亡,众人被迫退进楚载内部躲避。接下来罗大舌头突然死人还魂,惊得那土贼心虚胆寒逃至洞外,遁入了雾中不知去向。等双方再次遭遇之时,司马灰看到老蛇嘴里伸出一条黑乎乎的手臂,似乎此人在雾里便已毙命,却被磁云里的妖怪钻进了体内。大概壁画里描绘的那些东西,必须借助死人躯壳才能离开黑雾。它们似乎能将活人瞬间麻痹,变成僵死之态,随即借躯而行,被其附身者就算是彻底死亡了,否则还有希望复苏过来,这是唯一能解释罗大舌头为什么会野鸡诈尸的原因了。所以,此刻跟着众人来到阴山的行尸,并不是土贼老蛇,而是古楚壁画里屡次出现的箱中女仙。

倘若那土贼是个死而不化的僵尸,总归有其形质,倒也容易对付,可巫楚壁画里描绘的鬼怪,却不知究竟是何等异常之物。现在只有一点可以肯定,这东西是躲在土贼尸体中浮水至此,想那土贼体质虽然异于常人,可在茫茫洪波中漂浮太久,尸身都被浸得软烂如泥了,所以它还要再找有生者移形换壳,这才跟随着气息和光源来至洞口。二学生便是被它出其不意制住,陷入了肌肉僵死的状态。

这么短短的一瞬之间,司马灰的种种疑惑和猜测一齐涌上心来,心知要立刻出手,否则等箱中女仙脱离土贼尸壳,转而进到僵死的二学生体内,到那时就回天乏术了。

此刻,其余三人也均是极为骇异,罗大舌头见到那古猿般的怪脸从二学生身后浮现,咒骂道:"这死不绝的土贼!"喝骂声中,举起手中的加拿大双管猎熊枪迎头射击。

司马灰急道:"别用火器,这是楚国壁画里的鬼怪!"

但这声招呼迟了半秒钟,罗大舌头还是扣下了扳机,只听"砰"的一声轰响,枪火闪动中,也没看清那土贼的尸体如何移动,竟已无声无息地欺近身前。罗大舌头顿觉寒气切肌,全身毛发竖起,还不等叫出声来,便舌头根子发硬,人像截木桩子似的摔倒在地。

司马灰看到老蛇尸体的脑袋被大口径猎枪轰没了,两手却兀自扑住僵死的罗大舌头,从腔子里冒出一道似是有形有质的黑气,直奔罗大舌头嘴里钻去,也不由得感到全身毛骨悚然。他擅别物性,虽不清楚巫楚壁画中描绘的箱中女仙到底是些什么,但在这电光石火之间,已看出这东西的本质极阴极寒,却追光逐热。二学生所拿的手电筒,是从Z-615潜艇里找到的照明工具,光线亮度高于其余几人安装在"Pith Helmet"上的矿灯，所以是二学生最先受到攻击。而罗大舌头使用猎熊枪轰击，瞬间产生的光热更大，才引得它放开已经僵如枯槁的二学生，掉头扑向手持猎枪、头顶矿灯的罗大舌头。

司马灰眼见情况危急，却无法可想，只得端枪射击，先将那箱中女仙从罗大舌头身边引开，枪声未落，就发觉那团附在尸体里的黑雾已挣脱出来，裹着一阵阴风扑面掠过，但并未与自身接触，反倒冲着旁边的胜香邻和高思扬去了。

原来胜香邻见机之快，并不输于司马灰，知道那箱中女仙钻到谁的身体里，谁的命就没了，拦住准备使用步枪的高思扬，取出一支塔宁夫探险队留下的鱼油火把，打算迎风晃着了抛向远处，谁知那团黑雾来得好快，刚点燃的火把就倏然转为暗淡。

司马灰见状额上青筋直跳，心想眼下能拖一秒是一秒了，立即抢过胜香邻手中的火把，一个箭步飞身蹿出，就觉阴魂般的恶寒之意从后紧随。他本欲借着纵跃之势将火把抛开，然后就地躲避，等缓过这口气来再设法周旋，但满目漆黑，混乱中难辨方位，又用力太过，没拿捏好分寸距离，居然直接跳进了那个深不可测的山洞，身体如同风筝断线石沉大海，"呼"的一声直坠下去。

第三章　乘虚不坠

司马灰虽然没有"飞燕掠空、蜻蜓点水"一类的轻身本领，却也练过绿林中的翻高头，擅长攀爬提纵之术，体内有股透空的浮劲儿，翻墙越脊不在话下，但毕竟不是飞鸟，此刻忽然足底踏空坠落深洞，再想回可回不去了。只听耳侧风声不绝，自知不管这阴山洞穴深浅究竟如何，反正在洞口用照明距离20米左右的矿灯探不到底，过了这个深度，定然骨断筋折、有死无生，想到这儿心中也不禁为之一寒。

司马灰的步枪和火把还分别握在手里，那鱼油火把触风不灭、淋雨不熄，下坠当中虚虚晃晃地照到洞壁间遍布的苍纹，似乎可以着手，估计凭自己蝎子倒爬城的身手能够在壁上挂住，但与洞壁相距三五米远，且向内凹陷，触手难及，他身体处于高速下坠状态，也无从借力横移。

司马灰清楚生死之别就系于这瞬息之间，只好奋力求生，撒手放开火把，随即开枪向侧面射击，12号弹药出膛时带来的后坐力，将他身体由上向下坠落之势撞得稍微偏移，使腰腹在空中有力可借，扔下步枪一个筋斗翻向洞壁，指尖摸到岩层起伏的苍纹就紧紧挂住。

他祖传的"蝎子倒爬城"，乃是绿林四绝之首，要学这门功夫，起练时除了肘踵之力，还得凿一根铁钉在城墙上，以手指拈住钉子，全凭指力将身体悬空离地数尺，所以他这身提纵攀爬之术远非常人可及，但死里逃生，前心后背也全是冷汗。

这一口气还没喘匀，忽见身侧洞壁上亮起一大片微光，他还道是自己摔得头昏眼花看错了，再定睛细瞧，发现好像是洞穴内壁有腐磷残留，被摩擦产生的大团鬼火。光雾中隐约有个女子身形，四肢又细又长，却看不清头面手足。

司马灰惊骇失色，巫楚壁画中的鬼怪果然是些阴魂。当年洪荒泛滥，禹王导河治水，茫茫禹迹探至四极，又在涂山铸鼎象物，遍刻世间魑魅魍魉之形，这是使人们事先了解这些怪物，以免受其侵害。那禹王鼎山海图志包罗万象，连大神农架阴峪海下的史前孑遗生物都涵盖在内，却为何没有存在于磁雾里的箱中女仙？而古楚国壁画中记载的形态，却是极尽神秘诡异之能，外边的箱子也许是死尸，暗指它能借尸而行？可又似是而非。另外，这东西吞噬光热，被人看到本体的机会几乎没有。

司马灰稍稍这么一怔，那阴魂已攀着洞壁迫近过来，此时看得更加清楚，心里也是越发吃惊。只见这东西犹如一缕黑雾，似是有形而无质，四肢触到壁上带出一团磷光，冷飕飕的阴风透人肌骨。他不由得打了个寒战，这才回过神来，骂声："直娘贼！"急忙施展蝎子爬，倒攀着岩纹躲闪。怎奈那洞壁异常险陡，矿灯在漆黑的洞穴里作用也极为有限，想逃却已不及，只觉自身被一股怪力揪住，再也挣脱不开。

司马灰知道若被那阴魂接触，瞬间就会僵如枯木，随后只有任其摆布的份儿了。此刻感到身后一紧，心里不禁发慌，脚底下打滑，险些又从壁上掉落，但随即发现手脚依然如故，借着壁上鬼火回头一看，原来那团黑雾般的阴魂伸出长臂攫人，刚好抓住他的背包。

司马灰暗道："祖师爷保佑！"急忙脱开背包带子，顺着陡壁攀向洞底，同时心中猛一转念，心想：掉在漆黑的洞穴内部，即便使尽浑身解数，也绝难摆脱雾中阴魂纠缠，这东西吞光吸热难窥其形，毫无反手应对的余地，只有先趁洞壁鬼火看清这箱中女仙的真身，才知道是否有破绽可寻。

如今恰是生死关头，这机会稍纵即逝，岂容多想，司马灰也是胆大

265

包天,敢于以身涉险,当即横下心来关掉矿灯。他虽不懂土贼那套龟息吐纳的行尸之法,但清楚人之呼吸为生者之气,一呼百脉皆开,一吸则百脉皆合,于是深吸一口气,伏在壁上再也不动,眼看那道磷光裹着一团黑气自上而下,瞬间已到身侧,果真变得迟缓起来。

司马灰全身毛发森竖,大着胆子望过去,只见面前有层薄如蝉翼的透明胶质悬浮在洞壁上,磷光下能看到自身的投影赫然就在其中,而这层透明物质形状如伞如箱,有个黑蒙蒙似人非人的东西裹在里面,形状就像个身姿诡异的女子,每条肢体都分为数十条更细的刺丝。

司马灰心中一凛,此物有些像是深水中的"幽灵水母",或是某种"箱形女仙水母"。禹王鼎山海图中涉及许多可惊可骇的奇异之物,也并非没有这东西的相关记载,但司马灰存了先入为主之见,只注意察看大神农架阴峪海之下的图案,没考虑到怪圈周围的情况。而那古鼎年代久远,图形古奥,与巫楚壁画上描绘的箱中女仙相去甚远,在禹王鼎里的记载也非常少,大意是"古称浮蛆,乘虚不坠,触实不滞,千变万化,不可穷极",单从鼎身上铸刻的夏朝龙印上几乎没法理解。司马灰通过这几番接触,终于看出它的内脏近似女子人形,裹在一层可以收缩的透明胶质中,带有无数条可瞬间致人僵化的毒丝触手,体内也没有脊椎,可以承受磁雾中的巨大压力,甚至能够在雾中移动城邑。但离开磁雾可能难以生存太久,因此要借助老蛇的尸体才能浮水而至。

司马灰脑子里一连闪过三五个念头,却想不出任何应对之策,倘若稍作接触,就会立刻被这鬼怪般东西的刺丝缠住,眨眼间全身僵硬,连眼珠子都不能转了,想见此物毒性迅猛,几秒钟之内就会散布全身。

司马灰见"浮蛆"附在洞壁上距离自己越来越近,估计闭气之法并不完全管用,想到会被这个内脏像女鬼似的怪物从嘴里爬进体内,心中更是发毛,也自沉不住气了,心道:好汉不吃眼前亏,此时不走,更待何时!当即向着漆黑的洞底直溜下去。谁知那浮蛆来势奇快,他刚刚下落,就觉身上一阵战栗,竟已被毒丝刺进了体内。

司马灰猜测这个近似箱形女仙水母的阴魂，只适应地雾里的环境，一旦从雾中脱离，就必须寻找血肉之躯维持生存状态，而且要不断重复这一过程，此时紧贴着洞壁落下，不料身上却已被浮蚯体内下垂的刺丝裹住，霎时间万念如灰。

而司马灰正呈下坠之势，那浮蚯幽灵般的内脏受其带动，也跟着从壁上脱落，近乎透明的箱形薄膜向后翕张开来，内脏都被扯到了他的身前，使得坠落之势略为延缓。

从被刺丝接触，再到躯体僵硬失去意识，其中不过几秒钟的时间，就在这瞬息之间，司马灰实不甘心就死。他心念动如闪电，趁着左手还未麻木，摸出怀中的氧烛咬掉拉环，对准那团黑雾般的腔肠按去，但没等胳膊伸展开来，左臂便已失去了知觉。

那氧烛本是众人准备探洞之时，用来防备遇到封闭狭窄空间出现缺氧状况，其结构就是一个铝罐，底部有一层药物，扯掉拉环就会燃烧，提供少量氧气。它在司马灰手中"哗"的一下着了起来。那浮蚯受到光热吸引，立刻伸出腔体攫住氧烛。岂料氧烛罐子口径狭小，那黑雾般的腔肠向内一钻，烛火顿时熄灭，罐内形成了真空状态，反倒将它的内脏紧紧吸住。箱中女仙和幽灵水母一样没有脊椎，体形可大可小，缩成一团便可从人口中钻入，却终究是有质之物，腔肠顶端捏起来足有一个拳头大小，最是敏锐不过，这时被铝罐吸住就以触手挣脱，但它体内仅具一层细膜，只听"啪"的一声轻响，竟将内脏覆膜撕破，顿时流出满腔黑水，跟司马灰一同摔落在洞穴底部，旋即化为乌有。

司马灰从岩壁间坠落的地方，距离洞底并不太深，又被那箱中女仙拖拽，但落在地上仍是摔得不轻，只是身体已僵，变得毫无知觉了。过了许久，他才渐渐恢复，接连呕了几口黑水，神情恍惚不振，就像刚刚死过一次，眼前金圈乱晃，一看其余几人也都到了洞底。

司马灰听众人说及经过，才知道先前掉进洞穴之后，胜香邻唯恐他有什么闪失，随即追了下来，却只见他僵倒在地，也不知道那雾中阴魂的去向。而另外两人中毒较轻，陆续醒转过来之后，便跟高思扬一同下来会合，此刻见司马灰化险为夷，终于把揪着的心放下了。

罗大舌头问司马灰："巫楚壁画里的小娘们儿到底是什么东西？你把它给收拾了？"

司马灰活动活动麻木的手脚，只觉身上奇疼彻骨，忍不住龇着牙花子吸了口气，脑袋里却仍然发空，竭尽全力回想最后几秒钟的情况："我好像……给它拔了个罐子。"

高思扬率性单纯，喜怒均在言表，嗔怪道："你刚才躺在这里挺尸，可把我们都急坏了，怎么还有心思胡言乱语？"

司马灰脑中发蒙，过了一阵神志恢复，才把自己知道的经过简略说了一遍。

众人听罢并无释然之感，虽然终于弄清楚了楚幽王的盒子以及楚载神兽附近出现的异象，可解开的谜团也使余下的谜团更加突出，想不透让老蛇把遗骸转移的人是谁，天甑是否真的存在？这个大得出奇的山洞又是什么地方？

第四章　大海波痕

司马灰平生所历之奇，以"占婆王匹敌神佛的运气、罗布泊极渊沙海中的时间匣子、北纬 30 度水体怪圈"为最，想来世上诡秘古怪之事莫过于此了，却总都有些线索可寻。唯独涉及"绿色坟墓"，就完全找不出任何头绪，一直纠结在死循环里越陷越深。他仅知道"绿色坟墓"妄图掌握深渊里存在的秘密，如今全部的希望，只悬于这最后一条渺茫的线索，那就是抢先在阴山里找到通道。

他自打掉进山洞之后，借着岩壁上的鬼火，看到了箱中女仙的真身，终于在千钧一发之际，使用氧烛将其置于死地，随即失去了知觉，而罗大舌头等人则是刚下来不久，谁都没顾得上观察周围地形。

此刻胜香邻点起了火把照明，司马灰趁亮在洞底找回了背包和枪支，但发现 1887 型杠杆步枪摔坏不能使用了。胜香邻见状便将自己的 1887 型步枪交给司马灰，她则向罗大舌头要了那柄瓦尔特 P38 手枪防身。

当前面临的危机，就如高悬在头顶上的"达摩克利斯之剑"，随时都会落下。司马灰能感觉到死神的脚步越来越近，当然是不敢懈怠，立刻将步枪背到身上，忍着疼痛举目四顾。这里的洞壁含有磷化物，不时冒出鬼火，在相物之术中称作"阴烛"，显然是死的人多，尸气凝聚而成，离远了就看不清楚，照明还是主要依靠矿灯和火把。

众人眼见洞穴规模宏伟，火把虽然明亮，也只能照及一隅，估计深浅只相当于洞口直径的一半。底下也没有洞口那般宽阔，周围古壁峭立，齐整异常，岩壁上全是一层接一层的苍纹皱褶，每层都有半米多高，轮廓清晰，好似波涛汹涌的大海。

司马灰记得有种上古地层痕迹，被称为"大海波痕"。他以前在宋地球的书里看过这类插图，此刻身临其境，也不禁惊异于天地造化之雄奇，人工画卷又岂能摹其万一？但洞中空空如也，与先前的推测完全不同。

高思扬不明白天甄为何物，问司马灰："那究竟是个什么东西？"

司马灰说："人生在世都是匆匆过客，肉身凡胎难免一死。相传人死之后，形灭神存，只有一缕幽魂不散，还可重入轮回。也有不少人生前坏事做尽，要被打到阴山背后永世不得超生。所以，阴山就是关着这些恶鬼幽魂的地方。据说这座阴山里有个圆盘形的物体，亘古已有，关于它的相关记载也不算少，却都是稀奇古怪，根本让人无法理解。在没看到实物之前，我也是丝毫琢磨不透。"

高思扬又问："可这里好像什么也没有，咱们会不会找错地方了？"

司马灰说："这座漂浮在北纬 30 度怪圈里的磁山，肯定就是阴山了，因为它与巫楚壁画里的记载完全吻合。但现在距离这么近，磁山为什么没有将猎刀、步枪吸住，以及古人在山里发现遗骸的具体地点，还都不得而知……"

这时众人已翻过一道接一道的地层波痕，摸索到了对面一侧的岩壁附近，就听洞口传来细微声响，好像有什么东西在攀壁而下。

司马灰等人立即停下脚步，屏住呼吸听了几秒，不由得相顾变色："是这阴山里的行尸走肉！"

众人原本还感到奇怪，为什么一直没受到伏尸攻击，想见它们多在距离水体较近的地方，以便掠食求生，先前惧怕箱中女仙，才纷纷躲避藏匿，此时却嗅到了生者气息，就跟着爬进洞来。

众人心下雪亮，这些魂死魄生的伏尸凶狠残忍，行动极为快速，加上洞穴里漆黑无比，倘若是成群结队地扑过来，凭这几条步枪恐怕无从抗衡，他看到火把照耀中，岩壁底下有三个形状很规则、城门大小的窟窿，立刻拔足奔去。

二学生两条腿发软，稍慢了几步，就觉身后有"咕咕哝哝"吞咽口水之声，心里更是发慌。想着千万不能回头，还是忍不住往后看了一眼，当时阴烛忽明忽暗，就见一张带着瘀血的灰白大脸近在咫尺，顿时惊骇欲死，腿底下更不听使唤了，被那伏尸一把揪倒在地。他见伏尸张开血盆大口咬了下来，不禁吓得高声惨叫。谁知那伏尸嘴部越张越大，转瞬间竟张成了一百八十度，下巴像块破帘子似的垂到了胸前，鲜血决堤一样从嘴里涌了出来，流得二学生满身满脸都是。他瞠目结舌，也不知道究竟发生了什么事，木雕泥塑般躺在地上呆呆发愣。

原来是罗大舌头发现二学生情况不妙，而加拿大双管猎熊枪杀伤面太广，近距离根本不能使用，情急之下直接用手抠住了伏尸张开的大嘴，晃臂膀运足力量，暴雷似的断喝一声："开！"居然"咔嚓"一声，把那浸死鬼的上下颌骨从中掰开。

这时，另外三人从后跟来，目睹了罗大舌头空手竟有如此蛮力，惊心动魄之余无不叹服，当即拽起地上的二学生，从岩壁下的豁口里鱼贯而入。

众人穿过岩壁，举起火把一照，见是个规模相近的洞穴，才知这山体内部是洞中套洞，被岩壁隔成了两间石室，同样齐整得近乎诡异，只不过这间石室顶部封闭，而岩壁底部孔穴贯通，没有东西可以遮拦。

众人不敢停留，举着火把继续往深处走，却见尽头的岩壁下，仍有三个并排的窟窿，竟与刚才穿过的那道岩壁一模一样。但身后伏尸跟得太紧，来不及再看周围地形，只好硬着头皮埋头钻进去，进去一看还是一间石室，不免更是骇异。

五个人一路深入，也不知穿过了多少道岩壁，而每道岩壁对面都有一间石室，却不见地形有任何变化。

众人越走心里越是发怵，这山洞里古怪至极，天晓得它通着什么地方。

271

如果山体内部的结构是鬼斧神工、天然造化，那也不可能是几十间石室都被岩壁隔开，各自的规模形状又都完全相同。可又看不出有人力开凿的痕迹，甚至可以完全排除人为的假设，因为这种工程绝不是人力能为。究竟是地形相似，还是他们始终在两点之间重复经历着同一个事件？

阴山伏尸在身后紧追不舍，只是受地形限制不能一拥而上，众人被形势逼迫，脚下一步放松不得，不停地穿过一道又一道岩壁，根本顾不上去想什么，却见这山腹中的石室无穷无尽，渐渐两腿酸麻，呼吸变得沉重，心中更是打战。

二学生实在跑不动了，被众人拖死狗般地硬拽着。他上气不接下气地告诉其余几人，恐怕跑到死也没用，这个山洞里面实在太诡异了，试想天然山洞的内部结构怎么会完全相同，而且不是一处两处相同，是至少几十个石室都一样，像是一个模子里抠出来的，这地方简直就是迷宫般的"温彻斯特鬼屋"。

罗大舌头也叫道："打没进来之前我就觉得不对劲儿，我看咱多半被这山洞里的阴魂缠住，中了障眼法了，不来点黑狗血是出不去了。"

司马灰闻言心中一动，想起当年在北京听过的一件怪事。早年间有个书生，家境贫寒，在京郊一处荒园里苦读，打算赶在大计之时搏个出身光宗耀祖。天底下的读书人大多如此，但想得容易做得难，旧时科举制度的状元、进士，都如筛孔筛出来的一般，每科总共能有几人高中？这书生连考了几年都是名落孙山。某夜月明星稀，他独自一人在荒园徘徊，对着月亮吟诗遣怀，忽听墙头有人咯咯发笑，抬头一看，原来是个绝色美女，从墙外探头进来看他。

自古道："灯下观男子，月下看美人。"书生一见那美女在月下明艳无方，顿时看得呆了，以为是有哪家小姐暗中仰慕自己才华，特趁月夜前来私奔野合，不禁喜出望外，赶紧整顿衣冠，打开园门迎接。谁知来到门外一看，发现那竟是一条米斗粗细的大蛇，在墙下顶着一颗美女的脑袋，听得园门开了，便转过头来冲着他挤眉弄眼，惊得书生三魂不见了七魄，逃回房里反锁了门户。紧接着就听到有人砸门呼唤其名，书生哪里敢开，好不容易熬到天亮，就匆匆收拾行李逃回了老家。但此后夜夜入梦，都会回到月下荒园，将前事重新经历一遍，如此反复不断。那书生受不得吓，没多久便病入膏肓，眼瞅着堪堪废命。最后幸得一老叟相救，他授予书生秘诀，再遇梦回荒园便马上咬破自己食指，就能立刻从重复的噩梦中惊醒过来。

　　这个传说版本甚多，如今也不知哪个是真哪个是假，但书生一定是被妖物所缠，破了障眼法即可安然无事。二学生所说的"温彻斯特鬼屋"虽然古怪，毕竟是人之所为，而这山洞却是天然生成，说不定其中有"地市"幻布，或是被阴魂纠缠。也甭管遇到的究竟是什么情况了，只要咬破中指，身上感觉到疼痛，便能立刻摆脱。

　　司马灰动了此念，就告诉众人赶紧自咬手指，否则还得一遍接一遍重复钻过相同的岩壁，随即带头咬破了自己的手指，心想这回可就逃出去了。不料到尽头一看，赫然是道直上直下的岩壁，壁上波痕如海，下面有三个窟窿，早已数不清见过多少遍了。

第五章　重复经过

司马灰听闻以往每遇乱世，便是天垂异象，妖怪屡生，多以邪法惑人，若是你反反复复经历同一件怪事，那多半是有"地市"现象发生，形成的原因很多，也可能是岩壁里阴气沉积所致。

这并非是无稽之谈。湖南长沙黑屋附近荒坟古墓众多，民国那时候的土贼，一到夜里就出来干活儿，掏开坟包子抠宝。某次三个贼人掏开一个盗洞，挖到深处触到有古砖，那可全是带着画像石的，一看就知道掏着了大墓巨冢。群贼喜出望外，以为要发大财了，连夜埋下火药在墓墙上炸出个窟窿。等到散尽了晦恶之气，就该下去掏行货了。这几个贼本来各有分工，可留下把风的唯恐进去抠宝的私藏贼赃，进去抠宝的也不太放心，害怕自己干着半截活儿被人闷死在里头。经过一番商量之后，三人决定破了规矩一同下去，于是彼此都拿牛筋索子拴了，一个接一个，脑袋顶着脚心钻进了盗洞。

谁知就在这条不算太深的盗洞里，三个土贼向前爬到马灯煤油耗尽，洞子里陷入一片漆黑，他们也没摸到先前炸开的墓墙。仨贼发觉情况不妙，知道遇上鬼了，加上做贼心虚，越想越怕，赶紧倒爬着向后退，可后面的入口也没了，这条直进直出的盗洞，居然两端不见首尾。结果这三个土贼连惊带吓，都被活活困死在了盗洞里，到死也没找到出口。

半年后另有群贼发掘古冢，才在盗洞里看到这二具尸体。为首的老贼经验丰富，料知这三个同行撞上了"地市"，惨遭横死，当即用草纸燃烟，往洞内倒灌，抽去烟雾之后才敢进入，果然在墓室中找到了一只千年狸猫。说是千年，其实也没法计算，反正就是活得年头多了遍体生出白毛的一只老狸。它性喜幽暗，穴入墓中而居，所以古墓里都是它的便溺，能产生一种特殊的气味，形成了所谓的"地市"。这种气息一旦被人吸入脑内，就会被它迷住，明明只有几十米深浅的一条洞子，那三个土贼却出来进去一直折腾到死，实际上始终在原位没挪过地方。假如识不破其中关键，来者纵然是心硬胆壮的郎君，十个里也要有九个着了它的道。

这类奇闻司马灰听过不少，可无一例外都是发生在很早以前，由于那时候人烟还不怎么稠密，所以在那些荒山野岭间，也许还真有诸如"千年古狸、人首蛇身"的东西存在。而如今就拿大神农架原始森林为例，已被林场子砍秃了多少大山？即使还剩下些人所不知之物，恐怕也不多见了，因此这些怪事在近代就少得多了。

司马灰根据他的既有观念和以往经验，认为自己这伙人是在山洞里撞上了"地市"，虽不知所遇是鬼是怪，可只要咬破食指，身上一疼一惊，也就把这幻惑破了。否则岩壁后的石室重复出现，如何才是了局？

怎知这法子并不管用，石室尽头有三个窟窿的岩壁依然如故，众人疲惫欲死，都跟拉风箱似的呼呼气喘，犹如置身在一场不停重复的噩梦里，永远不能离开。

司马灰等人越发惊恐，立在这道岩壁前裹足不前，只听身后风声不善，回头看时发现已有一具伏尸，接近了火把照明范围下的光圈，它由暗到明，灰白色怪脸上，那一潭死水般的眼神毫无变化。众人看得身上一阵发冷，赶紧掉转枪口向后射击，但不敢纠缠，一面开枪一面退进了岩壁下的窟窿。

司马灰和罗大舌头常年翻山越岭，一向惯走长路，但其余几人到此都是筋疲力尽，难以支撑了。司马灰心知再向山洞深处逃，到头来也不会有什么结果，必须尽快揭开这阴山古洞之谜，就取出装在二学生背包里的龙髓，都点燃了扔到三个窟窿里，用火光暂时挡住源源不绝迫近的伏尸。

众人唯恐火势一弱,伏尸拥进来无法抵挡,当下咬紧牙关继续往里跑,直看到深处的岩壁,才放慢脚步稍作喘息。

石室规模恢宏,约有百米见方,内部幽深漆黑,司马灰返身观察,还能看到后边洞窟中燃起的火光,但穿过这道岩壁进入下一间石室,就完全瞧不见火光了,在如此深邃宽阔的山洞中,有限的能见度使人五感大幅下降。他心中暗暗叫苦,按着矿灯在岩壁上四处乱照。

高思扬也几乎累脱了力,只觉肺部都要炸裂开来,心口"嗵嗵嗵"跳得好似擂鼓,趁机把双手撑在膝盖上急促地喘着气。她看司马灰举止奇怪,忍不住问道:"你想找什么?"

司马灰说:"我先前看二学生身上全都是血,就顺手抹了一把,在岩壁上按了个血手印做标记,明明是在中间这个窟窿的侧面,可他娘的见鬼了,怎么会消失不见了?"

高思扬吃惊地说:"司马灰你发什么神经,这里怎么会有你留在后面的记号?"

司马灰却清楚自己的意图,现在首先要确认究竟遇到了什么状况,无非有两种可能:一是这山洞里的地形处处相似;二是众人在山洞里的行动重复发生。所谓"物有其理",世间万事万物,都绕不开一个"理"字,本来第一种可能最为合理,但眼下面临的情况却彻底颠覆了"理"。

如果这座阴山依然完整,它要比现在所能见到的部分高出许多,由于山上露出一个巨大无比的洞口,所以耸立起来的山体仅剩下三分之一,与洞口相通的岩洞,可以标记为"零号石室",在零号石室的岩壁下方,有三个窟窿可以进入山洞的更深处。再将穿过岩壁的空间标记为"一号石室",它与零号石室的区别在于相对封闭,没有连接山外的洞口,而一号石室尽头的山壁下同样有三个窟窿,通往更深处的"二号石室"。它和前边一间石室的结构规模、轮廓大小完全一致,三号四号也是如此,深处还有更多一模一样的石室。要是一个个标记下来,众人此时置身之处,至少在几十号开外了，但有诸多迹象表明，山洞里不可能存在完全相同的地形，那么排除掉第一种"地形相似"的可能，就只剩下第二种可能性了。事实是山洞里只有一号石室，众人是在反复不停地穿过一个固定空间，这情形等于是一遍又一遍经历着相同的恐怖梦魇。

司马灰把他想到的情况简略说了，众人均是震惊战栗，手足无措地怔在当场，不约而同地想问："怎么可能发生这种怪事？"

但正如司马灰先前所言，阴山洞窟里的地形，肯定是鬼斧神工天然生就。因为，山洞内部的沉积岩层，遍布大海波痕，这种地质波痕的存在，至少有上亿年历史了。山洞里一道道岩壁下的窟窿里，也同样存在波痕，浑然天成，没有任何人力开凿的痕迹。而且这古洞规模宏大，完全是无穷的岁月造化形成，绝非人力可及。但这里有个问题，阴山古洞里无穷无尽的岩室毫无分别，试看普天下万千奇峰异洞，可有两处完全相同的吗？退一万步说，就算有两个岩室相同，可以解释成是惊人的巧合；三个岩室相同，就只能用奇迹来形容了；而这阴山中无数岩室之间毫无区别，如果再解释成奇迹，恐怕连鬼都不会相信。

然而这都是众人亲眼所见，想必不会看错，身上的疼痛和急促的呼吸，都表明现在的遭遇，既不是司马灰最初猜测的"地市迷魂"，也不是二学生说的"温彻斯特鬼屋"怪异结构，那就只能是在反复经过同一个石室。

高思扬根本理解不了其中缘故，问司马灰："如果确定咱们经过的地方都是一号石室，那你为什么没找到自己留下的手印？"

司马灰挠头说："大概因为咱们是在重复经过，而不是重复发生，山洞里的石室应该是固定不变，而每一次经过它，事件却是重新发生，所以以前留下的痕迹都消失了。"

罗大舌头听罢一拍大腿："这可麻烦了，要是咱走慢了一步，岂不也都跟着消失了？你说有没有这种可能？"

司马灰说："你留下看看不就清楚了？"

罗大舌头肃然道："咱还没修炼到那种为了验证真理而献身的崇高境

界呢，赶紧撤啊！"说完帮着司马灰动手，拖起喘不过气的二学生抬腿就走。

胜香邻刚才喘息了一阵儿，勉强能开口说话，她一边跟着众人往前走，一边对司马灰说："你的意思是……咱们在重复经过同一间岩室？"

司马灰点头说："除此之外应该没有别的合理解释了，也就是我经得多见得广了，这才能猜想出来，更倒霉的是咱们脚底下根本不能停，停下来即便不在石室里消失，也得被追上来的阴山伏尸碎磔了。但咱这伙人都是血肉之躯，体力终究有其极限，这么一直逃下去可不行，得赶在累死之前找到脱困之策。"

胜香邻说："我觉得应该还有另外的原因，只是咱们一直未能发现。"

这时，喘作一团的二学生也捯过一口气息，张着大嘴断断续续地插言道："我……我觉得我发现……发现这个原因了，除了在山洞里一遍接一遍地重复经过……还有个……有个很诡异的情况……"

罗大舌头抬手在二学生脑袋上敲了一个爆栗，骂道："你小子吃了灯芯草了，说得倒挺轻巧，我罗大舌头都没发现，你是怎么发现的？"

二学生说："因为你是……瞪着眼看的，而我……我可是一直……一直在观察。我发现山洞里……还有一个比……比'重复经过'更诡异的情况……"

第六章　化石走廊

罗大舌头瞪眼道："呵，我还真没观察出来，你小子浑身上下长了几层胆？怎么什么话都敢说？"

二学生以为罗大舌头言中所指，是自己先前那句话的后半部分，便应道："其实我一直以来也都是挺有胆识的，莫道书生空议论，头颅掷处血斑斑啊……"话音未落，脑壳上又挨了一记爆栗。

胜香邻听得蹊跷，追问二学生道："刚才你说发现了一些反常迹象，那是什么？"

罗大舌头对胜香邻说："这小子观察分析能力老丰富了，更丰富的是想象力，看到杠杆式步枪都能想象到闹鬼的屋子，真是有多大脸现多大眼，戴着个比瓶子底还厚的眼镜他能发现什么？"

司马灰在旁听了个满耳，就示意罗大舌头别插嘴，先让二学生把话说完，倘若说不出个子丑寅卯来，再按谎报军情论处不迟。

二学生焦急地说明情况，他个人完全同意司马灰的判断，由于山体内部的岩层中，有存在了上亿年的古老地质痕迹，因此只能先天成形，而不会是后天开凿改动，两边又没有岔路，所以完全可以排除掉地形相似和鬼屋迷途的假设。众人进了阴山古洞之后，自身感觉虽然是一直往深处前进，但实际上是在重复经过同一个地方。最恐怖的是每次重复经过之后，以前留下的痕迹就都不见了，不仅包括司马灰的手印，还有弹壳和燃料烧灼的痕迹，也全部凭空消失了。好像除了这山洞石室本身不会改变，只要是在里面发生过的一切都会被抹掉。不过众人要照这么理解，那可就大错特错了。因为这间石室并非恒定不变，它也在发生着诡异的变化。

石室岩壁下有三个窟窿，二学生记得清清楚楚，第一次经过的时候，这三个窟窿分明是城门般大小，在众人一遍又一遍反复穿过岩壁的同时，三个窟窿也在不知不觉间逐渐变小了，或者说是石室整体开始缩小，只不过每次的变化非常细微。在如此漆黑深邃的洞穴里凭借火把照明，人的感知和视界不免受到很大限制，故此很难察觉到这种变化。这就好比满满的一碗豆子，你拿出去一颗两颗看不出有什么变化，但等抓出去两把再看，碗中的变化就非常显著了。此刻观察面前这道岩壁下的窟窿，对比先前的印象，便会切实感觉出宽窄与高度都小得多了，只比民宅的房门稍大。石室两边的直线距离，似乎也缩短了很多。

众人听罢纷纷点头，先前遭遇了意想不到的怪事，还要抵挡紧跟在后的伏尸，只顾着在山洞里疲于奔命，谁都没留意到这些变化。如今动念一想，又举着火把四下观看，才知道二学生所言果是不假——这间石室变小了。

司马灰越想越是惊愕，岩壁上的三个窟窿，迟早会变得无法容人通过。可为什么穿过每一次这间石室，它的大小就会缩减一圈？

众人觉得脑袋都大了几圈，不约而同地停下脚步，想尽快找出一个可行的对策。但也不知是被急行军拖垮了，还是让这山洞里发生的怪事吓住了，一个个"呼哧呼哧"地喘着粗气，半天没人开口。

高思扬性急，见气氛压抑得令人恐惧，就对司马灰说："你倒是给句话，接下来该怎么办？"

司马灰摇了摇头，转头问二学生："你觉得发生这种怪异现象的根源在哪儿？"

二学生说："我估计这是一种人类心智永远无法企及的神秘力量……"

司马灰皱眉道:"别跟老子装神弄鬼,你直接说你不知道不就完了吗?"

罗大舌头提议说:"我看往这山洞深处走也不是个事,咱手里的家伙也不是烧火棍子,却不如掉头回去,杀开一条血路!"

高思扬道:"这地方太古怪了,只怕回去也找不到洞口,何况大伙儿体力透支,又没粮食和水,哪还有力气往外逃?"

胜香邻心思严谨,始终凝神思索,这时忽然抬起头说:"我猜出这个山洞里的秘密了。"

二学生不敢相信,呆望着胜香邻问道:"你能理解那些人类心智难以企及的秘密?"

胜香邻说:"你将山洞里出现的一切怪异,都归结于鬼神所为,我却觉得是咱们被这个山洞误导了。"

司马灰心知胜香邻思维清晰缜密,所见所识也远非只会照本宣科的二学生可及,考古队在山洞里遇到的状况,存在三种可能:首先是天然造化的地形近似;其次是无法解释的鬼神之力;最后则是古人在山里开凿的迷宫。

不过由于岩层表面记录了地质波痕,因此第三种可能性绝对不存在。另外这阴山古洞形成于亿万年前,它内部纵然有无数间相似的石室,又怎会根据深度渐次缩小?所以第一种可能也属渺茫。只有第二种"鬼神作怪"才能解释目前遇到的一切。不过司马灰听胜香邻言下之意,好像是这山洞本身的原因,难道这万年洞穴中存在什么"幻障物质"?

胜香邻说:"应该是天然造就的地形相似,每一处石室的结构都没区别,只是规模稍有变化,越往里面越是狭窄……"

司马灰奇道:"这可真够邪门儿的,别说这古老的山洞是天然造化所生,即使是人力开凿,大概也做不到如此……如此精密。"

二学生附和道:"是啊,每间隔开的石室都完全相同,从外到内居然还依次缩小,确实只能用'精密'两个字来形容了。"

胜香邻心知时间紧迫，没办法逐一回答众人提出的疑问，就将火把交给高思扬，拿出笔和本子，先画了一个旋涡形的圆圈，又用笔在旋涡上标了许多横道，她端详了一眼说："山洞里的地形大致是这样了，旋涡内部有精密的间隔，除了外大里小，结构几乎完全一致，间隔处的窟窿是输气孔，它就像一个……菊石或鹦鹉螺壳的化石。"

司马灰一看本子上的图形，立即明白过来是怎么回事了，阴山洞穴里一间接一间的石室，是一条"化石走廊"。

众人在黑暗中没能察觉出方向偏移，又见地形地貌一成不变，心慌意乱之际不免妄加猜测，如今捅破了这层窗户纸，余下的事便不言自明——这座内部完全中空的山体，其实是个螺旋形的圆盘，它应当属于某种腕足生物的遗壳。菊石好像没这么大，或许是古鹦鹉螺的一种，其壳体外表为磁质层，内部存在多层间隔，由外向内依次旋转缩小，奇异的分割结构无限接近黄金比例，能够承受难以想象的压力，潜入重泉之下的深渊。

司马灰先前看到古鹦鹉螺的外壳上裹着一层砖化物，估计它是死于喷涌的灼热泥浆，最终才变成了一个空壳化石，在这茫茫水体中沉浮移行。

想到这儿，司马灰心念一动，寻思古楚壁画和禹王鼎上记载的天瓯，乃是度测天地之物，它奇纹密布，可以自行自动，外形是个螺旋状的圆盘，显然都与"古鹦鹉螺遗壳"相近，只是没料到会如此巨大。另外这东西早已经死了，再也不可能自行移动。

司马灰将这想法对其余几人一说，众人也都表示认同。据此推测，北纬30度线水体是处在岩石圈下的深泉，只有古鹦鹉螺才能抵达最深处，而楚幽王盒子里的遗骸，也存在于这个深渊的底部。

这时，高思扬提醒众人："布置在气孔里的燃料维持不了多少时间，究竟要何去何从必须当机立断。"

司马灰心想不错，就问胜香邻："古鹦鹉螺遗壳里还有没有别的出口？"

胜香邻只见过普通的鹦鹉螺化石,不知与这古种有没有区别,但依常理推测,往深处走的话地形会越变越窄,尽头未必存在出路。

司马灰暗想:"化石洞窟只是个空壳,外壁裹着砖化物,应该没有看上去那么坚厚,等走到里面最狭窄的隔室中,尝试用大口径猎枪往上轰击,说不定能打个豁口出来。"于是横下心来继续向里走,接连穿过几间石室,岩壁上的气孔变得更窄了,却仍是不见尽头。

罗大舌头在前不住叫苦道:"这么跑下去可真是黄皮子拖鸡——越拖越稀。即使精神上不滑坡,肚子里也扛不住了……"话说一半就没了声音。

司马灰等人听罗大舌头忽然住口,心下都觉奇怪,立刻跟进去用火把照视,只见这间石室岩壁环合成圆,绕壁一周都是跪地的石雕鬼俑,身上古纹如画,张口吐舌,形貌诡谲。

众人顾不得仔细观看,先合力将几尊鬼俑推到洞口,堵住了来路,随即坐倒在地大口喘气。

司马灰定下神来举目观望,看这四壁环合成圆的石室已至尽头,此时挤了五个人再加上那些鬼俑,使空间显得十分局促,犹如置身在一口深井的底部。

司马灰担心氧气不足,就让胜香邻将火把压灭,之前还留了些电石备用,此刻取出燃起了电石灯,白光阴惨闪烁,照的石室一片明亮。鬼俑的身影投在壁上,更添压抑不祥之感。而那石壁被灯光一照,登时浮现出无数双绿莹莹的怪眼。

第七章　深渊通道

众人见状吃惊不小，立即举起枪来推弹上膛，再定睛一看，才发现壁上雕刻着很多人头，层叠起伏，凹凸错落，脸面大多模糊不清，仅具轮廓，唯有眼窝里镶嵌着绿松石，被电石灯照得诡波显现，炯炯若生。

罗大舌头没好气地骂道："他娘的虚惊一场！"说着话拽出猎刀告诉司马灰："咱在长途列车上找刘坏水借了些经费，要死在地底下自然作罢，可万一能活着出去，我可不想被那老家伙整天堵着门催债……"他边说边把绿松石逐个撬下来放入怀中，还喝令二学生过来帮忙。

司马灰斥道："罗大舌头我看你也是个不开眼的民兵土八路，这玩意儿品相平平，再也寻常不过了，你当它是祖母绿呢？"

高思扬对司马灰说："你们倒在这儿分起赃来了，果然和土贼没什么两样。"

司马灰说："罗寨主当年有个俄国名，人称'搂不够不爽斯基'，专业拾茅篮、捡废品的。"

罗大舌头一听这话，当场停下手来不干了，同时大发牢骚："你要不往我这张光辉伟岸的脸上抹黑就得死是不是？咱们先前去罗布泊荒漠的时候，我可听宋地球讲过这绿松石，说是女娲补天都要用它。我就纳闷儿这么有意义的东西，怎么在你眼里就成破烂了？反正我罗大舌头看东西首先看重它的意义，其次才看价值，没价值还能活，没了意义睡觉都不踏实……"

司马灰既已达到目的,便不再多说什么了,他看壁上浮刻与那些鬼俑,都如上古之形,就问胜香邻这是哪朝哪代所留。

胜香邻看了半晌,认为鬼俑身上的纹饰与夏朝龙印相仿,但是难以分辨来历,更无法解读其中的秘密。她推测那古楚壁画描绘的阴山地脉,形如城阙,是一座地底磁山,周围有很多圆盘形的物体,如果真如此,现在众人进入的古洞,仅是其中之一,阴山边缘不知还有多少此类化石壳子,比众人预想中的大出许多,也许再接近山脉主体,步枪和猎刀之类的铁器就会被它吸去了。

司马灰寻思众人被堵在这古洞尽头的石室里,终究不是办法,别说没有干粮,如果耗费时间过长,脑子里的记忆也该被磁山抹掉了,所以现在不能久留,必须尽快到磁山里看个究竟,设法找到脱身的途径。但剩下的时间恐怕不太够了,更不知能否破壁逃出。

此刻不容迟疑,司马灰跟其余几人商议了几句,正待着手行事,忽听石室黑暗处有人"嘿"了一声,那动静虽然不大,但沙哑生硬,听得众人头皮子发麻。司马灰和罗大舌头更是险些从原地跳起:"绿色坟墓!"

司马灰在黄金蜘蛛城中曾与"绿色坟墓"周旋多时,对这嘶哑僵硬的声音印象极为深刻,却想不到对方真的就在附近,那么在神农架阴峪海说出暗号的人,果然就是这个幽灵了。他立刻打开矿灯,循着声音来源的方向照去。

那恰是一尊鬼俑侧面的阴影,矿灯照过去空无一物,但司马灰等人出生入死,只是为了解开"绿色坟墓"身上的诸多谜团,此时有所发现,岂肯轻易放过,当下持枪上前搜寻。

通信组的两个人与胜香邻从未接触过"绿色坟墓",此时看这情形真如见鬼,心里骇异难言,于是不敢作声,都跟在司马灰身后行动。

司马灰仔细察看那满是人头的墙壁,就见被罗大舌头抠掉绿松石的地方,都露出一些窟窿,似乎这石室外部还有夹层,刚才的声音便是从中传来。他摘下矿灯,将脸半贴在岩壁上向里张望,由于漆黑一团,看不到是否有人。

正当司马灰狐疑不定之际,矿灯的光束穿过孔隙,照到个满是尘土的面罩,隐约能辨认出那是苏制套头防化面具,但与他的"鲨鱼鳃式防化呼吸器"不同。那面罩后面显然有人,感到光束照过来就向旁躲避。司马灰趁着对方移动,又看到此人穿了一身艇员的制服,但非常破烂,散发着一股腐晦之气,就像是刚从死去多年的枯骨上扒下来的。他心知这是"绿色坟墓",于是不动声色,一面观察对方的位置,一面暗中抬手给罗大舌头做出指示。

罗大舌头立时会意,端着加拿大猎熊枪对准岩壁轰击,但那墙壁是在化石外堆砌的古砖,十分坚厚,12号霰弹难以将其贯穿。

这时就听"绿色坟墓"那摩擦朽木般的声音说道:"同在难中,相煎何急?"

司马灰退后半步,冷哼了一声说道:"难不成你这回想充作615艇上的幸存者?咱是一回生两回熟,分别以来我无时无刻不记挂着你,你那套糊弄鬼的废话趁早留着别说了。"

"绿色坟墓"阴沉地说道:"既然都是故人,那就当着真人不说假话,也容我说句逆耳的忠言,要知道'螳螂枉费挡车力,空结冤仇总是痴'。"

司马灰等人自然不相信"绿色坟墓"之言。源于这个地下组织直接或间接丧命的人不计其数,其中包括阿脆、玉飞燕、宋地球、胜天远、Karaweik、穆营长、通信班长刘江河、民兵虎子等,这些人与司马灰、罗大舌头、胜香邻三人的关系不比寻常,或为师生故交,或为兄弟战友,或为父女姐妹,因此,和"绿色坟墓"的仇恨已经结得太深了,正所谓是"水火不能同炉"。

司马灰深知"绿色坟墓"是何等狡诈,岂会看不透这层道理?如今对方肯定是受形势所迫,不得不利用众人摆脱困境。

"绿色坟墓"似乎也看穿了司马灰心中所想,直言道:"胳膊再粗拧不过大腿，凭你们区区几人，绝不是组织的对手。我从缅甸野人山开始，就一直想将你们置于死地，怎奈你等命不该绝，想来也是限数未到。可我在磁雾中才逐渐醒悟，追溯前事，原来咱们之间的关系无关正邪善恶，也不是水火不能相容，无非是'因果纠结'。"

司马灰等人一边想着如何将"绿色坟墓"揪出来，一边揣测对方意图，哪敢信其所言。但听"绿色坟墓"继续往下述说。它道双方是因果纠结，最终都落在这个黑洞般的水体里，而这地底是座能消除记忆的大磁山，如不设法进入直达深渊的通道，众人都将神消魂灭。而"绿色坟墓"声称已经掌握磁山的秘密，但凭一己之力难有作为，需要有人从旁相助，说完就陷入沉默，等待着司马灰等人做出回应。

司马灰是光脚不怕穿鞋的，反正只坚持"老子就不信"这一个原则，可见场面陷入僵局，便说道："你要是真有诚意，就先把套头面具揭掉。"

"绿色坟墓"有几条底线不能逾越，首先是不能被任何人知道真实面目，其次不会对外泄露藏匿行踪的办法，闻听司马灰所言果然是不肯露面，只说愿意吐露另外的秘密作为交换。

司马灰对此并不意外，暗想不管"绿色坟墓"是活人还是死人的幽灵，总得有个身份来历，并且这个秘密切实威胁着它的存在，甚至到了如今这般地步，对方也不敢摘掉防化面罩。看来"绿色坟墓"的真实面目，比占婆王那张脸还要神秘，难道这个幽灵根本没有脸吗？可转念一想又觉得不对，真要是没脸也就不怕被人看到了，它到底是谁呢？会不会是一个我曾经见过的人？

这些疑问在司马灰脑海中纷纷闪过，但隔着岩壁无法将"绿色坟墓"揪出来扯掉面具，唯有揣情度意猜测对方意图。他明白眼下的形势是双方互相牵制，心中暗想：对方是打算利用我们这伙人摆脱大磁山，这是我们仅有的主动权。可如何才能不为其所用？另外"绿色坟墓"以前显然是完全不知道磁山里的秘密，就算它与众人前后脚进入此地，也不该这么快就能找出逃脱的办法啊？

司马灰想到这里，突然冒出一个念头，也许"绿色坟墓"就是压在阴山下的恶鬼，后因机缘巧合从地底逃脱，但脑子里的记忆被这座大磁山抹去了。此时它回到这石室，看到鬼俑上的古篆纹刻，才想起了以前的旧事？

司马灰毕竟对"绿色坟墓"的底细毫不知晓，先后猜测了几种可能，都没什么头绪。只是根据现在发生的事件，可以看出"绿色坟墓"对地底磁山深感恐惧，才不得不在石室中显身出来直言其故。但它向来阴险，会不会只想耽搁时间，拖住渐渐接近谜底的考古队，利用磁山将众人困死在原地？

如果是前者，那司马灰情愿在此同归于尽，而后者则不能再与"绿色坟墓"纠缠，应当尽快从化石古洞中脱身。这两种情况都有可能发生，司马灰遇事向来果决，是个敢拿自己脑袋押宝的亡命之徒，此刻却不免举棋不定。

一时难做取舍之间，司马灰与其余几人交换了一下眼色，决定先沉住气，且看"绿色坟墓"意欲何为。

第八章　禹王古碑

"绿色坟墓"见司马灰等人没有立刻做出回应，估计事态还有转机，就说燧古传道，鸿蒙开辟，阴阳参合而生天地，大地是厚达几千米的岩石圈，岩层中有暗河。由于凿井穴地，常有水流喷出，实际上是压力导致，所以古时称地下水为"泉"。北纬30度线下的巨大水体，就是洪泉极深之处。

洪泉如渊，深不见底，高处被浓密的磁雾遮盖，周围则是混沌未开，但在洪波之下还有个环形凹槽，那才是九重之泉以下的真正深渊。地底的原始水体为海洋雏形，曾经存在大量不同种类的有壳生物，后经沧桑巨变，有些古鹦鹉螺之类的生物被潜流带入深渊。它们凭借承压壳落进空洞，逐渐变成了化石，后来又被地幔里喷涌出的岩浆重新推入水体，漂浮在茫茫冥海中，直至有磁山陷落下来，才将这些空壳吸在山体周围。

神农氏架木为巢之际，上古之人误入地底。那时磁山高耸，而神农架阴峪海下的岩洞伸入地雾，撞击后发生了地震，将磁山挡在了原地。山体撞塌的地方露出个大洞，才有人得以进到其中，并从空壳里发现了黄金、玛瑙等物。但山体沉浮不定，想返回再取的时候，竟已不知所终。后人将这些矿物里形似枯骨的部分，拼成一具遗骸，自此视为圣物。由于磁山里没有金脉，所以后人推测壳中遗骸来自地底洪泉之下。

到禹王导川治水，欲寻天匦，度量地深几重，得知上古燧明国有神木，盘曲万顷，通天接地，云雾生于其间。磁山则被那树根缠在了地底，所以得见此山，并发现人在山中不可久留，超过一天即变为恶鬼，故此称之为阴山。

当时自淮源得古碑甚巨，其上遍刻螭龙之篆，那是夏朝龙印最初失落的一部分。据说禹王在淮水锁住大蛇，此碑即拜蛇人古物，里面记载着一些不得了的秘密。那时洪荒初息，山深而地薄，时复开裂，举城举国之人一旦陷下，便绝难再出。请巫问神后将古碑填入重泉以下，以定天地之极，又斩断神木，让阴山消失于茫茫洪波之中。

困在禹墟中的拜蛇人却一心想找回古碑，但直至彻底消亡也未得结果。不过这些事迹都在拜蛇人留下的遗迹里，用夏朝龙印详加记载。

再往后春秋战国时代，楚幽王为了祭鬼，先后铸了九尊大金人挡住阴山，致使地层崩塌，磁雾迅速弥漫开来，人入其中则死。

"绿色坟墓"告之众人，这化石洞里的鬼俑，皆是拜蛇人所留，只要依其所言，就能使遗壳摆脱阴山，虽不能逃出生天，但可进入深渊底部。到时，它愿意将"禹王古碑"里那不得了的巨大秘密，全部说给司马灰等人知道，两方协力，何愁找不到生路，而在此僵持下去则毫无意义。

司马灰听了"绿色坟墓"所说之事，心里极为骇异，想不出此人何以洞悉一切，但应该还隐瞒了许多重要信息。他微一沉吟，明知"绿色坟墓"不会说出实情，还是忍不住问道："在缅甸野人山里逃出来四个人，除了我和罗大舌头，其余两人现在怎样？"

"绿色坟墓"阴恻恻地说道："其实你早已知道了，何必再问？我若有心欺瞒，完全可以说她们二人都还活着，但这一来你就会觉得我的话不可信了。现在剩下的时间已经不多了，你要是信我所言，就把那尊没头的鬼俑推开，这鬼俑本身是块玄磁，能造成磁位偏移，化石古洞就能被洪波推动，彻底脱离这座阴山了。拜蛇人深识磁性，能以陨铁在地底导航，这种古法应当可行，你们要是不想变成活尸，就赶快动手。"

司马灰暗暗切齿，一时难以决断，"绿色坟墓"这些话如同扔出的一颗烟雾弹，信也不是，不信也不是，他倒不是担心困死在阴山，而是无法确定对方虚实。

高思扬凑近低声对司马灰说："毕竟现在隔着一道墙壁，谁也奈何此人不得，不如就照对方说的做了，推开鬼俑，等到了深渊底部，也不愁没机会抓到它。"

司马灰眉头一皱，摇头否决，心想：你是没接触过"绿色坟墓"，不知其心机何等阴险狠恶，哪会这么好心给众人指点生路？另外，对方肯定知道我不会信它这套鬼话，会不会故布疑阵，使我们不敢触碰那尊无头鬼俑？

司马灰念及此处，就看向旁边的胜香邻。而胜香邻也是神色疑惑，轻轻摇了摇头，表示难以揣测。这就像是"绿色坟墓"手里扣着一枚铜钱，是正反两面，其中一面朝上。"绿色坟墓"心里知道真正是哪一面朝上，并告之众人一个不知是真是假的结果，而在它揭开手掌之前，谁也没法确定反正。

"绿色坟墓"见众人犹豫不决，又继续晓之以理，动之以情，无非是禹王古碑和深渊里的秘密是何等惊世骇俗，还有困在阴山里的结果又是何等悲惨恐怖。

司马灰听到这儿就冷笑起来，众人都被他吓了一跳，心下不禁悚然：正在形势紧迫之际，怎么会又突然发笑？

"绿色坟墓"也觉出乎意料："你……你到底推不推那尊石俑？"

司马灰说："老子险些又被你绕进去了，深渊里的东西与我毫不相干，我凭什么去推那尊石俑？"

"绿色坟墓"问道："那你是想让大伙儿都困在阴山里等死了？"

高思扬闻言心里一动：司马灰怎么又擅自替别人做主，他这一个决定，可把我们的命都搭上了。但转念一想：天知道现在身处何方，从地底逃出去之后的生还之望也属渺茫，我又何必做此胆怯之态？于是忍住没有说话。

这时，司马灰却不说话，而且"嚯"地站起身来，招呼罗大舌头过来帮手，两人合力搬起一尊倒地的鬼俑。

罗大舌头还没明白过来，奇道："你这又是想搞什么名堂？"

司马灰脸上杀机浮现，放低声音说："我估计石俑沉重，能撞塌了这道岩壁，到时候你手底下利索些，可别再让这狗娘养的逃了。"

罗大舌头早就红了眼，一听敢情是这么回事，立刻咬牙切齿地说道："这回你就瞧好吧，我非剥它的皮不可……"

二人浑身筋突，把能使的力气全使上了，发声呐喊，抱着石俑向壁上直撞，耳轮中就听"轰隆"一声响，登时撞穿了一个大洞。

"绿色坟墓"自认由前到后算无遗策，却没算到司马灰还有这么一手，转身就往夹层深处逃去。不料又被塌落的古砖压住，只好挣扎着向外爬。

司马灰抛下石俑，死盯着在地挣扎的"绿色坟墓"，叫道："你这厮如今走不脱了，老子要仔细看看你到底是人是鬼！"说罢端着步枪快步逼近。

其余几人也都从后跟上，胜香邻低声提醒道："小心它还有诡计！"

谁知身后突然传来"喀喀喀"的声音，似是砖石摩擦所发，司马灰等人担心是洞外的伏尸爬进来，可回头一看，却是二学生满头大汗，正用肩膀顶着一尊无首的鬼俑，竭力向前推动。那鬼俑极为沉重，底部又有磁石吸牢，二学生使出吃奶的力气，才挪动了半尺。

众人齐声喝止，司马灰见状则是怒火攻心，端起步枪就要射击。胜香邻却觉得二学生应该不是地下组织的成员，这家伙好奇心重，肯定是受了"绿色坟墓"刚才那番话的蛊惑，妄想窥探深渊里存在的秘密，论罪过也不致就地处决，于是在旁挡了一下，枪弹没了准头，正好打在那尊石俑身上。

二学生刚才头脑一阵发热，看到司马灰等人又惊又怒，心中也是悔意顿生，满脸惶恐地伏在地上："我不想困在阴山里……变成活死人……"

司马灰唯恐"绿色坟墓"乘机逃了，顾不上再理会二学生，可他刚要转头,这化石古洞在洪波中已不知有多少年头了,自身磁壳已饱受侵蚀,全凭那尊玄磁石俑固定,移动后改变了磁极,顿时从山体侧面滑向深水,沉入了无休无止的虚空,身体在石室中忽觉天旋地转,耳朵里再也听不到任何声音,周围的鬼俑和砖石纷纷滚落。

司马灰心说"不好",忙稳住身形用矿灯照过去。只见"绿色坟墓"借压在身上的古砖滑向一旁,已乘机脱身,迅速爬进了岩壁的缝隙深处。众人本待乱枪齐发,但失了重心,都道大势已去,此刻既已错过了千载难逢的机会,只得先求自保。

古鹦鹉螺化石本是无生之物,落进滚滚洪波,便被地下水灌入,但它内部一间间结构相同的石室,逐层减缓了水量和压力,就似石沉大海,穿过弥漫无边的混浊,坠下了无底深渊,众人很快就在漆黑一团的石室中失去了感知。

待到司马灰清醒过来,脑中嗡鸣不已,几乎想不起来此前发生过什么,四肢仿佛被撕扯开来,感觉筋骨倒无大碍,但全身血管里都是疼的。他试着打开矿灯照明,好在这东西还算可靠,一看古洞满壁皆是龟裂,但整体尚且完好,眼前有潮湿的水汽缭绕,周围云昏雾黑,想来已落到了重泉之下的空洞。

第九章　地下肉芝

司马灰脑中疼痛欲裂，索性一动不动地继续躺在原地，在这昏昏默默中，不知道经过了多少时间，其余几人也先后醒转过来，又隔了好一阵子才能勉强起身。

罗大舌头缓过劲儿来，便不依不饶地要剐了二学生，再剜出心来看看是什么颜色的。刚才要不是有人半道插这一腿，"绿色坟墓"怎么可能再次脱身？

高思扬急忙阻拦，并担保二学生与"绿色坟墓"无关，当时只不过是求生心切而已。大伙儿都是血肉之躯，遇上那种情况，谁不会胆寒？

二学生此刻也自追悔莫及，沮丧地低着头不敢直视众人，恨不得在哪儿找个地缝钻进去。

这时，司马灰已经冷静下来，他也对错失良机懊恼不已，好不容易抓住"绿色坟墓"的漏洞将其困住，可它还是找到了众人心理上的薄弱环节，导致功亏一篑。"绿色坟墓"没算到他搬起石俑撞穿墙壁，他也没料到同伙在紧要关头心理防线崩溃，这都是预先估计不到的突然变化。他想来也是气数使然，当即挥手让罗大舌头作罢："毕竟求生之心人皆有之，视死如归却是谈何容易。这小知识分子跟咱们的背景不同，他跟'绿色坟墓'又没有死仇，生死关头一时胆怯情有可原。"

二学生涕泪齐下，表示要在思想根源挖错误，灵魂深处找原因，今后绝不会贪生怕死了。

高思扬见司马灰将此事轻描淡写地一带而过，以前虽然心存成见，此时也不免赞许他的气度。

其实司马灰心里也暗自惭愧，先前若非胜香邻推开枪口，他早就将二学生崩了，想起众人深入地心深渊，不知经历了多少艰险危难，能活到现在全凭相互扶持。自己虽是不怕死的亡命徒，不惜代价愿意跟"绿色坟墓"同归于尽，却怎能搭上旁人的性命？

众人随即在崩坏的石室中合计下一步行动，虽不知外面情况如何，但应当已随着化石古洞落进深渊底部了。这水体下似乎是个深谷，也就是陷在地幔里的环形凹槽，中间有高密度弥漫气体隔绝，落下来的水就蒸发成了浓雾，所以有充足的空气。这里地处重泉之下，深度难以估量，再往深处就不会有地下水和岩层了，而是灼热气体和岩浆凝聚成的大海，有生之物稍微接近就会在转瞬间化为飞灰。很难想象古人如何将禹王碑带到这深渊底层，更猜不透为什么要这么做。而"绿色坟墓"就是妄图窥觑古碑里记载的秘密。不管结果如何，众人只能先设法在深渊里找到那座古碑，相信一切悬而未解的谜底都在其中了。

接下来，几人清点了枪支弹药和工具装备：有三条1887型连发枪，将弹药平均分配后，每人各有五十余发；罗大舌头的加拿大猎熊枪剩余三十发大口径霰弹；胜香邻的瓦尔特P38手枪有几个备用弹夹，弹药虽然尚能维持一段时间，可水和干粮却全部告罄。

众人身处湿漉漉的水雾中并不觉得口渴，但每个人都已饿得前心贴着后背。等到逐渐适应了血管受地压产生的胀裂感，他们便打开矿灯向外摸索。从化石古洞外层的裂痕中爬到外部，只见满眼雾气，数步开外已不能见人，落脚处软绵绵的不知何物。寻平缓处顺势上行，就见周围皆是色彩斑斓的硕大芝盘，形如云，下布五足，顶端为黄白晕纹，其下浅红，厚达十余米，边缘处有苍苔下垂，状甚奇异。司马灰估计是那化石古洞坠下重泉，就落在了其中一株地芝顶端，压垮了很大一片。而众人饥火正炽，辨别无毒之后，便纷纷上前割取下来，放到嘴里咀嚼。初时浅尝，只觉味如白鸡，肥而且润，纵有深山老林里千年以上的野菌草芝，也难及其万分之一，的确可以食用，估计是生于地下的某种大肉芝。几个人顾不上多想，立即一阵狼吞虎咽。

司马灰腹内有了东西垫底儿，脑子也逐渐活络了许多，这才想起地下肉芝不可轻食。听闻民国那时候有个老客往长白山采参，因地面陷裂掉到了山洞中，就发现洞底有大芝盘，食后不久就化为了人形枯木。因为这东西有成形成器之说，懂眼的人就能瞧出来，成形的像生灵，比如肉芝像人，眼目手足具备，那就是有了灵气，吃掉便可长出新牙生出黑发返老还童。但成器的肉芝则是感应天地晦滞所生，一旦吃了这种肉芝，就要变成地下的化石了。不过现在要分辨形器也已晚了，又见其余几人正割下地芝装进背包，只好抛下这个念头不再理会。

此刻周围浓雾重重，众人判断不出深渊里的地形和方位，更不知禹王碑沉在何处。随着化石古洞坠落的阴山伏尸，虽然多承受不住地压毙命，却也难保不会有个别的侥幸存活下来，留在附近非常危险。他们打算先摸清地势，找个稳妥安全的地方充分休整，再设法搜寻禹王碑和"绿色坟墓"，于是强撑着又往芝盘高处走。

那芝盘尽头从雾中探出，众人走到边缘就已从中穿过，借着头顶由电磁摩擦迸发出的光痕，发现身处一片漫无边际的大雾夹缝中。其形有若垂天之云，覆盖着空旷磅礴的深谷。这深谷主要由山峦起伏的金脉，以及分布在低陷处的水晶丛林构成，推测为岩浆冷却后在地幔中重新聚变所生。

司马灰等人看得悚然生畏。这个深陷在地幔中的凹槽多半延伸几万公里，一行人与之相比，实是微渺如尘，能被光痕照到的地方只是一小部分，其余地带都充斥着浓雾，显然是不可穿越。因为这地底下凶险异常，从古至今，历来罕有人迹至此，在地形不明的情况下，一步踩空落进水晶洞或封闭的岩浆室，就再也别想有命出来。

高思扬给众人指向东面，雾中似乎有个很大的阴影，在光痕下也仍是一片漆黑，好像那茫茫浓雾深处裂开了一条缝隙，却不知是个什么所在。

司马灰也觉那黑影很不寻常，奇道："好像有什么东西被雾遮住了，它会不会是沉入深渊的禹王碑？可那要是石碑的话……未免也太大了些。"

胜香邻说："岂止是太大了，恐怕至少会有上千米高……"说话间那光斑倏然消逝，地底陷入了一片漆黑，她赶紧把方位记录下来。

众人完全不知道禹王碑在深渊里的具体位置，如今看到重泉下的地质构造如此宏大深邃，都不知该当何去何从，也只得走一步看一步。又见两侧的山脉为东西走势，雾中存在巨大阴影的方向在西面，而东面雾深谷险很难接近，就决定先往西面探寻。

司马灰眼见诸事不明，再怎么疲惫也不敢留在原地，此前清点过仅存的照明设备，矿灯可以维持数日，电石消耗极为缓慢，还算是较为充足，鱼油火把则只剩下十几根，由于还不知道要在漆黑的深渊里穿行多少公里，所以不到万不得已的时候不能动用。于是，他吩咐其余四人在确保安全的前提下，尽可能减少使用照明工具，这就要求相互间必须保持最近距离，队伍不能过于分散。

这里已与磁山隔绝，众人布置妥当，就参照罗盘方位所指，寻觅能落脚的地方向前行进。就见沿途遍布着高达百米的地下肉芝，偃盖重叠蔽空，下边到处散落着木化菊石的空壳，形状千奇百怪，都大得异乎寻常。周围死气沉重，感觉不到任何生物存在，这种凝固无声的沉寂令人提心吊胆，穿行在其中的难度也超出了预期，摸着黑走停停，进展很是缓慢。

高思扬没想到还有机会绝处逢生，到此后始终忐忑不安，感觉"绿色坟墓"既能利用众人进入重泉之下的深谷，自然也可能利用众人去找禹王碑。司马灰只顾追寻一个也许根本不该被揭露的秘密，完全没想过最终会导致什么结果出现，这无异是在玩火。她向来心直口快，边走边直言相询。

司马灰却毫无退缩之意，反正众人早就陷进了水深火热之中，至此还有什么豁不出去的？

回首来路，坠落在野人山裂谷的蚊式特种运输机，谷底生长的上古奇株优昙婆罗，黄金蜘蛛城中占婆王匹敌神佛的面容，尸眼密室中的幽灵电波，耸立于古楼兰荒漠下的陨铁，罗布泊望远镜中的地底测站，极渊沙海中的时间匣子，拜蛇人遗留的夏朝龙印，大神农架阴峪海中的楚载神兽，环绕着北纬30度线的怪圈水体，失踪的苏联Z-615潜艇，能使人变成活尸的地底大磁山，度量地深几许的天甄化石，这些秘密都已先后揭晓。

如今所有悬而未决的事件，也开始显现出了清晰轮廓，也许那禹王古碑里记载的秘密，就是一切谜团的真相。现在的关键问题是有没有胆量去接触这个谜底。无论是死亡两次并从匣子中逃脱泄密的赵老憨，还是沉入深渊重泉的禹王碑，以及从不敢显露真实面目的"绿色坟墓"，被困在地底并消亡了千年的拜蛇人，这些纠结最深的谜团之间，应该都有某种重大联系。而答案就尘封在这个被称为"神庙"的深渊里。

高思扬见劝不动司马灰等人，轻叹道："可即使找到深渊里的禹王碑，揭示了'绿色坟墓'身上的一切谜团，将它置于死地，咱们也不可能再活着回去了，所有人的命运都将在此结束。"

司马灰望向浓雾里的巨大阴影，头也不回地说道："我相信找到答案并不意味着结束，甚至不会是结束的开始，至多是开始的结束。"